DER TOD BESTRAFT DEINE SÜNDEN

Gordon Rabes sechster Fall

Von H.C. Scherf

Thriller

Bibliografische Information der Deutschen Nationalbibliothek:
Die Deutsche Nationalbibliothek verzeichnet diese Publikation in der
Deutschen Nationalbibliografie; detaillierte bibliografische Daten sind im
Internet über http://dnb.dnb.de abrufbar.

DER TOD BESTRAFT DEINE SÜNDEN

Gordon Rabes sechster Fall

Aktives Mitglied im Selfpublisher-Verband e. V.

Covergestaltung: VercoDesign, Unna
Bilder von:
majdansky / clipdealer
dgool / clipdealer
frenzelll / adobe
EJRodriquez / adobe
Arto / adobe

Lektorat/Korrektorat: Heidemarie Rabe
rabe.heidemarie47@googlemail.com

Herstellung und Verlag:
BoD – Books on Demand, Norderstedt

ISBN: 978-3753476087

DER TOD BESTRAFT DEINE SÜNDEN

– Gordon Rabes sechster Fall –

Von H.C. Scherf

So wie der Acker verdorben wird
durch Unkraut,
wird der Mensch verdorben
durch seine Gier.

© Buddha

1

Da war es wieder. Es klang wie das Öffnen eines Gatters, dessen Scharniere verzweifelt nach einer Schmierung verlangten. Bis in den verschlossen Raum, in dem sich Martin Schaffrath aufhielt, war das Quietschen zu vernehmen. Noch immer fehlte ihm jegliche Kenntnis darüber, wie und warum man gerade ihn in diesen muffigen Raum gesperrt hatte, in dem nichts zu erkennen war. Tiefschwarze Nacht umgab ihn und ließ nur zu, dass er sich durch Tasten eine vage Vorstellung von den Ausmaßen und der Einrichtung machen konnte. Er hielt sich in einem Kellerraum auf, der mit einer maximalen Größe von etwa zwölf Quadratmetern kaum Bewegungsfreiheit zuließ, zumal eine Liege und ein schmaler Holzschrank Platz beanspruchten. Den Schalter für die einzelne Glühbirne, die in einer simplen Fassung von der Decke herabhing, hatte er noch nicht ertasten können. Er vermutete, dass dieser sich außerhalb des Raumes befand. Zumindest besaß das Zimmer den Luxus eines Waschbeckens und einer Toilette. Martin Schaffrath hatte versucht, seinen Durst zu stillen, indem er den Wasserhahn öffnete und einen kräftigen Schluck des kühlen Wassers zu sich nahm. Er spuckte das schale, nach Metall schmeckende Nass sofort wieder aus und ließ es über einen längeren Zeitraum fließen, bevor er es erneut versuchte. Nun war der Geschmack von Rost und Fäulnis weitestgehend verschwunden. Immer wieder hielt Schaffrath den Atem an, bemühte sich, irgendein Geräusch zu orten, das ihm zeigte, ob sich jemand im Haus befand. Nichts – nur absolute Stille, ausgenommen dieses nervtötende Quietschen des Gatters irgendwo da draußen.

Noch immer zog sich ein Schmerz vom Knie bis in die letzte Faser des Gehirns, wenn er das Bein ausstrecken wollte. Direkt über der Kniescheibe spürte er den aufgerissenen Stoff des Hosenbeins, der sich feucht anfühlte und davon zeugte, dass dort eine blutende Wunde entstanden war. Er konnte sich nicht daran erinnern, wann er sich diese Verletzung zugezogen hatte. Lediglich die Kenntnis machte ihn wütend, dass er erst vor vier Tagen eine große Summe für den Kauf dieses Designeranzugs hingeblättert hatte. Wer auch immer für diesen Schaden verantwortlich war, er würde ihn begleichen müssen. Schaffrath suchte nach der Liege und überwand den Ekel vor dieser feuchten Matratze, bevor er sich vorsichtig mit schmerzverzerrtem Gesicht darauf niederließ. Seine feinfühligen Finger, die nur die zarten Berührungen mit den Computertastaturen kannten und von regelmäßiger Maniküre verwöhnt wurden, zuckten zurück, als sie die leichte, glitschige Moosschicht berührten. Er presste die Lippen entschlossen zusammen und streckte sich mit einem Stöhnen. Sofort zog die Feuchtigkeit bis durch die Unterwäsche und legte sich kühl an seine Haut. Wieder dieses Seufzen, das sein gesamtes Widerstreben ausdrückte. Schließlich ergab er sich in sein Schicksal und ließ die Schultern herabsinken. Dafür würde jemand büßen müssen. Noch niemals in seinem Leben war er dermaßen erniedrigt worden. Seine Gedanken glitten ab und er versuchte, sich daran zu erinnern, was geschehen war, bevor ihm dieser Filmriss alles genommen hatte.

Sie hatten Sex noch vor dem Frühstück, was in der derzeitigen Situation, in der sich Martin befand, schon ungewöhnlich war. Doch er durfte auch nicht den leisesten Verdacht bei ihr aufkommen lassen, bevor er ihr die Liebe zu Edina gestand. Es fiel ihm nicht leicht, die Restgefühle zu mobilisieren, die nötig waren, um bei Maike eine Erektion zu erreichen. Maike war immer noch eine Schönheit, die in den letzten Jahren ihrer jetzt bereits sechzehn Jahre andauernden Ehe nicht verblasst war. Die Eltern hatten ihr bei der Geburt diesen hübschen Namen gegeben, der letztendlich eine Koseform der niederdeutsch-friesischen Form von Maria darstellte. Tausende Mal hatte er ihr diesen Namen wollüstig in die Ohren geflüstert, wenn sie sich verliebt auf dem Bett wälzten. Diese Gefühle waren mit den Jahren erkaltet, vor allem, als sie die zweite Fehlgeburt erlitt und die Hoffnung auf ein Kind endgültig zu den Akten gelegt werden musste. Plötzlich, nach vielen Jahren des Nebeneinanderherlebens war sie plötzlich da. Edina verzauberte ihn vom ersten Augenblick an und musste ihr Vorstellungsgespräch gar nicht erst bis zum Ende führen, als ihm klar wurde, dass er dieses Wesen ständig um sich haben wollte. Sie bekam den Job als Buchhaltungsleiterin, womit er allerdings Sieglinde Schock, die schon lange auf die Beförderung wartete, vor den Kopf stieß. Er musste sie sogar abmahnen, nachdem sie ihm in unziemlicher Weise den Frust entgegengeschleudert hatte. Edina konnte ihr fachlich gesehen nicht das Wasser reichen. Doch andere Befähigungen wogen dieses Defizit wieder auf.

Nach dem Duschen und einem gemeinsamen Frühstück war Martin Schaffrath noch einen Moment in der Garage stehen geblieben und kämpfte dieses Gefühl nieder, das ihn plötzlich überfiel. *Welche der beiden Frauen hatte er eigent-*

lich an diesem beschissenen Morgen wirklich betrogen?
Edina hatte er versprochen, nie wieder mit seiner Frau zu
schlafen. Sie könnte das nicht ertragen, sagte sie. Aber hatte
er Maike nicht die ewige Treue bis zum Tod geschworen?
Egal – die Kunden aus Ungarn warteten auf ihn. Es würde
eine schwierige Verhandlung mit den Leuten werden, wovon
jedoch ein Riesenauftrag abhing, der ihm nach Monaten des
Misserfolges eine kräftige Geldspritze und Luft für die
Zukunft verschaffen würde.

Der bronzefarbene Porsche verließ mit einem sonoren
Brummen das Grundstück und verschwand im Dunst des
Morgennebels um die Straßenecke. Martin bemerkte nicht
die Bewegung hinter dem bis zum Boden fallenden Vorhang,
hinter dem Maikes Blicke ihn verfolgten. Ihre rehbraunen
Augen zeigten eine Traurigkeit, wogegen ihre vollen Lippen
ein unerklärliches Lächeln umspielte. Entschlossen wandte
sie sich um und griff nach dem Telefon.

»Er ist losgefahren. Es ist so weit.«

Schon bevor Martins Wagen in die Werkseinfahrt einbog,
drückte er auf die Fernbedienung, die dafür sorgte, dass sich
das Gitter an der Tiefgarageneinfahrt hob. Das Brummen des
Sechszylinders verstärkte sich, als er zwischen den Säulen
der unteren Ebene seiner reservierten Parkbox entgegen-
schoss. Mit einem Seitenblick erkannte er, dass sich Edinas
Mini Cooper schon an der bekannten Stelle befand und er
gleich ihre Nähe spüren durfte. Absolute Stille trat ein, als
das Motorengeräusch mit einem letzten Aufbrummen erstarb
und Martin nach seinem Diplomatenkoffer tastete. Die halbe
Nacht hatte er damit zugebracht, die Präsentation zu erarbeiten, wobei er sich noch eine kleine Reserve für ein absolut
letztes Angebot belassen hatte. Er nickte zufrieden, als er die

Tür öffnete und sich aus dem niedrigen Sitz des Sportwagens quälte. Zu spät bemerkte er das Tuch, das sich über Mund und Nase legte und ihm Sekunden später die Sinne raubte. Das zufriedene Grinsen des Mannes über sich nahm er ebenfalls nicht wahr, bevor er zusammensank und krachend mit dem Knie gegen einen Poller stieß. Das Gefühl des aufsteigenden Schmerzes blieb ihm erspart. Das Narkotikum zeigte sofort Wirkung.

2

Ohne dass er auch nur das leiseste Geräusch verursachte, schob der Unbekannte die kleine Abdeckung beiseite, die vor dem Türgucker hing. Sein Auge suchte nach dem Gefangenen, während er das Licht in dem Kellerraum langsam hochdimmte. Deutlich konnte er den Mann gegen den dunklen Hintergrund erkennen, dem er für eine kurze Zeit seine ganze Aufmerksamkeit schenken wollte. Das gut geölte Schloss verriet ihn nicht, als er den Zahlencode eingab und das schwache Summen zeigte, dass die Tür nun geöffnet war. In aller Ruhe drückte er mit dem Rücken gegen die Tür, die sich hinter ihm mit einem sanften Klick in die Ausgangsstellung bewegte. Noch immer hatte Schaffrath ihn nicht bemerkt. Ein diabolisches Grinsen zeichnete sich auf dem Gesicht des Besuchers ab, als er sich der Liege näherte.

Trotz des Hungers, der in seinen Eingeweiden tobte, war Martin Schaffrath irgendwann eingeschlafen und schrak hoch. Die flache Hand traf ihn brutal auf der Wange und warf seinen Kopf zur Seite. Seine graublauen Augen suchten nach demjenigen, der ihm das angetan hatte, während er die Arme in einem Reflex schützend hochriss. Bevor er den Unbekannten klar erkennen konnte, fiel sein Blick auf die Spitze des Skalpells, die sich kurz vor seinem Gesicht befand und langsam hin und her wanderte. Der Atem stockte, da diese Waffe plötzlich unter dem rechten Augenlid gegen das Fleisch drückte.

»Sei still. Wage es nicht zu schreien, denn dann wirst du dein Auge verlieren. Bei jedem Schrei werde ich das Spiel fortsetzen, bis du sämtliche Sinnesorgane verloren hast. Hast du mich verstanden? Dann bewege nur die Lider.«

Der Versuch, sie zu schließen, endete darin, dass Schaffrath lediglich ein Flattern zustande brachte. Die aufkeimende Todesangst lähmte jede seiner Bewegungen. Noch immer hielt er den Atem an, ohne sich dessen bewusst zu werden.

»Jetzt darfst du wieder Luft holen. Ich möchte mich mit dir unterhalten. Es bringt uns beiden nichts, wenn du vorher krepierst. Also atme!«

Es ähnelte mehr einem tiefen Stöhnen, als Schaffrath den lebensspendenden Sauerstoff in die Lungen sog und wieder herausstieß. Seine Glieder führten ein Eigenleben, indem sie unkontrolliert zuckten. Seine Blase entleerte sich und hinterließ einen großen Flecken im Schritt seines teuren Anzugs. Nur ganz allmählich beruhigten sich seine Nerven und gehorchten den gedanklichen Befehlen.

»Was ... was ... warum bin ich hier?«

»Ich glaube dir, dass du davon keine Ahnung hast. Aber eines nach dem anderen. Ich werde dir von nun an sagen, was du darfst und was nicht. Ich ordne sogar an, was du zu denken hast und was nicht. Ich bin dein Meister, dem du folgen wirst. Wir werden bestimmt eine gute Zeit miteinander haben, in der du lernen wirst, dich unterzuordnen. Du sollst lernen, dass es in dieser Welt Gesetze gibt, nach denen wir Menschen leben. Menschen wie du gefährden die Grundordnung und schaffen Anarchie.«

Obwohl Schaffrath jedes Wort verstand, hatte er nicht begriffen, was der Fremde ihm mitteilen wollte. Seinem

Gesicht war anzumerken, dass die Worte nicht wirklich bis zum Verstand durchgedrungen waren. Seine Lippen formten Sätze, die lautlos blieben. Das gemeine Grinsen des Fremden schien zu verdeutlichen, dass er diese Situation genoss.

Die scharfe Klinge des Messers hinterließ einen blutigen Streifen in Schaffraths Haut, als er sie nach unten zog und am rechten Nasenflügel verharrte. Das Gesicht näherte sich dem des Gefangenen, war jetzt nur noch wenige Zentimeter von dessen entfernt. Der Duft eines teuren Herrenparfums stieg in Schaffraths Nase und verwirrte ihn für einen Augenblick. Er blickte in die kalten Augen eines jungen Mannes, der sich an der Schwelle des Erwachsenwerdens bewegte. Trotzdem verströmten diese Augen etwas, was ihm auf unerklärliche Weise Todesangst einflößte.

»Du schweigst. Hast du Angst vor mir?« Der Fremde wartete nicht ab, bis Schaffrath diese Frage beantwortete. »Bestimmt hast du sie. Das solltest du auch, du Lump. Denn ich repräsentiere für dich all das, was du kleiner Scheißer fürchten musst. Ich bin das, was du stets zur Seite gestoßen hast ... was du mit Verachtung gestraft hast. Ich übe Vergeltung im Namen all derer, auf denen du in deinem bisherigen Leben herumgetrampelt hast. Mein ist die Rache, sprach der Herr.«

Noch immer bestand Schaffrath aus einem lebenden Fragezeichen. Er verstand einfach nicht, wohin die Reise gehen sollte. Dieser Junge faselte Dinge daher, die sich außerhalb seiner Realität, seinem Verständnis für reales Leben bewegten. Und genau das befeuerte seine Angst. Wie sollte er vernünftig mit jemandem reden können, der die Basis einer Logik längst verlassen hatte. Der Junge musste total verrückt sein. Möglicherweise stand er unter Drogen und wusste nicht, wovon er sprach. Doch im Moment befand er sich in der besseren Position. Er war im Besitz einer gefährlichen Waffe und verströmte gleichzeitig mit dem Parfüm den Duft von Unberechenbarkeit. Er wusste nur eines: *Ich muss das Spiel mitspielen und auf einen passenden Moment warten, in dem ich zuschlagen kann.*

»Was ist mit dir? Denkst du darüber nach, wie du mich außer Gefecht setzen und den Keller verlassen kannst? Vergiss es ... vergiss es ganz schnell, denn ich werde bestimmen, ob und wann du gehen darfst. Nur ich kenne den Code, um das Schloss zu öffnen. Sterbe ich, stirbst auch du. Hast du das begriffen? Wir werden eine gute Zeit haben.«

Erst waren es nur wieder diese erfolglosen Lippenbewegungen. Doch schließlich formte Schaffrath zusammenhängende Worte, die ein Aufblitzen in den Augen des Entführers verursachten.

»Ich kenne Sie nicht. Warum ... warum ich? Ich habe Ihnen nichts getan.«

Nur sehr langsam entfernte sich das Gesicht des Fremden wieder und er setzte sich direkt neben Schaffrath auf die Liege. Seine Stimme wirkte absolut ruhig und beherrscht, als er auf die Frage reagierte.

»Da muss ich dir recht geben. Woher solltest du mich auch kennen? Wir sind uns niemals vorgestellt worden. Es gibt zwei Gründe, warum ich gerade dich ausgesucht habe, mir Gesellschaft zu leisten. Den ersten, aber eigentlich nicht so bedeutsamen Grund musst du selbst herausfinden. Allerdings verrate ich dir, was mich an deiner Gesellschaft besonders reizt. Du bist ein Mensch, dessen Beweggründe für sein erbärmliches Leben mich ungemein reizen. Du bist kein Langweiler, kein Mitläufer. Nein, du bist jemand, der weiß, was er will. Du kletterst die Erfolgsleiter rauf, stößt dabei Widersacher oder sagen wir einmal Schwächere in den Abgrund. Dich interessiert nicht einmal, wohin sie fallen. Du bindest eine Frau an dich und nutzt ihr Vertrauen aus, indem du sie fortwährend betrügst. Du verletzt dabei mehrfach die Gebote deines Gottes. Dass du nach seinen Geboten Todsünden begehst, interessiert dich nicht. Du bist ein Narzisst erster Güte. Ein Prachtexemplar, wie ich es mir nicht besser hätte aussuchen können.«

»Woher wissen Sie ...?«

Der Fremde tat so, als hätte er diese Frage nicht gehört und sprach unbeirrt weiter. Seine Augen fixierten Schaffrath, der dem Blick spontan auswich.

»Um dir zu zeigen, dass ich dein Inneres, deine Gewohnheiten, deine Unarten kenne, solltest du mir folgen. Mach dir keine falschen Hoffnungen, denn auch die Verbindungstür nach oben ist mit einem elektronischen Schloss gesichert. Steh auf. Ich habe eine kleine Überraschung für dich. Komm schon.«

Erst jetzt konnte Schaffrath die Größe des schlanken Fremden richtig einschätzen. Er überragte ihn, der sich schon als nicht unbedingt klein bezeichnete, noch um einen halben Kopf. Vergeblich versuchte Schaffrath die Zahlenkombination zu erspähen, als das Türschloss geöffnet wurde. Beide traten in den halbdunklen Flur, der sich in absoluter Dunkelheit irgendwo verlor. Nur wenige Meter, schräg gegenüber seines Kellerraumes verharrte der Entführer und schob die kleine Platte beiseite, die auch hier den Blick in den Raum verhindern sollte.

»Sieh hindurch. Erfreue dich an dem, was du sehen wirst, denn allzu oft wird das nicht mehr möglich sein. Komm her zu mir!«

Schaffrath konnte sich nicht erklären, was ihn zögern ließ. Erst als der junge Mann ihn genervt am Jackenärmel heranzerrte, wagte er einen zögerlichen Blick in den jetzt halbwegs erleuchteten Raum. Kaum hatten seine Augen das Schreckliche erfasst und sich sein Körper versteift, wollte er zurückweichen. Eine harte Faust in seinem Nacken zwang ihn, weiter in den fast leeren Raum zu sehen. Immer wieder versuchte er, den Kopf wegzudrehen. Erst als sein Schrei durch den engen Kellergang hallte, ließ der Druck nach und er ließ sich weinend auf den Boden sinken.

»NEIN ... das darf nicht sein!«

3

»Na, das ist aber eine Überraschung.«

Leonie Felten winkte dem jungen Mann zu, der von Hauptkommissar Gordon Rabe in das Büro geschoben wurde. Jonas war dem Wunsch seines Vaters endlich nachgekommen, ihn ins Präsidium zu begleiten, um die gute Nachricht selbst zu überbringen. Leonie vermeinte sogar einen Moment, ein Lächeln in dem ansonsten immer teilnahmslos wirkenden Gesicht von Jonas erkannt zu haben. Er ließ es sich sogar gefallen, dass sie ihn an ihre Brust zog und auf das Haar küsste. Leonie wusste zu schätzen, was es bedeutete, dass ihr dieser autistische Junge eine solch intime Berührung gestattete, der ansonsten nur selten zu Regungen fähig war. Ihr entging auch nicht der Blick, den er der Zeichnung an der Wand schenkte, auf der sie selbst zu sehen war. Niemals würde sie den Augenblick vergessen, an dem er ihr dieses selbstgemalte Aquarell geschenkt hatte.

»Was verschafft uns die Ehre deines Besuches?«, versuchte sie die aufsteigende Verlegenheit bei dem Burschen zu verhindern, »Du kommst doch nicht ohne Grund zu uns. Wie du siehst, sind auch meine Kollegen gespannt darauf, das zu erfahren.« Sie wandte sich an die Anwesenden im Raum. »Mia, haben wir nicht noch etwas Kakao für unseren Freund in der Küche? Und du, mein lieber Kai, könntest ruhig einen Berliner Ballen für meinen besten Freund

16

opfern. Dann bleiben dir immer noch vier für das Frühstück.«

Als hätten alle auf eine solche Abwechslung gewartet, kam Bewegung in die Mannschaft, was Gordon Rabe mit einem Lächeln quittierte. Er drückte Jonas auf einen Stuhl, der vor Leonies Schreibtisch stand, und stieß ihn mit der Faust an.

»Na los, Sohnemann, lass es endlich raus. Alle warten auf deine Ankündigung.«

Als Jonas keinerlei Anstalten zeigte, das Geheimnis über sein Erscheinen zu lüften, tat es Gordon für ihn.

»Um es kurz zu machen. Dieser smarte Bursche hat es geschafft, dass sich das Folkwang-Museum an uns wandte. Sie haben mehr durch Zufall eines seiner Bilder in die Hand bekommen und fanden es unglaublich, dass ein Junge in diesem Alter schon so viel Kunstverständnis und Fertigkeiten besitzt. Man hat bei mir nachgefragt, ob man in einem Seitentrakt eine kleine Ausstellung seiner bisherigen Werke ausstellen darf. Er überlegt noch. Doch ich war so frei, zuzusagen.«

Längst kaute Jonas an dem süßen Gebäck und wischte sich mit dem Handrücken die ausgetretene Marmelade von den Lippen, als Gordon mit einigen Eintrittskarten wedelte.

»Wer Zeit und Lust hat, darf gerne die Vernissage am kommenden Mittwoch besuchen. Wer möchte?«

Kaum waren die ersten Finger hochgeschnellt, erklang die bekannte Stimme von Kriminalrat Kläver vom Eingang: »Finden hier etwa illegale Wettgeschäfte statt? Da bin ich ja gerade noch rechtzeitig gekommen, um Schlimmeres zu verhindern. Sie sind alle verhaftet. Sie wissen ja selbst, dass alles, was Sie ab sofort sagen, vor Gericht gegen Sie verwendet werden kann. Ich möchte Sie bitten, Ihre Waffen und

Dienstausweise vor sich auf den Schreibtisch zu legen. Den Jungen dort nehme ich in Gewahrsam. Er wird augenblicklich dem Jugendamt zugeführt. Die Eltern sind auf der Stelle zu informieren. Haben Sie etwas zu Ihrer Verteidigung vorzutragen?«

Nur einen kurzen Moment brauchte es, bis alle Anwesenden in schallendes Gelächter ausbrachen, Kriminalrat Kläver eingeschlossen. Einzig Jonas schien das ungewöhnliche Getöse nicht zu interessieren. Er schob sich den Rest des Gebäcks in die Backentasche und rieb den Zucker von den Lippen. Mit einem kräftigen Schluck aus der Kakaotasse beendete er das Mahl.

»Was wird bei euch gefeiert?«, wollte Dino Wohlert wissen, der mehr zufällig auf dem Flur den Lärm mitbekam und hereinschaute.

»Gut, dass du kommst, Dino. Jonas wollte dich zu seiner ersten Vernissage am Mittwoch einladen. Hast du Zeit?«

»Dafür immer. Wenn Freunde rufen, bin ich jederzeit zur Stelle. Wo läuft die Party denn? Zeig her, Gordon.«

Die Verwunderung in Gordons Gesicht verlor sich schnell, nachdem ihm Jonas die Ehrenkarten aus der Hand genommen hatte und sie an die begeisterten Mitglieder des Morddezernates verteilte. Entschuldigend hob er die Schultern, als er ans Telefon ging, welches um Aufmerksamkeit bettelte. Gordon wirkte leicht verärgert und kommentierte den Anruf mit ungewöhnlich harten Worten.

»Verdammt, Ihr wisst doch, wie man in solchen Fällen vorgeht. Beruhigt diese Frau erst einmal und nehmt die Daten auf. Kopie an mich. Ich habe zu tun.«

Längst hatten sich alle wieder dem besonderen Anlass zugewandt, als sich die Tür öffnete und eine Frau in eleganter Kleidung in Begleitung eines Polizeibeamten auftauchte. Hilfloses Schulterzucken begleitete die Entschuldigung von Polizeimeister Reibach, der sich nun wieder vordrängte.

»Frau Schaffrath ließ sich nicht beruhigen und verlangt, sofort angehört zu werden. Ich konnte sie leider ...«

»Ja, ja, Reibach, ist schon gut. Wir kümmern uns um die Dame. Gehen Sie wieder auf Ihren Posten.«

Leonie Felten zog die Besucherin in Richtung ihres Schreibtisches und bot ihr einen Stuhl an.

»Sie sollten sich beruhigen und mir dann erzählen, was Sie ausgerechnet ins Morddezernat führt. Gab es ein Verbrechen, das Sie uns melden möchten? Ich höre.«

»Mein Mann. Es geht um meinen Mann. Er ist heute Morgen von zu Hause weggefahren, kam aber nicht in seinem Büro an. Die Sekretärin rief an, um nachzufragen, wo er bleibt. Es warteten wichtige Kunden wegen eines Meetings.«

»Moment«, unterbrach Leonie, »darf ich Ihren Namen und Ihre Adresse haben? Weiterhin benötige ich Namen und Anschrift der Firma, in der Ihr Gatte erwartet wurde. Dann sehen wir weiter.«

Leonie schob Frau Schaffrath ein leeres Blatt Papier hin. Während diese mit zittrigen Fingern die Angaben notierte, musterte Leonie die Besucherin eingehend. Und sie kam zu dem Ergebnis, dass die Frau mit den beeindruckend dunklen Augen, dem raffiniert geschnittenen Bob und der hochwertigen Kleidung sicher zu den wohlhabenden Familien der Stadt gezählt werden durfte. Wahrlich eine Schönheit. Als sie den Zettel betrachtete und die Notizen überlas, bestätigte sich ihre Vermutung. Die Stahl- und Schlosserfirma Schaffrath & Co KG war nicht unbekannt. Sie legte den Zettel beiseite und griff nach ihrem Notizblock.

»So, Frau Schaffrath, jetzt einmal der Reihe nach. Wann verließ Ihr Mann das Haus? Fuhr er mit dem Auto und wo finden wir den Wagen? Könnte es sein, dass er vor der Fahrt in die Firma noch einen Besuch machen wollte? Irgendeine Besorgung, die ihn womöglich aufgehalten haben könnte. Haben Sie zufällig ein Foto von ihm dabei?«

»Was wird das hier? Ist das ein Verhör? Suchen Sie lieber nach Martin und vergeuden Sie keine Zeit.«

»Moment, Frau Schaffrath. Moment. Sie kommen zu uns, damit wir Ihnen helfen, Ihren Gatten zu finden. Verstehen wir uns richtig? Sie bitten um unsere Hilfe. Damit wir das können, benötigen wir Fakten. Ohne die kann keiner von uns tätig werden. Damit wir eine vernünftige Basis finden, beruhigen Sie sich und antworten Sie auf meine Fragen.«

Maike Schaffrath kramte wie besessen in ihrer sicherlich sündhaft teuren Handtasche und zauberte schließlich ein scheinbares Urlaubsfoto hervor, auf dem neben ihr ein äußerst attraktiver Mittvierziger zu sehen war. Das Licht des Sonnenuntergangs verstärkte den Eindruck, dass es sich um ein liebendes Paar handelte, das voller Eintracht dem Abend entgegensah.

»Ist das Ihr Mann Martin? Sieht er noch immer so aus oder ist die Aufnahme schon älter.«

Es war spürbar, dass Maike Schaffrath aufbrausen wollte, doch beherrschte sie sich im letzten Moment und nickte stumm. Leonie blickte wieder in diese braunen Augen, die wohl ihrer Meinung nach jederzeit in der Lage waren, Blitze abzuschießen. Zumindest zeugten sie von großem Temperament.

»Passiert es häufiger, dass Ihr Mann ohne nähere Erklärung gegenüber Ihnen oder dem Sekretariat für unbestimmte Zeit verschwand? Hat er Feinde?«

»Warum sollte er so was Dummes tun? Und Feinde hat er nicht. Er ist ein herzensguter Mann, der keiner Fliege ...«

An dieser Stelle unterbrach Leonie, da Jonas an ihrem Schreibtisch auftauchte und ihr wortlos die Hand entgegenhielt. Noch einmal drückte sie den Jungen und wünschte ihm einen guten Tag. Aus den Augenwinkeln beobachtete sie Frau Schaffrath, deren Fingerspitzen im wilden Stakkato auf die Schreibtischunterlage trommelten. Ohne sich ihre Wut darüber anmerken zu lassen, wandte sich Leonie wieder der Frau zu.

»Gut, also keine Feinde. Zumindest keine, von denen Sie wissen. Diesbezüglich würden wir uns jedoch noch einmal an die Mitarbeiter wenden, sofern Ihr Mann in den nächsten Stunden nicht auftaucht. Ich denke, dass in den vergangenen Tagen auch kein Drohbrief bei Ihnen aufgetaucht ist?«

»Nein, das hätte ich Ihnen doch gesagt. Ich kann es Ihnen nicht erklären, aber ich spüre, dass ihm etwas zugestoßen sein muss. Suchen Sie bitte sofort nach ihm.«

Plötzlich fiel die zuvor zur Schau gestellte Sicherheit von Frau Schaffrath ab, wurde durch eine unerklärliche Angst und Hilflosigkeit ersetzt. Lange ruhte Leonies Blick auf dieser ausnehmend schönen Frau und sie fragte sich, ob sie die folgende Frage wirklich stellen sollte. Sie rang sich durch, es auf jeden Fall zu tun.

»Ich muss Ihnen noch zwei Fragen stellen, bevor ich die Vermisstenanzeige an das LKA und das BKA rausschicke. Welches Kennzeichen hat der Wagen Ihres Mannes, wobei ich davon ausgehe, dass der ebenfalls noch nicht aufgetaucht ist. Welchen Fahrzeugtyp fährt Ihr Gatte?«

Maike Schaffraths Stift huschte über das Blatt Papier und zeigte neben dem Kennzeichen, dass Ihr Mann einen Porsche 911 Targa fuhr.

»War das jetzt alles, Frau ... wie heißen Sie eigentlich?«

»Oh, sorry. Ich habe mich noch gar nicht vorgestellt. Mein Name ist Kommissarin Leonie Felten. Zum ersten Teil der Frage: Nein, da wäre noch etwas, was wir wissen und bei jeder Vermisstenanzeige beantwortet haben müssen. Hat Ihr Mann eine Freundin?«

Als hätte Maike Schaffrath ein Stromschlag getroffen, versteifte sich ihr Körper und die Augen schossen nun endlich die Blitze ab, die Leonie ihr schon zuvor zugesprochen hatte. Absolut gefasst ertrug sie den Anfall der Frau, der die Aufmerksamkeit aller im Raum auf sie lenkte.

»Was erlauben Sie sich eigentlich? Ich erwähnte schon zu Beginn, dass ich einen herzensguten Mann geheiratet habe. Das ist ...«

»... eine absolut normale Frage, liebe Frau Schaffrath«, schaltete sich nun Kriminalrat Kläver ein, der schon eine Weile der Unterhaltung gefolgt war. »Selbst ein herzensguter Mann kann ohne Weiteres seine Gefühle einer anderen Person schenken, ohne dass die Partnerin davon weiß. Sie sollten wissen, dass wir diese Frage in Deutschland mindestens dreihundertmal pro Tag an Menschen richten, die einen Angehörigen als vermisst melden. Regen Sie sich also bitte nicht darüber auf. Kommissarin Felten tut nur ihre Pflicht. Sie wird auch alles Notwendige einleiten, um Ihren Mann zu finden. Allerdings bitten wir da um etwas Geduld. Wenn es sonst nichts mehr gibt, hinterlegen Sie bitte Ihre Telefonnummer, unter der wir Sie jederzeit erreichen können. Und dann lassen Sie uns bitte unsere Arbeit machen.«

Kriminalrat Kläver war zur Tür gegangen, um sie der Besucherin aufzuhalten. Nachdem Frau Schaffrath noch einen wütenden Blick durch den Raum geworfen hatte, verließ sie tatsächlich ohne weiteren Kommentar das Dezernat.

Erleichtert atmete Leonie durch, bemerkte aber den Blick des Kriminalrates, der sich vor dem Verlassen des Raumes noch einmal umwandte: »Das haben Sie glänzend gemacht, Frau Felten. Übernehmen Sie bitte den Fall.«

4

Der Besucher-Parkplatz vor dem Bürogebäude war nur mäßig besetzt. Leonie wartete noch einen Moment, bis Mia, die neben ihr auf dem Beifahrersitz eingenickt war, bemerkte, dass sie ihr Ziel längst erreicht hatten. Währenddessen betrachtete sie das große Gebäude, dessen komplett verglaste Front in der Mittagssonne schillerte. Leonie richtete ihren Blick wieder auf ihre Partnerin und stieß sie an.

»Du solltest wirklich zum HNO gehen und dich untersuchen lassen. Das mit deinem Schnarchen ist nicht normal. Ich vermute bei dir sogar eine Schlafapnoe. Hast du eigentlich bemerkt, dass ich heute Nacht auf die Couch ausgewandert bin? Das war nicht auszuhalten. Lass uns darüber heute Abend reden. Jetzt sollten wir reingehen. Frau Hagedorn wird schon auf uns warten.«

Mia Richter gähnte noch ein letztes Mal und verließ den Dienstwagen, ohne die Bemerkung der Partnerin zu kommentieren. Der Empfang bestand aus einem breiten Tresen, hinter dem eine junge Frau auf ihr Smartphone starrte. Ein leises Hüsteln lenkte endlich die Aufmerksamkeit auf die beiden Besucherinnen. Mehr gelangweilt, aber ohne hochzusehen, richtete die junge Frau die Frage an die Polizistinnen.

»Sind Sie angemeldet? Zu wem möchten Sie denn?«

Selbst als sie auf Leonies Dienstausweis blickte und der Name Hagedorn ins Spiel gebracht wurde, veränderte sich ihr Interesse nicht wesentlich. Sie griff lediglich nach dem Telefon und meldete, dass der Besuch eingetroffen wäre. Kurz darauf rauschte der gläserne Fahrstuhl in den Eingangsbereich und entließ eine Frau, deren angegrauten Haare zu einem streng gebundenen Knoten am Hinterkopf zusammengerafft waren. Den krassen Kontrast zum recht biederen Haarschopf bildete die Jeanshose, in denen zwei dünne Beine steckten, von denen sie das rechte etwas nachzog. Eine geblümte Bluse fiel locker über die Hüften. Ohne den Beamtinnen die Hand zu reichen, begrüßte sie die beiden lediglich mit einem knappen Kopfnicken und einem gemurmelten guten Tag. Schließlich überraschte Frau Hagedorn Leonie und Mia mit der Frage, ob sie ihr in die Cafeteria folgen würden. Demonstrativ bestätigten sie die Frage auch nur mit einem stummen Nicken.

»Darf ich Ihnen einen Kaffee oder eine Erfrischung anbieten?«, überraschte Helen Hagedorn mit einem für ihre Verhältnisse wohl gewaltigen Wortschwall. Nachdem ihnen die Getränke gebracht worden waren, wagte Leonie den ersten Vorstoß.

»Sie wissen, warum wir hier sind. Wir nehmen an, dass Herr Schaffrath zwischenzeitlich noch nicht aufgetaucht ist und sich auch nicht gemeldet hat. Sie erwähnten bereits am Telefon, dass Ihnen sein Verhalten unerklärlich ist. Konnten Sie einen Blick in seinen Terminkalender werfen?«

Helen Hagedorn schaffte es spielerisch, nur eine Augenbraue zu heben, als sie Leonie aufklärte.

»Herr Schaffrath führt keinen eigenen Terminkalender. Das gehört unter anderem zu meinen Aufgaben. Wir gehen an jedem Feierabend die Aufgaben des Folgetages durch.

Für heute stand außer dem Meeting mit den Besuchern aus Ungarn nichts Weiteres an, da nach der Präsentation ein gemeinsames Geschäftsessen geplant war. Den Tisch im Sheraton hatte ich für dreizehn Uhr bestellt. Die Herren sind bereits wieder verärgert abgereist. Es ist unverzeihlich, was der Chef da angerichtet hat.«

»Sie formulieren das als Vorwurf, Frau Hagedorn.« Mia schaltete sich ins Gespräch und beobachtete die Reaktion der Sekretärin genau. »Sind Sie davon überzeugt, dass Ihr Chef diesen Fauxpas im vollen Bewusstsein etwaiger Folgen provozierte? Passierte das häufiger, dass er einfach wichtige Termine nicht wahrnahm?«

»Nein, nein, um Gottes willen. Das habe ich so nicht gemeint. Aber gerade dieser Geschäftsabschluss war ungeheuer wichtig für die Firma und war von langer Hand vorbereitet gewesen. Das sollte uns alle aus einer leichten Schieflage befreien, wenn Sie verstehen, was ich meine.«

Die beiden Freundinnen gestatteten sich einen kurzen Blickkontakt, bevor Leonie auf die Bemerkung einging. Ihr war nicht entgangen, dass Frau Hagedorn die Aussage schon bedauerte, als sie diese gerade getätigt hatte. Sie fingerte an ihrer Tasse herum, rührte sogar den Kaffee um, der ihr ohne Milch und Zucker serviert worden war.

»Wenn Sie die Wichtigkeit dieses Treffens derart herausstellen, liegt doch der Verdacht sehr nahe, dass etwas Außergewöhnliches mit Herrn Schaffrath passiert sein könnte. Ich denke, dass Sie es waren, die Frau Schaffrath über das Ausbleiben ihres Mannes informierten. Wie wirkte sie auf Sie? War sie überrascht oder sogar besorgt? Schildern Sie bitte Ihren spontanen Eindruck.«

Fast entsetzt reagierte Helen Hagedorn und starrte Leonie ungläubig an.

»Glauben Sie, dass Frau Schaffrath ...?«

»Beantworten Sie bitte nur die Frage. Uns interessiert jedes kleinste Detail, ohne dass wir voreilig Schlüsse ziehen. Bisher gilt nur als Tatsache, dass Ihr Chef nicht im Büro eingetroffen ist. Wir möchten alle keine Mutmaßungen anstellen, da es keine Hinweise auf ein Verbrechen gibt. Er ist lediglich als vermisst gemeldet. Wie also reagierte Frau Schaffrath?«

Das Entsetzen war aus Frau Hagedorns Augen gewichen und hatte einer gewissen Erleichterung Platz eingeräumt. Tief atmete sie durch.

»Sie ... sie war wohl sehr überrascht. Ich meine damit, dass sie ehrlich überrascht wirkte, fast sprachlos. Sie redete davon, dass er ganz normal das Haus verlassen und alle Besprechungsunterlagen mit sich geführt hatte. Ihr war kein Zwischenaufenthalt bekannt, den er eingeplant hatte. Ich sollte sie sofort informieren, wenn er eingetroffen wäre. So sind wir verblieben. Ich muss gestehen, dass ich mir mittlerweile große Sorgen um ihn mache. Da muss etwas passiert sein.«

»In dem Punkt können wir Sie beruhigen. Uns ist kein Unfall bekannt und es wurde auch keine Person mit der Beschreibung Ihres Chefs in ein Krankenhaus eingewiesen. Wir gehen davon aus, dass er auf jeden Fall lebt.«

Mias Worte schufen in Frau Hagedorn eine sichtbare Ruhe, wobei den beiden Ermittlerinnen gar nicht wohl dabei war. Ihrem Gefühl nach deutete alles auf ein Gewaltverbrechen, zumindest eine Entführung hin. Mia hakte nach.

»Gibt es aus Ihrer Sicht Geschäftspartner, mit denen Ihr Chef auf Kriegsfuß stand?«

Nur kurz dachte Helen Hagedorn nach, beeilte sich jedoch, diesen Verdacht auszuräumen.

»Nein. Das kann ich mit einem sicheren Gefühl ausklammern. Davon ist mir nichts bekannt.«

»Wie sieht es mit Mitarbeitern aus, die glauben, dass ihnen übel mitgespielt wurde? Gab es in der letzten Zeit Entlassungen oder zumindest internen Streit?«, bohrte Mia weiter.

»Auch da kann ich mich an keinen Fall erinnern. Lediglich war vor Monaten einmal ein klärendes Gespräch notwendig, als Frau Schwaiger völlig überraschend den Posten als Buchhaltungsleiterin erhielt. Frau Schock, die schon lange dafür vorgesehen war und es meiner Meinung nach auch verdient gehabt hätte, protestierte ganz offen dagegen beim Chef. Ganz unter uns: Ich fand es auch komisch, dass die Neue, also Frau Schwaiger, in dem Fall vorgezogen wurde, obwohl sie darin relativ unerfahren ist. Nun ja, das war seine Entscheidung und es steht mir nicht zu, das zu kritisieren.«

Wieder dieser kurze Blick zwischen den Polizistinnen, der deutlich machte, dass sie hier einen weiteren Ansatz für Ermittlungen sahen. Leonie griff den Hinweis auf.

»Ist es möglich, mit den beiden Damen ein kurzes Gespräch zu führen?«

»Ich denke, dass Frau Schock nichts dagegen hätte. Bei Frau Schwaiger müssten Sie sich noch gedulden. Sie ist heute nicht zum Dienst erschienen, hat sich aber auch noch nicht krank gemeldet. Soll ich Frau Schock anrufen?«

Leonie konnte es sich nicht erklären, warum bei ihr plötzlich sämtliche Alarmglocken läuteten. Erst eine übereilte Beförderung kurz nach der Einstellung, nun die gleichzeitige Abwesenheit. Spontan stellte sie die Frage.

»Ihre ganz persönliche Einschätzung ist uns wichtig, Frau Hagedorn. Könnten Sie sich vorstellen, dass das Verhältnis zwischen Herrn Schaffrath und Frau Schwaiger über das hinausgehen könnte, was man als normal zwischen Chef und Angestellter bezeichnen würde? Ich will damit keine Liebschaft andeuten, aber zumindest eine Besonderheit.«

Leonie hatte ins Schwarze getroffen. Als Hagedorns Gesicht die Farbe einer überreifen Tomate annahm, wussten beide Beamtinnen, dass sich jede Antwort erübrigte. Helen Hagedorn suchte nach einer Antwort, die nicht gleichzeitig ihren Chef kompromittieren würde. Leonie befreite sie aus dieser misslichen Lage und schob eine Frage hinterher.

»Könnten wir die Adresse und die Telefonnummer von Frau Schwaiger haben, sobald wir mit Frau Schock geredet haben? Wir werden sie selbst danach fragen. Sie müssten uns nur noch in einem Punkt helfen. Wir möchten im Anschluss gerne einen Blick in das Büro Ihres Chefs werfen, um nach möglichen Hinweisen für seinen Verbleib zu suchen. Wäre das möglich?«

Nach kurzem Zögern nickte Frau Hagedorn und erhob sich.

»Ich schicke Frau Schock zu Ihnen und erwarte Sie oben bei mir. Am Empfang sage ich Bescheid, dass man Sie hochbringt. Bis nachher dann.«

Die Erleichterung über die ersparte Antwort war Helen Hagedorn unschwer anzumerken. Leicht hinkend suchte sie den Weg zum Ausgang und verschwand im Aufzug.

»Schön, dass Sie Zeit für uns haben, Frau Schock. Wir werden Sie nicht allzu lange von der Arbeit abhalten. Mein Name ist Kommissarin Felten und das ist meine Kollegin, Kommissarin Richter. Sie wissen sicherlich, dass wir wegen des Verschwindens Ihres Chefs hier sind und nach Hinweisen suchen. Dazu befragen wir die engeren Mitarbeiter.«

»Ich bin keine engere Mitarbeiterin. Das wollen wir von Anfang an klarstellen. Zumindest nicht mehr. Wie kann ich Ihnen trotzdem helfen?«

»Dass Ihnen Ihrer Auffassung nach übel mitgespielt wurde, wissen wir bereits. Darin liegt auch einer der Gründe, warum wir uns mit Ihnen unterhalten möchten.«

»Ich habe ... glauben Sie, dass ich etwas mit dem Verschwinden des Chefs ...?«, platzte es aus der Frau heraus, die entsetzt auf ihren Stuhl zurückgewichen war.

»Ruhig, Frau Schock, niemand nimmt an, dass Sie mit dem Verschwinden von Herrn Schaffrath zu tun haben. Aber jede Information hilft uns bei der Suche nach Hintergründen. Natürlich interessiert uns dabei Ihr Verhältnis zu Herrn Schaffrath. Das wird ja sicherlich gelitten haben, nachdem man Ihnen Frau Schwaiger ...«

»Gelitten, sagen Sie? Ich hasse ihn dafür. Ja, nehmen Sie das zu Protokoll – ich hasse den Mann dafür. Das tut man nicht mit langgedienten Mitarbeitern, das ist einfach unanständig. Kaum taucht dieses, dieses aufgetakelte Weibsbild auf, werde ich beiseitegeschoben, lande auf dem Abstellgleis. Sie weiß nichts über gute Buchhaltung. Muss man heutzutage nur noch einen knackigen Hintern haben, um nach oben zu steigen?« Hier machte Frau Schock eine bedeutsame Pause und schlug die Hand vor den Mund. »Oh, Verzeihung. Das ist mir so rausgerutscht. Doch egal, es ist nun einmal die Wahrheit. Die Frau fragt mich, was sie tun soll. Man muss sich so was vorstellen. Das ist meine Vorgesetzte.«

Leonie und Mia konnten sich gut vorstellen, dass einige der vielen Sorgenfalten im Gesicht der Zeugin allein dieser Fehlbesetzung geschuldet waren. Zwar sprühten die Augen von Frau Schock derzeit Feuer, doch wirkten sie bei ihrer

Ankunft am Tisch noch ausgesprochen traurig. Die hängenden Schultern der Mittfünfzigerin zeugten von innerer Aufgabe und einem Leben, das sicher nicht immer leicht für sie war. Bewusst verzichteten die beiden Freundinnen auf einen Kommentar und setzten die Befragung fort. Mia blieb jedoch in einem Punkt am Ball.

»Uns interessiert Ihre Einschätzung, die selbstverständlich ganz inoffiziell geäußert werden darf. Niemand wird davon erfahren. Glauben Sie daran, dass es eine intime Bindung zwischen Ihrem Chef und Frau Schwaiger gibt? Dieser Hinweis interessiert uns besonders, seitdem wir hörten, dass auch Frau Schwaiger zumindest heute nicht zum Dienst erschienen ist. Sie können frei reden.«

Es war spürbar, dass in Frau Schock ein Kampf stattfand, ob sie sich tatsächlich frei heraus äußern sollte. Schließlich schwand die Anspannung, was daran auszumachen war, dass sich die Schultern noch ein wenig mehr senkten und ihre graublauen Augen den Ausdruck von Aufgabe und Verzweiflung annahmen. Fast flehentlich richtete sich ihr Blick auf Leonie, als sie zu sprechen begann.

»Da spricht das gesamte Haus drüber, doch niemals öffentlich. Die arme Frau Schaffrath, so denken alle hinter vorgehaltener Hand. Ich habe von dem Vorhaben gehört, es der Ehefrau zu stecken. Bisher fehlte nur allen der Mut. Doch eines Tages passiert es, das garantiere ich Ihnen.«

Mia war es, die Frau Schock mit ihrer Zwischenfrage schockierte, sie völlig aus der Fassung brachte.

»Sind Sie ganz sicher, dass es nicht schon geschah, Frau Schock?«

»Ich habe kein Wort ...«

»Das habe ich Ihnen auch nicht unterstellen wollen, Frau Schock. Aber wenn es doch schon jeder wusste und auch

31

schon die Idee zum Verrat existierte, wäre es doch zweifellos möglich, dass jemand absolut anonym tätig wurde. Wir könnten so was sogar gut nachvollziehen.«

Lange irrten die Augen von Sieglinde Schock zwischen den Ermittlerinnen hin und her, bis sie sich endlich beruhigte.

»Frau Schock, Sie haben uns für den Moment sehr geholfen, wofür wir Ihnen dankbar sind. Wir hoffen, dass wir uns bei weiteren Fragen an Sie wenden dürfen. Bitte behalten Sie Ihre Informationen noch für sich. Wir sind nach wie vor optimistisch, dass Herr Schaffrath und Frau Schwaiger unversehrt wieder auftauchen werden. Ihnen noch einen angenehmen Arbeitstag.«

Schweigend sahen beide Polizistinnen einer Frau hinterher, die vom Leben enttäuscht worden war und trotzdem ihr Schicksal still meistern musste. In dem Alter konnte sie sicher sein, nirgendwo wieder eine neue Anstellung zu finden. Es grenzte an Folter, mit dieser Tatsache und einer verhassten Vorgesetzten weiter in diesem Betrieb tätig sein zu müssen. Mit diesem Wissen erhoben sich Mia und Leonie und liefen zum Aufzug. Frau Hagedorn wartete bereits auf sie.

5

Kaum hatten Mia und Leonie das Büro betreten, als sie auch schon von Kais lautem Organ begrüßt wurden.

»Das trifft sich gut, Mädels. Gerade wollte ich mit Gordon rausfahren. Wir haben eine Leiche im Mühlbachtal, besser gesagt am Halbachhammer. Ihr könnt dann hier die Stellung halten. Wir müssen noch an der Uniklinik vorbei, unseren eifrigen Doktor aufsammeln. Sein antiker Ford Taunus streikt und befindet sich in der Werkstatt. Bin gespannt auf euren Bericht über den Vermissten. Der wird sich wohl eine Erholungspause von seiner lieben Frau gönnen und irgendwann wieder relaxt auftauchen.«

»Lass diese Machosprüche, Kai. Ganz so simpel, wie du es darstellen möchtest, wird es nicht sein. Da gibt es einige andere Gründe, die seine Abwesenheit erklären könnten. Hoffentlich handeln wir uns keinen neuen Fall damit ein. Ich habe ein beschissenes Gefühl dabei.«

Leonie drängte den glatzköpfigen Riesen beiseite und sah ihre E-Mails durch, die sich mittlerweile angesammelt hatten. Mia ließ Kais Spruch unkommentiert und suchte in den Schubladen nach ihrer Brotbox. Kai zuckte die Schultern und verschwand. Auf dem Flur traf er auf Gordon, der gerade das Büro von Dino Wohlert verlassen hatte.

»Du fährst, Kai. Ich muss noch telefonieren. Du weißt ja, Klaus Lieken wartet am Eingang. Vergiss den bloß nicht.«

»Alles klar, Gordon. Bestell Denise einen schönen Gruß von mir. Die wird es wohl gar nicht abwarten können, bis sie dich ganz für sich hat. Die wird sich noch wundern.«

»Wie meinst du das?«

»Das dürfte doch klar sein, Gordon. Wer will dich außer uns den ganzen Tag um sich haben? Das bedeutet vierundzwanzig Stunden am Tag Gemecker, Besserwisserei und Kontrolle. Denise tut mir jetzt schon leid.«

»Du darfst nicht von dir auf andere schließen, du Irrer. Außerdem habe ich einen Job am Tage. Das solltest du wissen. Das Szenario wird bei dir zu Hause eintreffen, wenn man dich vorzeitig in den Ruhestand verbannt.«

»Vorzeitig? Warum sollte man das tun?«

»Das dürfte klar sein. Wenn ich gehe, wirst du meinen Job bekommen. Dass das im Chaos endet, dürfte schon jetzt jedem klar sein. Damit dich die Mitarbeiter nicht still beseitigen, wird man dich in Sicherheit bringen müssen. Man nennt das auch häusliche Schutzhaft. In deinem Fall kommt noch betreutes Wohnen dazu. Aber das erkläre ich dir ein anderes Mal. Da vorne steht Klaus. Stop, du fährst sonst vorbei!«

Kai riss das Steuer herum und bremste hart neben dem wartenden Rechtsmediziner, der sich auf den Rücksitz quälte. Eine Hand hatte er in die Hüfte gestemmt und das Gesicht vor Schmerz verzogen.

»Seid ihr zwei verrückt geworden? Ich dachte schon, dass ich unter die Räder komme. Sind Sie sich sicher, Wiesner, dass sie wirklich einen Führerschein erworben haben? Fahren Sie bitte vorsichtig. Ich habe einen Hexenschuss.«

Die Dämmerung zog bereits durch die Wälder rund um das Mühlbachtal, als die drei Männer endlich am Halbachhammer eintrafen und durch die Sperren der Schutzpolizei schritten. Links und rechts des versumpften Teiches wuselten etliche in weißen Schutzanzügen gekleidete Figuren und bewegten sich wie indianische Fährtenleser innerhalb eines abgesperrten Areals. Auch die drei Neuankömmlinge zogen sich Schutzhüllen über die Schuhe und zogen bereits Handschuhe aus den Taschen. Dr. Lieken bewegte sich auf einen Beamten zu.

»Wo finden wir die Leiche?«

Wortlos streckte der Mann den Arm aus und wies auf das wunderschöne Fachwerkhaus, das einst die erste Werkstatt und Schmiede der Familie Krupp beherbergt hatte und liebevoll restauriert worden war. Die beschauliche Stille dieses Ortes suchte man im Augenblick vergeblich. Mindestens ein Dutzend Männer und Frauen hatten sich um etwas versammelt, das alle wie ein Magnet anzog.

»Dürfen wir bitte durch, Herrschaften. Treten Sie alle ein paar Schritte zurück, damit auch wir uns ein Bild machen können.«

Gordons Stimme duldete keinen Widerspruch. Alle kannten diesen großen Hauptkommissar, der als *Boss* aufgrund seines Jeansanzugs jedem bekannt war. Sein tadelloser Ruf mit der höchsten Aufklärungsquote lief ihm voraus und äußerte sich in Respekt. Obwohl die Männer innerhalb ihrer langjährigen Zusammenarbeit schon viele Opfer gesehen hatten, war es immer wieder ein neuer Schock, wenn sie mit derartigen Bildern konfrontiert wurden. Keine Leiche ähnelte der anderen. Immer wieder begleitete der Anblick das Erschrecken über die irren Verhaltensweisen der Mörder. Dass es sich hier nicht um eine Selbsttötung handelte, war jedem Umstehenden auf Anhieb klar. Klaus Lieken bemühte sich darum, den Boden direkt unter dem Opfer nicht zu betreten, da er keinerlei Spuren zerstören wollte. Immer wieder schüttelte er seinen Kopf, ließ den ergrauten Pferde-schwanz dabei schwingen.

»Ist der Satan wieder zurück aus seinem Höllenschlund? Das kann doch kein Mensch getan haben. Seht ihr das anders?«

Während er die kleine Taschenlampe aus einer der vielen Parkataschen kramte und auf das Opfer richtete, suchten seine Augen den über und über mit Blut getränkten, unbekleideten Körper ab.

»Ich kann euch schon jetzt verraten, dass es sich hier oben nicht um Totenflecken handelt. Die findet ihr bekanntlich im unteren Bereich. Das sind durchweg Hämatome. Das Opfer dürfte wohl totgeschlagen oder totgetreten worden sein. Seht her. Überall treten die Spitzen der gebrochenen Knochen und Rippen durch die Haut. Es dürfte selbst für mich später auf dem Tisch schwierig werden, die tatsächliche Todesursache festzustellen. An dieser Frau ist aber auch nichts mehr heil. Als hätte jemand einen Panzer darauf gewendet. Pfui Teufel.«

Kai schluckte, während Gordon näher herantrat und die verschränkten Arme der Frau anhob, die über den Ober-körper drapiert waren. Angewidert ließ er sie sofort wieder fallen und drehte sich ab.

»Verdammt. Was hat der Killer mit den Brüsten gemacht? Ihr fehlen beide. Dass jemand abgeschnittene Brüste für seine Trophäensammlung zurückbehält, habe ich bisher noch nicht erlebt. Was denkst du, Klaus? Lebt derjenige mit einem Mutterkomplex und ergötzt sich daran? Sieh bitte mal nach, ob der noch mehr für seine Sammlung abgetrennt hat. Das ist ja ekelerregend.«

Klaus Lieken ging um die völlig entkleidete Leiche herum und besah sich das Opfer von der gegenüberliegenden Seite.

»Momentan kann ich da nichts erkennen. Zumindest hat er sie nicht ausgeweidet. Mich beschäftigt außerdem, warum der Mörder das Opfer nicht irgendwo unauffällig entsorgt hat. Er wollte seine schreckliche Tat unbedingt werbewirksam der Öffentlichkeit präsentieren. Dieses Ausflugsziel wird von vielen Menschen besucht. Da macht es sich gut für einen narzisstisch veranlagten Irren, sein Werk vom Volke bewundern zu lassen. Damit sie nicht von dem Ausleger des mächtigen Hammers herunterfällt, hat er das Opfer sogar mit zwei Riesennägeln am Holz befestigt. Einer steckt direkt in der Herzgegend, der andere wurde in die Vagina getrieben.«

Kai trat nun ebenfalls näher heran und studierte das Gesicht, das all den Schmerz ausdrückte, den die Frau erlitten haben musste.

»Das muss einmal eine Schönheit gewesen sein. Nun heißt es, für uns herauszufinden, wen wir hier haben.«

»Sie heißt Edina Schwaiger und vierunddreißig Jahre alt.«

Alle drei drehten sich zu dem Mann der KTU um, der ihnen das offenbarte. Er wedelte mit einer kleinen Handtasche. Kommissar Schauer erklärte sein Wissen sofort.

»Das Schwein hatte diese Handtasche zwischen ihre Beine gestellt und sämtliche Papiere darin gelassen. Wir sollten sofort wissen, mit wem wir es zu tun bekommen. Diese Bestie muss sich verdammt sicher sein, dass man nicht auf ihn schließen kann. Wenn ihr mich fragt. Das hat der nicht zum ersten Mal getan. Oder er beginnt gerade mit einer Serie. Dieser Typ muss eine unbändige Freude am Töten besitzen und kanalisiert eine Menge von angestautem Hass in einer Hinrichtung. Gott behüte uns vor diesem Satan.«

Ringsherum trat Stille ein, bis Gordon nach der Tasche griff und sie öffnete. Nichts Auffälliges war zu finden. Alles Dinge, die Millionen Frauen ebenfalls in den unergründlichen Tiefen ihrer Handtaschen aufbewahrten. Er gab die Tasche zurück, behielt lediglich die Ausweispapiere.

»Untersucht die Gegenstände auf fremde DNA. Vielleicht hat der Täter ja doch etwas angefasst. Kai, du kümmerst dich um das Umfeld der Toten. Handelt es sich tatsächlich um diese ... wie hieß sie noch mal gerade? ... diese Edina Schwaiger, dann sind wir einen entscheidenden Schritt weiter. Gib Leonie schon den Namen durch, damit sie in der Datei für vermisste Personen suchen kann.«

Kai verließ das Gebäude und stellte sich nahe ans Teichufer. Einen Augenblick benötigte er, um den grässlichen Anblick zu verlieren, der sich immer wieder vor seinen Augen aufbaute. Schließlich griff er nach seinem Telefon und hatte Sekunden später Leonie am Apparat.

»Na, seid ihr durch mit der Besichtigung? Schlimm? Was habt ihr gefunden?«

»Das willst du, glaube ich, nicht wissen, Leonie. Du sollst, bis wir eintreffen, einen Namen eingeben und prüfen, ob die Frau als vermisst gemeldet wurde. Der Name ist Edina Schwaiger. Hast du verstanden? Edina Schwaiger. Sie ist vierunddreißig Jahre alt und ...«

»... wohnt in der Mülheimer Straße in Essen-Frohnhausen«, beendete Leonie spontan den Satz.

Hätte sie in diesem Moment in Kais Gesicht sehen können, wäre sie trotz der ernsten Lage wohl in lautes Gelächter ausgebrochen.

»Was ... woher wusstest du das, Leonie?«

»Weil wir genau diese Frau morgen früh aufsuchen wollten. Es handelt sich mit großer Wahrscheinlichkeit um die Geliebte des vermissten Martin Schaffrath. Ich setze den Kerl nicht nur auf die Vermissten-, sondern auch auf die Fahndungsliste. Wir sehen uns dann später, Kai.«

6

»Warum haben Sie das getan? Wieso gerade sie? Sie sind ein Monster.«

Martin Schaffrath sprang vor und machte Anstalten, sich auf seinen Gegner zu stürzen. Schon im Ansatz war das zum Scheitern verurteilt, da er die scharfe Klinge des Stiletts in der Hand des Mörders aufblitzen sah. Sie bohrte sich, als wäre sie durch Butter gefahren, wenige Zentimeter in den Oberarmmuskel Schaffraths. Noch mehrfach hallte der Schrei des Gepeinigten durch den Kellergang, bis er schließlich in ein leises Wimmern überging.

»Du musst lernen, deine Emotionen unter Kontrolle zu behalten. Ich möchte dir nicht wehtun müssen. Du warst böse. Und das darf ich nicht tolerieren.«

Fest umklammerte Schaffrath die stark blutende Wunde und sank auf die Knie. Tränen rannen über das Gesicht, die keine Aussage darüber zuließen, ob sie der Schmerz oder die unterdrückte Wut verursacht hatten. Wie ein verzweifeltes Kind wippte er mit dem Oberkörper vor und zurück, bis sich die Hand des Mörders fest auf seine Schulter legte.

»Du wirst nun zurück in deinen Raum gehen und darüber nachdenken, wie du zukünftig in einer solchen Situation reagieren solltest. Ungehorsam darf und werde ich nicht dulden. Ich bin ein herzensguter, aber auch strenger Meister. Das musst du wissen, wenn wir zukünftig miteinander auskommen wollen. Übrigens gibt es zur Strafe heute kein Essen. Ich werde dir Wasser bringen und Verbandszeug. Wenn du es möchtest, verbinde ich dir die Wunde sogar. Die Entscheidung liegt bei dir und ich mache es gerne. Und jetzt hoch mit dir, es gibt noch viel zu tun.«

Schaffrath versuchte, die Geschehnisse der letzten Minuten in einen logischen Zusammenhang zu bringen. Noch immer fehlte ihm jeglicher Grund, warum diese Bestie ihn entführt und Edina derart misshandelt hatte. Es ergab einfach keinen Sinn. Und doch musste der Bursche ein festes Ziel verfolgen, da zumindest Edina und er zusammen in einem Kellergewölbe kein Zufall sein konnten. Er wirkte auch nicht unbedingt verrückt, handelte nach einem Muster, das er sicherlich als schlüssig erachtete. Martin Schaffrath war dem Vorhaben des Mannes hilflos ausgeliefert, was ihm besonders schwerfiel, da stets er es war, der die Richtung vorgab.

Ich werde dich irgendwann kriegen, du Irrer. Du wirst einen entscheidenden Fehler machen. Und dann wirst du mich kennenlernen.

Für den Moment ergab sich Schaffrath in sein Schicksal und erhob sich mit einem gequälten Stöhnen. Als er wieder seine Liege erreicht hatte und sich sein Peiniger entfernte, verzerrte sich sein männlich schönes Gesicht zu einer hasserfüllten Fratze.

Du wirst es noch bereuen, Hand an mich gelegt zu haben. Dafür werde ich dich töten.

Als hätte der Kerl seine Gedanken gelesen, drehte er sich an der Tür um, wobei ein gefährlich freundliches Lächeln seinen Mund umspielte. Minuten später tauchte er wieder auf und löste sein Versprechen ein, die Verletzung zu versorgen und Wasser zu bringen.

Schaffraths Körper versteifte sich, als sein Entführer den Erste-Hilfe-Koffer öffnete und zwischen den Utensilien nach einer Schere suchte. Doch das war es nicht, was in ihm das Schaudern auslöste. Es war die freie Hand, die gleichzeitig sanft über den Rücken strich, als wollte er seinen Gefangenen damit beruhigen. Ungewöhnlich vorsichtig legte er einen Druckverband an, nachdem er die Wunde professionell desinfiziert hatte. Ungläubig betrachtete Schaffrath den sauber angelegten Verband und erschrak, als ihm wortlos ein Päckchen Schmerztabletten vor das Gesicht gehalten wurde. Nichts in den Augen des Fremden ließ vermuten, dass er erst Minuten zuvor kaltblütig auf sein Opfer eingestochen hatte. Mitleid war darin zu erkennen, das Martin Schaffrath unerklärlicherweise Angst einjagte. Wieder lag diese mordende Hand auf seinem Rücken und streichelte, als hätte sie die Aufgabe übernommen, einen Hund zu beruhigen. Als der Mörder ihn nach minutenlangem Schweigen ansprach, zuckte Schaffrath zusammen und zog sich etwas zurück.

»Du musst dich nicht vor mir fürchten. Ich will dir nicht wehtun. Edina hat es verdient. Sie ist eine treulose Frau, die keine Skrupel besaß, einen verheirateten Mann zu verführen. Sie war es, die dich entehrte. Sie hat ihr Schicksal selbst herausgefordert. Du kannst sicher sein, dass sie dir niemals wieder Schaden zufügen kann. Du darfst jetzt leben, ohne Gefahr zu laufen, dass eine Frau jemals wieder deinen Körper missbraucht. Du darfst den Frieden ohne Fleischeslust genießen.«

»Was wollen Sie mir damit ... Heißt das etwa, dass ich nie wieder ...?«

»Warum fragst du das mit einem Unterton der Verzweiflung? Statt dankbar zu sein, erkenne ich bei dir Widerstand. Glaube mir, du wirst Gefallen an deinem Dasein finden, sobald du erkannt hast, dass ich ein Freund bin. Ja, ich will dein Freund sein – ein guter Freund, wenn du weißt, was ich damit meine. Ich koche für dich und versorge dich mit allem, was du wünschst. Die Welt da draußen, die voller Gefahren auf uns lauert, werde ich von dir fernhalten. Du befindest dich nun in Sicherheit.«

Vergessen war der Schmerz im Arm und die Bedrohung durch das gefährliche Messer, als Schaffrath hochsprang und sich auf seinen Gegner stürzen wollte. Es war nur eine knappe Bewegung der linken Hand, die sich blitzschnell auf seinen Hals legte und einen Punkt fixierte, die den gesamten Körper erstarren ließ. Ungläubig sah Schaffrath auf seinen Gegner, der ihn wieder aus kalten Augen betrachtete. Erst als der Fremde den Griff lockerte, wich auch allmählich wieder die Lähmung. Einen zweiten Angriff wagte Schaffrath nicht, lauschte nur den Worten des Entführers.

»Du scheinst immer noch nicht begriffen zu haben, in welches Paradies dich das Schicksal geführt hat. Wir werden daran arbeiten müssen, dein aggressives Verhalten in positive Energie umzuwandeln. Du wirst sehen, dass es den Geist erfüllt, in friedvoller Zweisamkeit dem Sinn des Daseins nachzueifern. Einige vor dir haben schon darin Erfüllung gefunden.«

Bevor Schaffrath aus der Schockstarre zu einer Erwiderung fand, war der Fremde längst in dem Kellergang verschwunden. Ein kaum vernehmbares Surren zeigte an, dass das elektronische Schloss jeden Versuch, den Raum zu verlassen, zunichtemachen würde. Wirre Gedanken irrten durch Schaffraths Kopf, die schlimmste Szenarien formten. Ein Schrei, den er nicht komplett unterdrücken konnte, stahl sich über seine Lippen, als sich das Bild eines nackten Mannes vor seinen Augen aufbaute. Die Augen des Entführers bohrten sich in seine, während riesengroße Hände sich seinen Schenkeln näherten. Mit wilden Bewegungen der Arme versuchte er, diese Horrorvorstellung zu verwischen. Erschöpft ließ er sich auf die Matratze fallen und bemühte sich darum, nicht einzuschlafen. Irgendwann überfiel ihn die Müdigkeit und zerrte ihn in wilde Träume.

7

Mittlerweile hatte sich ein Unwetter über Essen ausgebreitet. Als Kai und Gordon durchnässt das Büro betraten, sahen sie Leonie am Fenster stehen, die auf das gegenüberliegende Gerichtsgebäude sah, vor dem sich einige Passanten mit aufgespannten Regenschirmen gegen den peitschenden Wind stemmten. Mia erwiderte nur leise den Gruß der beiden und konzentrierte sich wieder auf den Bericht, den sie nun fast beendet hatte. Leonie hielt ein Foto in Händen, das ihr Kai mit einer schnellen Bewegung stibitzte.

»Das ist also Edina Schwaiger, bevor sie einem Wahnsinnigen in die Hände fiel. Ich sagte ja sofort, dass das mal eine wunderschöne Frau war. Wo hast du das Bild her? Befand sich das Opfer in unserer Datei?«

»Nein, nein, die war noch nicht aktenkundig. Habe mir das Foto aus der Personalakte mitgenommen«, klärte Leonie auf. »Eigentlich hatte ich Schaffrath für klüger gehalten. Dem sollte doch wohl klar sein, dass wir ihn sofort auf die Liste der Verdächtigen setzen würden. Wie pervers muss ich sein, meine Geliebte derart in aller Öffentlichkeit zur Schau zu stellen? Auf den und seine Motivation bin ich gespannt. Das Foto von ihm ist raus. Das wird nicht lange dauern, bis wir den haben.«

Gordon war zwischenzeitlich mit einem Handtuch durch sein nasses Haar gerubbelt und bemühte sich, Kopf- und

Barthaare wieder stilvoll herzurichten. Währenddessen mischte er sich in das Gespräch seiner Mitarbeiter.

»Meinst du nicht, dass du mit deiner Festlegung auf Schaffrath etwas voreilig urteilst? Ich bin ganz bei dir, wenn es um die Annahme geht, es mit einem scharfsinnigen Mann zu tun zu haben. Allein schon deshalb weigere ich mich, anzunehmen, dass er derart offensichtlich den Verdacht auf sich selber lenkt. Das wäre total verrückt. Nein, liebe Leonie, ich glaube nicht daran, dass er es war. Dann hätte er sich doch gleich stellen können, denn dass wir ihn relativ schnell aufspüren werden, dürfte dem Mann klar sein. Warum also dann dieses Theater?«

Auch Kai, der sich an die Kante seines Schreibtisches gelehnt hatte, schüttelte den Kopf.

»Da bin ich ebenfalls Gordons Meinung. Das Ganze ist zu offensichtlich, wenn man mich fragt. Es wäre doch immerhin möglich, dass man die beiden einfach entführt hat. Wir sollten herauszufinden versuchen, wann, wer und warum. Hat es mit dem Geschäft zu tun, was heute abgewickelt werden sollte? Gibt es Konkurrenz, der das nicht in den Kram passt? Ich versuche mal, herauszufinden, um welches Auftragsvolumen es dabei ging. Rechtfertigt das überhaupt einen möglichen Doppelmord? Ungewöhnlich finde ich nur diese Zurschaustellung des Opfers. Bin gespannt, wann und wie uns Schaffrath präsentiert wird.«

»Glaubt ihr wirklich, dass die den Schaffrath ebenfalls ... ich mag mir das gar nicht vorstellen«, mischte sich Mia in die Diskussion. »Das sind ja Mafiamethoden.«

»Vielleicht liegen Sie da nicht so ganz falsch, Frau Richter«, pflichtete ihr Gordon bei. »Oft genug wurden Geschäftsleute auf derart drastische Weise davon überzeugt, die Finger aus bestimmten Geschäften herauszuhalten. Kai, du bleibst an dem Geschäft mit den Ungarn dran und ich versuche herauszufinden, welchen Weg Schaffrath gefahren sein könnte, um zur Firma zu kommen. Irgendwo müsste er auf dem Weg von einer Kamera erfasst worden sein. Vielleicht habe ich ja Glück.«

Kaum hatte Gordon sein Büro betreten, klingelte sein Telefon und Liekens Name erschien auf dem Display.

»Die Frau vom Halbachhammer hat schon auf meinem Tisch Platz genommen«, begann er, bevor sich Gordon überhaupt melden konnte. »Es lohnt sich in den meisten Fällen, mal die Lupe zu bemühen und den Körper abzusuchen. Ich glaube, wir haben Glück. Habe da was Interessantes gefunden.«

Als eine sekundenlange Pause eintrat, hüstelte Gordon und wartete geduldig darauf, dass sich Klaus Lieken erklärte.

»So, da bin ich wieder. Hatte meine Handschuhe auf den Boden fallen lassen. Also, hör zu. Die Frau wurde definitiv betäubt, bevor man sie wohl abtransportierte. Als ich mir Leber und Niere vornahm, konnte ich noch deutlich Spuren von Propofol analysieren. Etwa zur Hälfte wird Propofol nach etwa zwei Stunden vom Körper eliminiert. Reste sind jedoch noch später nachweisbar. Was mich stutzig macht, ist das Vorhandensein von Erbrochenem. Das stammt zu hundert Prozent von dem Opfer. Jetzt stellt sich natürlich die Frage, ob die Frau das Narkosemittel nicht vertragen hat oder sich später infolge der Schmerzen erbrach. Im ersten Fall kann es zu einem Kollaps gekommen sein, was bei sachgemäßem Gebrauch des Narkotikums eigentlich so gut wie nie vorkommt.«

»Wenn ich dich richtig verstehe, vermutest du eine nicht fachgerechte Verabreichung«, unterbrach Gordon seinen

Freund. »Nur so eine Idee von mir. Der Täter könnte die Frau in einem Anfall von Enttäuschung oder Wut mit Schlägen und Tritten malträtiert haben. Möglicherweise bekam sie gar nicht mehr mit, was man ihr angetan hat, weil ihr Kreislauf zusammengebrochen ist. Ich weiß, dass ich das laienhaft ausdrücke, aber du weißt, was ich meine?«

Klaus Lieken hielt seine Meinung dazu nicht lange zurück.

»Das wäre für die Frau wohl die beste Lösung gewesen. Doch kann es ebenso sein, dass sie zwar wieder aufwachte, jedoch in einen Zustand der Verwirrung eintrat, was wir als Delirs bezeichnen.«

»Nun gut, Klaus. Aber in beiden Fällen könnte ich mir vorstellen, dass der Entführer maßlos enttäuscht reagierte, da er gerne die Qualen des Opfers genossen hätte. Wir beide wissen doch, wie sehr diese Narzissten es lieben, den Opfern zu zeigen, welche Macht sie über sie besitzen. Mir dreht sich der Magen um, wenn ich mir vorstelle, wie dieser Psychopath wütete und auf die Frau eintrat. Hoffentlich musste sie das nicht mehr ertragen.«

Es rauschte und raschelte in der Leitung, bevor sich Lieken wieder meldete.

»Entschuldigung, aber ich musste den Kaffee austrinken. Ich mag ihn nicht, wenn er kalt geworden ist.«

»Frühstückst du etwa gerade, während du die Frau sezierst? Sag mir, dass es nicht wahr ist.«

Leichte Empörung und ein leiser Vorwurf waren aus der Antwort des Mediziners herauszuhören.

»Ich habe es nicht so gut wie ihr, mein Lieber. Hier gibt es keine Kantine, in die ich mich mal für eine Stunde verziehen kann. Die Arbeit ... ich meine ... die Verstorbenen stapeln sich hier fast. Auf mich warten noch ein Suizid und ein

Unfallopfer. Ich höre von euch immer die Frotzelei, dass meine Kundschaft ja reichlich Zeit hätte. Ich lach darüber nicht mehr. Die Zeit läuft mir aber weg, wenn ich nicht frühzeitig die Analyse betreibe. Aber was erzähle ich da? Das weißt du ja, dass es oft auf Minuten ankommt, um die Todesursache zu bestimmen.«

»Es sollte auch kein Vorwurf sein, Klaus. Ich könnte das eben nicht – ich meine, dabei essen. Gibt es sonst noch Hinweise, die uns weiterhelfen?«

Nach kurzer Pause fuhr Dr. Lieken fort.

»Die Brüste wurden dem Opfer post mortem mit einem äußerst scharfen Gegenstand abgeschnitten. Ich tippe auf ein japanisches Wakizashi, also ein Kurzschwert. Es gibt kaum eine schärfere Waffe, mit der solch glatte Schnitte durchgeführt werden könnten. Wie ich schon sagte, nur eine Annahme von mir. Den Bericht bekommst du noch vor Feierabend. Und jetzt muss ich weitermachen. Viel Erfolg bei euren Recherchen.«

Die Leitung war unterbrochen, bevor sich Gordon bei seinem Freund bedanken konnte. Kaum lag das Telefon in der Schale, als sich auch schon drei neugierige Mitarbeiter vor Gordons Schreibtisch versammelten und stumm auf den Bericht warteten. Die Diskussion über die mögliche Motivation des Täters wurde erst unterbrochen, als Kriminalrat Kläver eintrat und einen ersten Bericht einforderte. Aufmerksam folgte er den Vorträgen und runzelte die Stirn.

»Mich wundert, dass es bisher noch keine Spur von dem Auto gibt. Diese Porsche-Typen stehen ja nicht an jeder Ecke herum. Es besteht natürlich die Möglichkeit, dass sich Schaffrath ins Ausland abgesetzt haben könnte. Wir sollten auf allen deutschen Flughäfen nachsehen lassen und Interpol mit ins Boot holen. Ich habe verstanden, dass ihr den Mann nicht unbedingt als Täter seht, doch dürfen wir die Möglichkeit nicht komplett ausschließen. Also los, Leute. Ich muss zum Chef zum Rapport.«

8

»Es tut mir sehr leid, Frau Hagedorn, dass ich Sie noch einmal belästigen muss. Aber wir versuchen zu rekonstruieren, bis wohin Herr Schaffrath den normalen Weg zum Büro wählte. Bisher konnten wir ihm mit Hilfe diverser Überwachungskameras an drei Punkten in der Stadt ausmachen. Alle liegen auf dem direkten Weg hierher. Nun stellt sich uns die Frage, ob er vielleicht sogar bis ins Gebäude kam.«

Ungläubige Blicke der Sekretärin lagen auf Gordon, der ihr das näher erklären wollte. Frau Hagedorn kam ihm mit ihrer Frage zuvor.

»Ich verstehe nicht ganz, Herr Hauptkommissar. Dann müsste er doch an mir vorbeigekommen sein. Ist er aber nicht. Der Empfang kann ihn nicht gesehen haben, da der Chef und weitere Mitarbeiter direkt aus der Tiefgarage einen eigenen Aufzug benutzen.«

»Dann lassen Sie mich anders fragen. Gibt es im Haus Überwachungssysteme für bestimmte Bereiche? Ich meine damit Kameras im Eingangsbereich oder in der Garage.«

»Selbstverständlich, Herr Rabe. Doch die befinden sich nur in der Eingangshalle und in der Auf- und Abfahrt der Tiefgarage. Den inneren Parkbereich wollte der Chef auf keinen Fall überwacht haben. Er meinte, dass die Privatsphäre der Mitarbeiter gewahrt werden sollte. Es wird Ihnen also wenig nützen.«

Ein zufriedenes Lächeln erschien auf Gordons Gesicht.

»Darüber kann man denken, wie man will. Wenn es der Sicherheit dient, befürworte ich auch die Sicherung der Parkbereiche. Das ist zwar schade, aber zumindest könnten wir dort sehen, wer ein- oder ausfuhr. Existiert womöglich noch das Band vom gestrigen Morgen? Das wäre wunderbar.«

Helen Hagedorn telefonierte nur kurz und nickte zufrieden, bevor sie aufstand und Gordon bat, ihr zu folgen. Der Weg führte die beiden in einen kleinen fensterlosen Verschlag im Erdgeschoss, in dem bereits ein Techniker damit beschäftigt war, die gestrigen Schwarz-Weiß-Aufnahmen auf den Schirm zu holen.

»Welche Zeit suchen wir eigentlich?«, wollte er wissen und blickte abwartend auf den Hauptkommissar.

»Ich würde um 08:30 Uhr beginnen, da das Meeting meines Wissens nach um 09:30 Uhr starten sollte. Wir suchen nach dem Porsche des Chefs und dem ... welches Auto fährt eigentlich Frau Schwaiger?«

Für diese Frage erntete Gordon verständnislose Blicke.

»Warum ist der Wagen von Frau Schwaiger wichtig? Die liegt doch bestimmt krank zu Hause und kann auf dem Film nicht auftauchen. Wurde die Kollegin etwa auch als vermisst gemeldet?«

Hagedorns Frage trieb Gordon in eine Situation, die er lieber auf später geschoben hätte. Jetzt war nur noch Zeit für Halbwahrheiten, um in der Belegschaft keine Panik zu verbreiten. Der Zufall kam ihm zu Hilfe, als der Mini Cooper auf der Abfahrt auftauchte. Der Techniker rief erstaunt: »Da ist sie ja. Wer behauptet denn, dass Frau Schwaiger krank ist? Sie fährt um genau 08:43 Uhr ins Haus. Versteht das jemand? Wo ist sie geblieben?«

Während alle staunend auf den Film blickten, der weiterlief und verschiedene Fahrzeug in der Einfahrt zeigte, suchte Gordon immer noch nach einer Erklärung. Sein Ruf, den Film anzuhalten, ließ die beiden Anwesenden zusammenzucken.

»Bitte noch mal zurück. Da auf der Auffahrt ... ist das nicht der Mini von Frau Schwaiger? Der Wagen verlässt das Haus wieder. Und sehen Sie genau hin. Es sitzt ein Mann am Steuer.«

Der Techniker reagierte schnell und spulte zurück. Dann versuchte er, das Bild heranzuzoomen. Leider besaß die einfache Anlage nicht den Vorzug, vergrößerte Bilder erneut detailliert darzustellen. Das Bild verzerrte sich in großen Pixeln und zeigte lediglich den Körper eines Mannes, der ein dunkles Sakko trug und ein Basecap tief in die Stirn gezogen hatte. Schließlich verließ der Wagen den Einsichtbereich. Leise fluchend ließ sich Gordon in den Stuhl zurückfallen.

»Fest steht zumindest, dass Frau Schwaiger einfuhr. Wer letztendlich im Wagen saß, als er ausgefahren wurde, bleibt ein Rätsel. Der Fahrer wusste zumindest, dass er gefilmt werden würde. Herr Schaffrath kann es eigentlich nicht gewesen sein, da sein Wagen noch nicht eingefahren war.«

»Aber jetzt kommt er«, unterbrach Frau Hagedorn. »Wir haben 09:20 Uhr und das ist definitiv sein Porsche. Die beiden haben sich um mindestens fünfundzwanzig Minuten verpasst.«

»Zumindest könnte er in der Zeit den Wagen gewechselt haben«, mischte sich der Techniker ein, was Gordon erst einmal unkommentiert ließ. Er beobachtete weiter den Bildschirm und wurde nicht enttäuscht. Schon zwölf Minuten später erschien der besagte Porsche erneut vor der Ausfahrtschranke und verschwand aus dem Blickfeld. Zurück blieben drei Personen, die sich bemühten, auch hier den Fahrer kenntlich zu machen. Keine Chance, da auch hier nur eine Gestalt vage zu erkennen war.

»Derjenige, der jeweils den Wagen hinausfuhr, muss doch irgendwie in die Tiefgarage gelangt sein. Ich bin davon überzeugt, dass es nicht Herr Schaffrath war, der hinter dem Steuer saß. Natürlich könnte sich der Mann bereits noch vom Vortag in der Garage befunden haben, sich also versteckt gehalten haben. Aber er muss ja nach der Ausfahrt des Minis wieder hineingekommen sein, um den Porsche zu entführen. Gibt es Aufnahmen aus dem Empfangsbereich von vorgestern und gestern Morgen?«

Gordon verfolgte die Suche des Technikers, während Frau Hagedorn damit begann, auf ihren Fingernägeln herumzukauen. Als sie bemerkte, dass Gordon sie dabei beobachtete und lächelte, lief ihr Gesicht rot an und sie versteckte die Hände hinter dem Rücken.

»Ich habe sie. Soll ich ...?«, wollte der Techniker wissen, bemerkte jedoch ein Abwinken des Hauptkommissars.

»Es wäre nett, wenn Sie mir davon Kopien auf einen Stick ziehen würden. Das sollen unsere Techniker erledigen. Es würde sonst zu lange dauern. Und um auf Ihre Frage von vorhin zurückzukommen, Frau Hagedorn. Wir suchen auch nach Frau Schwaiger, denn zu Hause konnten wir sie nicht erreichen. Das Telefon ist stumm. Der Verdacht drängt sich nach diesen Bildern auf, dass beide Personen entführt wurden. Die Hintergründe geben noch Rätsel auf, zumal bisher noch keine Forderungen eingegangen sind. Das hätten Sie oder spätestens Frau Schaffrath wohl längst gemeldet.«

Es tat Gordon leid, dass er der Sekretärin die traurige Wahrheit über Edina Schwaiger weiterhin vorenthalten musste. Doch alles andere hätte nur unnötige Panik hervorgerufen, da man hätte annehmen müssen, dass auch der Inhaber der Firma längst den Tod gefunden hatte. Die eben gesehenen Vorgänge gaben Gordon bisher nur Rätsel auf, lieferten jedoch keine Rückschlüsse auf eine mögliche Erpressung.

»Kommt mal her. Die KTU hat mir einige Sequenzen aus den Aufnahmen zusammengeschnitten, die mögliche Auffälligkeiten zeigten.«

Gordon klopfte an die Scheibe, die seinen Raum vom Rest des Büros abteilte, um Aufmerksamkeit von Kai, Leonie und Mia zu erhalten. Alle versammelten sich hinter ihm und beobachteten die Abläufe in dem Empfangsbereich. Anfangs war ein lebendiges Treiben zu beobachten, wobei die sichtbaren Personen als nicht verdächtig eingestuft wurden. Die vier Ermittler konzentrierten sich auf Personen, die sich an der Anmeldung mit der jungen Frau unterhielten. Alle anderen legten eine Keycard auf einen Scanner und konnten so ungehindert den Innenbereich betreten. Plötzlich rief Kai dazwischen:

»Halt! Noch mal zurück. Seht ihr den Typen mit der Schirmmütze? Der hat keine Karte und geht zur Anmeldung. Bekommen wir das auch größer?«

»Genau an diesem Punkt muss ich passen«, meinte Gordon. »Da hat Schaffrath wohl aufs Geld geschaut und das billigste Produkt mit sehr niedriger Auflösung angeschafft. Das wird dann sehr grobpixelig. Aber du hast recht, Kai. Die Mütze könnte hinkommen und ein Sakko trägt der auch. Seht her! Hier erhält er eine Karte und geht zum Scanner. Wir müssen rausfinden, was der dort wollte und wann er das Haus wieder verlassen hat.«

»Der hinkt leicht.«

Alle sahen erstaunt auf Mia, die diese zwei Worte sehr leise gesprochen hatte, jetzt aber ergänzte.

»Lassen wir doch den Film in Normaltempo laufen, sobald der Kerl den Vorraum betritt. Der muss gewusst haben, wo die Kamera installiert ist. Er dreht stets das Gesicht weg. Wäre ja schön gewesen, wenn wir hätten erkennen können, was das Logo auf der Kappe zeigt. Oder könnt ihr es erkennen? Der zieht ganz leicht das rechte Bein nach.«

Gordon versuchte, den Ausschnitt zu vergrößern, erreichte aber nur, dass die Person noch undeutlicher wurde. Sein Fazit teilte er dennoch mit.

»Die Kollegin hat recht. Der Mann hinkt leicht. Was mir auch auffiel, ist, dass der noch nicht alt sein kann. Achtet auf den Körperbau. Der wirkt trotz einer kleinen Behinderung jung und sportlich. Mir scheint auch, als würden ein paar Locken unter der Kappe hervorlugen.«

Gordon drehte sich zu Mia Richter um.

»Sie kümmern sich bitte um den Mann. Fahren Sie bei der Firma vorbei und versuchen Sie, herauszufinden, ob man etwas über den Typen weiß und was er an dem Tag dort wollte. Weiter will ich wissen, wann und ob er die Firma überhaupt verlassen hat. Eigentlich muss die Besucherkarte wieder abgegeben werden. Wenn der das tatsächlich in den beiden Fahrzeugen war, müsste das System ihn noch als *im Gebäude* ausweisen. Und das sollte zumindest einen Mini-Alarm auslösen.«

9

Immer noch tobte in der Stadt das Unwetter, das für reichlich Einsätze der Rettungskräfte sorgte. Kai hatte sich auf den Weg gemacht, um einen Einblick in die firmeninternen Geschäfte Schaffraths zu erhalten. Dabei hoffte er auf die freiwillige und aktive Mithilfe der Angestellten, denn es bestand die Möglichkeit, dass sie in diesem Punkt dichtmachten. Keiner wird es sich schließlich mit dem Chef verderben wollen, sollte er irgendwann wieder auftauchen und erfahren, dass jemand zu geschwätzig war. Da es bezüglich Schaffrath noch immer keinen klaren Hinweis darauf gab, dass es sich um ein Kapitalverbrechen handelte, war eine richterliche Verfügung in diesem Fall illusorisch.

Mia trieb sich in der KTU herum und versuchte, mit den Technikern mehr aus den Aufnahmen herauszuholen, während Gordon sich auf dem Weg zu Frau Schaffrath befand. Der Anruf kam also in einem Moment, als Leonie allein die Stellung hielt und die bisherigen Fakten in einem Bericht zusammenfasste. Zum Fall der ermordeten Edina Schwaiger am Essener Halbachhammer hatte Kläver eine erweiterte Ermittlungsgruppe zusammenstellen lassen. Parallel sollte dabei der Vermisstenfall Schaffrath behandelt werden. Lange hörte sie zu, bevor sie ihren Einwand vorbrachte.

»Könnt ihr dafür nicht die Drogenabteilung hinzuziehen? Schließlich ist das Mädchen zugedröhnt und fällt in deren

Ressort. Wenn ich das richtig verstanden habe, lebt sie noch. Also, was ist jetzt? Ich habe reichlich zu tun.«

Wieder lauschte sie der Beamtin der Schutzpolizei, die von außerhalb um Unterstützung bat.

»Ist ja schon gut, Kollegin. Aber haben Sie es mal bei der KTU versucht? Die sind an erster Stelle dafür zuständig.«

Verzweifelt verdrehte Leonie die Augen und schloss das Programm, in dem sie ihren Bericht abschließen wollte.

»Wo genau ist das?«

Nachdem sie die Adresse auf einem Schreibblock notiert hatte, rief sie genervt ins Telefon: »Ja, beruhigen Sie sich. Ich bin in etwa einer Viertelstunde da. Bitte rührt nichts an, bis ich da bin. Und jagt die Leute zum Teufel. Das ist doch kein Kasperletheater.«

Zwei Polizeibeamte waren damit beschäftigt, einzelne Leute davon abzuhalten, das Mehrfamilienhaus zu betreten. Leonie hatte eine Weile gebraucht, einen freien Parkplatz in der belebten Rüttenscheider Straße zu finden. Ihr Dienstausweis machte ihr zügig den Weg frei. Schon in der ersten Etage wurde sie von der Kollegin der Schutzpolizei sehnlichst erwartet, die absolut überfordert schien.

»Sie sind sicher die Kollegin Masters, wenn ich nicht irre? Wo finde ich die Dame? Doch erzählen Sie mir vorab genau, was hier passiert ist.«

Leonie schob Polizeimeisterin Masters in die Küche und erwartete einen Bericht. Anfangs stockend begann sie die Lage zu beschreiben.

»Mehr zufällig fuhren wir, also mein Kollege und ich, Streife, als uns der Menschenauflauf auffiel und wir anhielten. Man hätte annehmen können, dass hier Filmaufnahmen gemacht würden, da sich mindestens dreißig Personen versammelt hatten und zu einem Fenster hochstarrten. Als wir dort eintrafen und der Blick vorbei an dem dicht bewachsenen Baum frei war, erkannten wir das Mädchen, das auf der Fensterbank stand. Die Leute johlten und einige riefen sogar *spring ... spring doch*. Das Mädchen weinte und rief immer wieder etwas zurück in den Raum. Leider konnten wir nicht verstehen, was sie sagte. Es war, so wie sich später rausstellte, türkisch.«

Als Masters hier eine Pause machte, drängte Leonie sie, weiterzumachen.

»Als wir oben ankamen, war aber niemand in der Wohnung. Wir gehen davon aus, dass sie es sich wohl nur eingebildet hatte. Ich tippe auf eine Wahnvorstellung, da sie komplett zugedröhnt ist.«

»Und dann? Verdammt, lassen Sie sich die Würmer nicht aus der Nase ziehen. Wie bekamen Sie das Mädchen von dem Fenster weg? Ich denke, dass sie vorhatte, zu springen.«

»Eigentlich war das recht einfach. Sie weinte in einer Tour, sodass sie kaum bemerkte, dass wir uns langsam näherten. Schließlich hatten wir sie aber in einem sicheren Griff fixiert. Sie wehrte sich nicht einmal und klammerte sich an mir fest. Jetzt sind die Rettungssanitäter und der Arzt bei ihr. Soll ich Sie hinführen?«

Leonie musste sich beherrschen, um nicht ihren Unmut herauszuschreien. Sie versuchte es mit ruhigen Worten.

»Jetzt möchte ich ein weiteres Mal von Ihnen wissen, warum Sie mich angerufen haben. Das Mädchen ist versorgt und in guten Händen. Wir vom Morddezernat werden in der Regel erst dann tätig, wenn eine vollendete Tötung durch einen Fremdeingriff vorliegt. Man holt uns in jedem Fall, wenn die KTU der Meinung ist, dass ein Suizid ausgeschlossen werden kann. Sie sollten wissen, dass ein

Suizid selbst nicht strafbar ist. Das Mädchen lebt. Sie haben überreagiert. Verstehen Sie? Das wird nun möglicherweise ein Fall für die Psychiatrie, falls sich wirklich der Verdacht erhärtet, dass sich die Frau ernsthaft das Leben nehmen wollte. Aber selbst da greift kein Automatismus.«

»Aber«, versuchte Polizeimeisterin Masters einzuwenden, »da war unserer Meinung nach jemand im Raum, der sie bedrohte. Wir waren der Ansicht, dass sogar eine Tötungsabsicht hätte vorliegen können.«

»Bitte verstehen Sie mich richtig.« Allmählich verlor Leonie die Geduld. »Dann hätten Sie selbst eingreifen müssen, Masters. Doch zurück zum Suizidversuch. Das Mädchen befand sich auf dem Fensterbrett im ersten Stock. Haben Sie mir zugehört? Wir befinden uns im ersten Stock, in einer Höhe von etwa vier Metern. Da muss jemand schon ziemlich unglücklich stürzen, um sich tödliche Verletzungen zuzufügen. Außerdem fanden Sie keine weitere Person in der Wohnung, was Sie mir selbst bestätigt haben. Das Mädchen ist außer Lebensgefahr, denke ich. Ich habe hier nichts verloren und werde nun wieder ins Präsidium fahren. Bevor Sie das nächste Mal einen von uns holen, sondieren Sie die Lage und handeln Sie logisch.«

Leonie blickte auf das Häufchen Elend hinunter und legte spontan den Arm um ihre Schultern.

»Jetzt haken wir mal diese Sache ab und vertragen uns wieder. Geben Sie mir den Namen der jungen Dame, damit ich eine kurze Notiz schreiben kann, und dann vergesse ich die Sache wieder.«

Gordon und Dr. Lieken saßen im Gespräch vertieft im Chefzimmer und sahen erstaunt auf, als Leonie ihre Unterlagen ungewohnt heftig auf den Schreibtisch warf.

»Ist dir jemand in den Wagen gefahren oder wurdest du von jemandem belästigt?«

Gordon konnte ein Grinsen nicht gänzlich verbergen, als er die Kollegin ansprach. Leonie nahm auf dem freistehenden Stuhl vor seinem Schreibtisch Platz und fasste das Geschehen in Rüttenscheid zusammen. Dr. Lieken, der interessiert zugehört hatte, vermied ein Grinsen und gab seinen Kommentar dazu ab.

»So wie Sie es beschreiben, liebe Frau Felten, könnte es sich um eine besondere Form handeln, um Aufmerksamkeit auf sich zu lenken. Besser gesagt, auf die eigene Lage aufmerksam zu machen. Wir nennen das in der Medizin einen Parasuizid. Ich möchte das mit zwei Sätzen erklären.

Es handelt sich dabei um ein absichtliches, selbstverletzendes Verhalten ohne Todesfolge. Das können Schnitt- und Brandverletzungen oder Arzneimittelüberdosierung sein. Aber auch ein Sprung aus geringer Höhe gehört möglicherweise dazu. Eigentlich beabsichtigt man damit nicht, das Leben zu verlieren. Es ist mehr ein Appell an die Umwelt. Erst wenn ein Parasuizid die Absicht einschließt, das Leben zu verlieren, sprechen wir von einem Suizidversuch. Hoffen wir, dass man dem Mädchen entsprechend Aufmerksamkeit zukommen lässt, denn es kann auch schlimm enden.«

Längst hatte Leonie auf vollen Empfang geschaltet und die Information abgespeichert. Selbst Gordon pfiff leise vor sich hin und konnte sich eine Bemerkung nicht verkneifen.

»Ich muss zugeben, dass ich das bisher noch nicht so gesehen habe. Hört sich interessant an, Klaus. Wieder was auf den alten Tagen dazugelernt. Das wird mir fehlen, wenn ich weg bin. Das gebe ich zu.«

Vier Augen waren auf Gordon gerichtet, der die Hände schützend hochnahm und lachend verkündete: »Ja, es ist mir immer noch ernst damit. Die Zeit ist um, in der ich mich in den Dienst der Gerechtigkeit und der Aufklärung gestellt habe. Ich hoffe, dass ich viel Brauchbares an meine Nachfolger weitergeben konnte. Es gibt ein Leben danach. Davon bringt mich auch keiner mehr ab. Außerdem habe ich Denise mein Wort darauf gegeben. Und das pflege ich zu halten. Basta. Neues Thema.«

10

Der Besprechungstisch war komplett besetzt, während Gordon die bisherigen Fakten zum Mord an Edina Schwaiger und der wahrscheinlichen Entführung zusammenfasste. Nicht alle konnten sich der Theorie anschließen, dass Schaffrath als Unbeteiligter selbst in Gefahr schweben würde. Leonie vertrat weiterhin die Meinung, dass es sich möglicherweise um ein raffiniertes Täuschungsmanöver des Firmeninhabers handeln könnte, der eine Geliebte loswerden wollte. Irgendwann würde er wieder auftauchen und eine Schauergeschichte vom großen Unbekannten erzählen, dem er entkommen konnte. Das Telefon auf Gordons Schreibtisch lärmte. Leonie hatte den kürzesten Weg dorthin und hob ab. Lange lauschte sie, um schließlich nach zwei Rückfragen aufzulegen. Sie unterbrach ihren Chef mitten im Satz.

»Sorry, Gordon, wenn ich dazwischengehen muss. Hast du nicht gestern Frau Schaffrath aufgesucht?«

»Allerdings. Das war so gegen vierzehn Uhr. Warum fragst du?«

»Ihre Haushaltshilfe hat in der Zentrale angerufen und angegeben, dass sie heute Morgen zur wöchentlichen Grundreinigung dort erschien und Frau Schaffrath nicht antraf. Das wäre sehr ungewöhnlich, da sie bisher immer zu Hause war, wenn eine solche Aktion stattfand. Sie hat dann alleine angefangen und die eingeschlagene Scheibe der Terrassentür bemerkt. Die Kollegen einer Streife sind schon vor Ort und sehen sich den Schaden an.«

Jeder im Raum war sofort hellwach und schlussfolgerte, was das bedeuten könnte. Erste Diskussionen entbrannten, wie man darauf reagieren sollte. Gordon brach die Besprechung ab und winkte Kai heran.

»Du und Leonie werdet hinfahren und sehen, was die Spurenlage hergibt. Dieser Einbruch und das Verschwinden der Frau kann nichts Gutes für unseren Fall bedeuten. Es hat den Anschein, als wollte jemand die Familie Schaffrath eliminieren und verschont dabei auch das Umfeld nicht. Ich tippe auf eine Entführung. Mir ist nur noch nicht klar, was uns das Muster bezüglich des Motivs verraten könnte. Ihr zwei fahrt los und berichtet telefonisch, sobald ihr Fakten habt. Versucht Namen vom erweiterten Freundeskreis herauszufinden, ebenso von nahen Verwandten.«

Kaum waren Kai und Leonie auf dem Flur verschwunden, begann die wilde Diskussion zwischen den Mitgliedern der Kommission. Gordon ließ alle eine Weile gewähren, bevor er um Ruhe bat und auf den Tisch klopfte.

»Ruhig, Leute. Lasst uns das Thema gemeinsam und professionell angehen. Was haben wir bisher? Einen Mord an der Geliebten von Schaffrath gilt es aufzuklären. Der ist belegt. Bei Schaffrath selbst existiert bisher lediglich die Vermutung, dass er entführt worden sein könnte. Beweise dafür gibt es noch nicht, wenn wir einmal von den Aufnahmen in der Tiefgarage absehen. Erpressung oder eine Lösegeldforderung wäre denkbar, ist aber noch nicht bewiesen. Doch das könnte auch ein Täuschungsmanöver des Mannes gewesen sein. So ganz möchte ich Leonies Theorie eines infamen Spiels des Mannes nicht von der Hand weisen. Mir ist allerdings nicht klar, wie jetzt das Verschwinden seiner Ehefrau in das Bild passen könnte. Das macht keinen Sinn, wenn ihr mich fragt. Ein Versicherungsbetrug dürfte wohl wegfallen. Hat jemand dazu einen Vorschlag?«

In das allgemeine Gemurmel war die Stimme Mias zu hören, die zaghaft versuchte, Gehör zu finden.

»He, Leute, geht das auch leiser?«, wetterte Gordon und schlug mit dem Kugelschreiber gegen sein Glas. »Die Kollegin Richter möchte was beitragen.«

Mia blickte ihren Chef dankbar an und begann damit, ihre Gedanken zu äußern.

»Wir konzentrieren uns sicherlich berechtigt auf einen möglichen Entführungsfall, dessen Hintergrund bisher noch keinem klar ist. Den Mord an Frau Schwaiger dürfen wir sicher diesem Verschwinden zuordnen. Doch wo ist der oder die Schuldige zu suchen? Da gibt es Schaffrath selber, der seine Geliebte beseitigen möchte. Über Gründe, warum er das hätte tun sollen, können wir nur spekulieren. Hat sie ihn mit Insiderwissen über dubiose Geschäfte erpressen wollen? Ist der Grund etwa viel banaler? Wollte sie das Verhältnis an die große Glocke hängen, die Ehefrau in Kenntnis setzen und so eine Trennungsentscheidung beschleunigen?«

»Deshalb bringt doch keiner seine Gespielin um«, meinte Dino Wohlert.

»Lasst mich das weiter erklären. Hatte Maike Schaffrath etwa schon seit längerer Zeit Kenntnis über das Verhältnis und entwickelte einen eigenen Plan, wie sie die Lage für sich nutzen konnte? Die Frau wurde schließlich verletzt, der Lächerlichkeit ausgesetzt. Wie wir hörten, wusste jeder in der Firma, dass was zwischen Schwaiger und ihrem Chef lief. Warum sollte ausgerechnet die Ehefrau hier außen vor geblieben sein?«

»Weil der Ehepartner das immer als Letzter erfährt. Das ist nun mal so im Leben«, kam es aus dem Mund von Harry Schober, der bezeichnenderweise aus dem Betrugsdezernat dazugestoßen war. Mia konterte erstaunlich cool.

»Das, lieber Kollege, mag auf euch Männer sicher zutreffen. Eine Frau betrügen Sie nicht lange, ohne dass sie das spürt. Wir haben für diese Dinge sehr gute Antennen. Aber lasst uns nicht weiter darauf eingehen. Das wäre in der Sache unfruchtbare Zeitverschwendung. Wäre es nicht denkbar, dass eine Inszenierung nicht von Herrn Schaffrath, sondern von der Ehefrau ausgeht, die uns jetzt ihre eigene Entführung glaubhaft verkaufen möchte?«

Es trat eine kurze Pause ein, bevor Mia anerkennende Blicke trafen und sogar leiser Applaus zeigte, dass ihre Erklärung auf fruchtbaren Boden fiel. Gordon stellte sich demonstrativ hinter Mia Richter und legte beide Hände auf ihre Schulter.

»Das, Kollegen, war eine interessante Überlegung, der wir auf jeden Fall unsere Aufmerksamkeit schenken sollten. Wenn wir nach Gegenargumenten suchen wollten, würde mir als Erstes die Art und Weise einfallen, mit der Edina Schwaiger umgebracht wurde. Wenn ich nach Parallelen für eine solch grausame Tat suchen sollte, fiele mir als einzige die Mordserie ein, in der vor gar nicht langer Zeit diese total durchgeknallte Shila beteiligt war. Ihr erinnert euch an das mordende Pärchen Shila und Wolf? Noch nie zuvor war mir eine Frau bekannt, die dermaßen brutal tötete. Ich habe Maike Schaffrath kennengelernt. Glaubt mir, das brächte die nicht fertig.«

»Was jedoch nicht bedeuten muss, dass sie nicht dahintersteckt«, beharrte Mia auf ihrer Mutmaßung. »Sie kann immerhin den Auftrag dazu erteilt haben. Wenn ich meinen

Mann und gleichzeitig die Geliebte beseitigen wollte, würde ein solcher Plan, in dem sie noch das Opfer spielt, mir ganz gelegen kommen. Sie spielt die Unschuld vom Lande und ist fein raus, da sie auch noch Alleinerbin ist.«

»Verdammt, daran sollten wir auch denken. Gar nicht dumm, unsere Kollegin. Ich suche mal nach Lebensversicherungen.«

Dino warf Mia einen bewundernden Blick zu und applaudierte ein weiteres Mal. Die Tür öffnete sich einen Spalt und Klaus Lieken steckte den Kopf herein.

»Oh, sorry, ich störe bei eurer Besprechung. Dann komme ich morgen vorbei. Ich wollte nur mal guten Tag sagen.«

»Komm rein, Klaus. Ein Kopf mehr in der Runde kann bestimmt nicht schaden. Wir waren gerade bei der These angelangt, dass sich Frau Schaffrath einen Mörder, ich meine, einen Psychopathen angeheuert haben könnte, um Mann und Geliebte zu meucheln. Frau Richter brachte die Möglichkeit ins Spiel.«

»Kluges Mädchen, sagte ich doch schon früher. Die Art und Weise, wie diese Edina umgebracht wurde, lässt auf einen narzisstisch veranlagten Verrückten schließen.«

Mia Richter konnte die aufsteigende Gesichtsröte nicht vermeiden und schnäuzte sich die Nase. Sie wartete ab, bis sich Dr. Lieken einen Stuhl herangezogen hatte und stellte eine Frage, für die sie sich verwunderte Blicke einhandelte.

»Was bringt Sie darauf, Herr Lieken? Schon oft hörte ich von narzisstisch veranlagten Mördern. Was genau unterscheidet die von anderen?«

»Das ist ein weites Feld, in dem ich jedoch auch nicht so recht zu Hause bin, doch will ich es mit meinen Worten zusammenfassen: Narzissmus ist eigentlich ein zentraler Begriff der Psychoanalyse. Er beschreibt neben einer gesunden Ausprägung in seiner pathologischen Form die Störung der Beziehungsfähigkeit durch übersteigerte Selbstliebe. Diese Menschen werden von einem Mangel an Einfühlungsvermögen beherrscht. Das kann sich zu einer ungehemmten Aggression ausweiten. Oftmals sind paranoide Neigungen und antisoziale Verhaltensweisen erkennbar. Hier entwickelt sich ein übersteigertes Selbstwertgefühl bis hin zu Hass und Sadismus. Genau das könnte sich in dem besagten Mord an Edina niedergeschlagen haben.«

Aufmerksam waren alle den Ausführungen von Dr. Lieken gefolgt, die oft von den Kollegen wegen ihrer Länge gefürchtet wurden. Hier jedoch stieß sein Wissen auf reges Interesse. Dino kam Mia zuvor, als er nachfragte.

»Vermuten Sie schon deshalb, dass es sich um einen Psychopathen handelt, weil er die Brüste womöglich als Trophäen mitgenommen hat?«

»Das ist eines der Zeichen dieser Spezies. Sie zeigen damit ihre Allmacht über Schwächere und lassen sich gerne durch diese Trophäen daran erinnern, wie sehr sie über das Opfer herrschten. Doch würde ich Ihnen empfehlen, sich diesbezüglich an Dr. Haller zu wenden. Der wurde in diesen Dingen geschult und arbeitet deshalb intensiv in der forensischen Psychologie. Ich bin da der falsche Ansprechpartner. Doch glaube ich, dass Sie den oder die Täter auf jeden Fall in diesem Umfeld von Psychopathen suchen sollten. Vielleicht ist es ja auch jemand, den man aus gesammelten Datenbanken herausfiltern könnte. Wie ich schon sagte. Möglicherweise kann Ihnen Haller da ein Profil erarbeiten. Ich muss jetzt meinen Wagen aus der Werkstatt holen. Ich wünsche Ihnen viel Erfolg.«

Dr. Lieken hatte bei den Ermittlern eine Saat gestreut, die langsam aufging. Die Diskussion lief neu an.

11

»Lassen Sie mich los und nehmen Sie die Hände da weg. Sie tun mir weh.«

Als Maike Schaffrath nach den Händen des Mannes schlagen wollte, verstärkte sich das gemeine Grinsen in dessen Gesicht. Er zerrte sie aus dem Kofferraum ihres BMW und stieß sie in Richtung des eingeschossigen Hauses, das sich am Ende des Weges zwischen den mächtigen Eichen gegen die aufziehenden dunklen Wolken abzeichnete. Die Kabelbinder an den Handgelenken behinderten sie, als sie sich gegen den harten Griff des großgewachsenen Mannes zur Wehr setzen wollte. Sie verlor den Halt, als sie sich aufrichten wollte, und schlug lang auf den feuchten Lehmboden. Der Morgenmantel öffnete sich ein wenig und ließ die Spitzen ihres Negligés aufblitzen. Der Einbrecher hatte sie beim Frühstück überrascht und ihr keine Zeit gelassen, sich etwas Alltagstaugliches überzuziehen. Sie hasste ihn deshalb umso mehr. Wortlos riss er sie wieder hoch und zog sie am Kragen des Morgenmantels durch den Schlamm, bis sie es endlich schaffte, auf die Beine zu kommen.

»Das werden Sie bereuen, Sie elendes Schwein. Sie wissen nicht, was das für Sie bedeutet. Ich habe Ihren Namen und Ihre Adresse bei meinem Rechtsanwalt hinterlegt. Hören Sie? Wenn mir etwas zustößt, wird er den Brief öffnen und man wird Sie besuchen kommen. Glauben Sie wirklich, dass ich mich einfach so in Ihre Hände begeben habe, Sie krankes Schwein? Mir war schon klar, dass Sie versuchen würden, eine Zeugin zu beseitigen.«

Der Schlag gegen den Hinterkopf warf Maike Schaffrath wieder zurück auf den schlammigen Boden und ließ ihr Gesicht tief in den Lehm eindringen. Als sie sich daraus befreien wollte, spürte sie den Schuh des Mannes auf ihrem Hinterkopf. Die durchnässte Erde drang in Mund und Nase und verursachte spontan Luftnot. Tief drang der Kunststoff des Kabelbinders in ihre gepflegte Haut, während sie den verzweifelten Versuch startete, sich vom Boden abzustützen. Der Schrei verursachte nur ein Blubbern in der wabernden Masse des Waldweges. Todesangst breitete sich wie ein Virus in ihr aus, ließ ihren Adrenalinspiegel in Sekundenschnelle ansteigen. Kurz bevor sie aufgeben wollte, spürte sie die Hand in ihrem Haar und dass sie hochgerissen wurde. Erst als sie den Dreck aus ihrem Mund zurück auf den Waldboden gespuckt hatte, gelang es ihr, Sauerstoff in die Lungen zu pumpen, was jedoch einen gewaltigen Hustenreiz verursachte. Mit der Atemluft gelangten Schmutzpartikel in die empfindlichen Lungenbläschen. Sie glaubte, ersticken zu müssen.

»Beweg deinen Arsch, du Drecksweib, bevor ich dir hineintrete. Und eines will ich dir raten: Bedrohe mich niemals wieder, denn es wird dann das Letzte sein, was du auf dieser Welt tun konntest. Zeige dich lieber dankbar mir gegenüber, weil ich dir Zeit schenke. Zeit, in der du über dein verficktes Leben nachdenken darfst. Beweg dich, bevor ich dich zum Haus schleifen werde!«

Noch immer rang Maike nach Luft, hatte jedoch den wesentlichen Teil verstanden. Obwohl ihre Wut grenzenlos war, überwog die Angst, der Kerl würde seine Warnung wahrmachen und sie sofort töten. Sie suchte nach Halt. Noch immer war ihr komplettes Gesicht von einer Schicht Lehm bedeckt. Nicht einmal die Augenlider konnte sie öffnen. Maike konnte deshalb nicht erkennen, dass sie direkt vor ein großes Wasserfass gedrängt wurde, welches das Regenwasser vom Dach auffing. Kurz nachdem ihr Kopf tief in das eiskalte Wasser eintauchte, wieder herausgerissen und erneut eingetaucht wurde, löste sich der Schmutz und sie erkannte ihre Umgebung. Kaum hatte sie die Luftnot durch den eingedrungenen Lehm überstanden, wurde sie erneut davon eingeholt, als das Wasser ihr das Atmen unmöglich machte. Sie presste die Hände mit all ihrer noch verbliebenen Kraft gegen den Rand des Fasses und drückte so den Kopf aus der todbringenden Flüssigkeit. Prustend rang sie nach Luft und konnte ihre Umgebung wieder erkennen. Das Leben zog wieder in ihren Körper. Hechelnd stand sie da. Nichts geschah. Und doch wusste sie, dass dieses Monster direkt hinter ihr lauerte und jeden Moment wieder zuschlagen konnte.

»Lassen Sie mich ... bitte ich kann nicht mehr. Warum ... warum tun Sie das nur?«

Nur stoßweise kamen die Worte über ihre jetzt aufgeplatzten Lippen. Verzweifelt schloss sie die Augen, erwartete eigentlich keine Antwort. Umso erstaunter reagierte sie, als die Lippen des Angesprochenen direkt neben ihrem Ohr die Antwort flüsterten.

»Du sollst für deine Taten büßen. Verstehst du das, du miese Schlampe? Büßen sollst du dafür, was du deinem Mann antun wolltest. Du hast Unrechtes getan gegenüber deinem Ehemann. Empfange nun die Strafe dafür.«

Maike glaubte, dass ihr Blut in den Adern stocken würde, so bedrohlich klang es. Diese Ansage des Entführers besaß einen Unterton, der keine Zweifel daran ließ, dass er es ernst meinte. Doch die Rede war von einer Strafe.

Wofür sollte sie Strafe empfangen? Martin war es, der Unrecht tat, sie betrogen hatte. Er müsste diese Strafe empfangen, die der Mann jetzt mir angedeihen lassen will. Was war schiefgelaufen? Welche Krankheit hatte den gedungenen Mörder plötzlich befallen?

Alles war so sonnenklar zwischen ihnen, als sie ihm seine Aufgabe zuwies und das viele Geld bezahlte. Ganz langsam sortierten sich ihre Gedanken wieder und sie nahm sich vor, absolut cool das Geschehen wieder zu ordnen. Vielleicht war es Geld, das hier die Lage wieder ins Lot bringen konnte. Wichtig war jedoch Zeit – sie brauchte unbedingt Zeit. Vorsichtig richtete sie sich auf und spürte, dass sich ihr Puls beruhigte. Sie gewann wieder die Herrschaft über Geist und Körper zurück.

»Lassen Sie uns ... lassen Sie uns darüber reden und hineingehen. Ich friere.«

Maike erwartete eine erneute Gemeinheit und duckte sich instinktiv. Der Schlag blieb jedoch aus. Leicht schwankend nahm sie beiden Stufen vor der Tür und wartete darauf, dass sie geöffnet wurde. Als sie endlich in den großen Raum blicken konnte, fiel ihr trotz der zugezogenen Vorhänge die luxuriös wirkende und geschmackvolle Ausstattung auf. Sie blieb vor einem Ledersessel stehen, da sie mit einer heftigen Reaktion des Peinigers rechnete, falls sie sich mit dem beschmierten Morgenmantel auf das teure Möbelstück setzen würde. Ein heftiger Stoß in den Rücken bewies ihr jedoch, dass der Kerl keinen gehobenen Wert darauf legte, das Mobiliar vor Verschmutzung zu bewahren. Sie fiel in die erstaunlich weiche Polsterung und drehte sich so, dass Sie bequem in den Raum blicken konnte.

Der erste Blick vermittelte Maike, dass es sich mit hoher Wahrscheinlichkeit um ein komfortables Wochenendhaus eines betuchten Besitzers handeln musste, denn es war alles vorhanden, was für einen längeren Aufenthalt in angenehmer Atmosphäre nötig war. Die Utensilien auf der Essbar zeugten davon, dass dort jemand sein Frühstück eingenommen hatte. Ein verblassender Duft von Kaffee lag noch in der Luft. Was die vielen Dosen und Lebensmittelpakete zu bedeuten hatten, die überall gestapelt herumstanden, erschloss sich ihr auf Anhieb nicht. Scheinbar hatten sich mehrere Personen auf einen längeren Aufenthalt einrichten wollen. Maike zog ihre Schultern zusammen und suchte nach dem Dreckskerl, der sie hierhin verschleppt hatte. Sie fand ihn erst, als er hinter einer Tür auftauchte, durch die er zuvor verschwunden sein musste. Seine kalten Augen musterten sie und zeigten all seine Ablehnung, die sich Maike noch immer nicht erklären konnte. Sie fasste ihren gesamten Mut zusammen und wandte sich an den verhassten Mistkerl.

»Hatten Sie jetzt Ihren Spaß? Fühlen Sie sich besser? Ich kann das noch nicht von mir behaupten. Kann ich etwas Wasser bekommen? Und dann hätte ich gerne eine Erklärung für das, was Sie mit mir veranstalten und möglicherweise noch planen.«

Ohne auf Maikes Wunsch einzugehen, setzte sich der Mann auf die gegenüberliegende Couch und schlug lässig die Beine übereinander. Obwohl seine Augen noch immer diese Kälte, diese unerklärliche Überheblichkeit vermittelten, erschien ein gemeines Grinsen auf seinem Gesicht. Mit dem hölzernen Zahnstocher zwischen den Lippen wollte er vermutlich die Coolness eines amerikanischen Gangsters imitieren. Noch immer schwieg er und ließ Maike in ihrer Unsicherheit. Weit streckte er die Beine, die in einen feingeschnittenen Jeansstoff gekleidet waren, unter den massiven Couchtisch. Er zeigte ihr lediglich die Sohlen seiner Cowboystiefel, blickte jetzt zur Decke und sprach die ersten zusammenhängenden Sätze, seit sie hier im Haus eingetroffen waren.

»Du fragst mich, warum du hier bist. Das Recht dazu will ich dir nicht nehmen. Ich bin mir nur nicht sicher, ob du es verstehen wirst. Du besitzt nur das eingleisige Denken einer Frau, die nie ihr Ziel aus den Augen verliert, den Partner zu beherrschen. Du wirst niemals lernen, dass wir Männer es sind, die euer Leben bestimmen sollten. Dein Weg ist aber hier beendet. Du hast die Chance verpasst, ein Leben führen zu können in Treue und Ergebenheit deinem Mann gegenüber.«

Maike kniff irritiert die Augen zusammen und versuchte, sich mit den zusammengebundenen Händen über das Gesicht zu reiben. Sie bemühte sich, diese sinnfreien Phrasen zu verstehen. Schließlich schüttelte sie den Kopf und beugte sich vor.

»Haben Sie irgendwas geraucht? Kommen Sie wieder zurück in die Welt der Lebenden und Denkenden. Was ist mit Ihnen in der Zwischenzeit geschehen, nachdem wir uns besprochen hatten. Sie sollten lediglich diese Person aus dem Weg räumen. Was in Gottes Namen konnte man daran falsch verstehen? Wie ich bereits hörte, haben Sie den Auftrag auf eine beeindruckende Art erledigt. Was sollte diese Zurschaustellung ihrer Leiche bewirken? Verschwinden sollte das Miststück, nicht der Öffentlichkeit präsentiert werden. Sie haben Mist gebaut, Sie Stümper.«

Wenn Maike geglaubt hatte, den Mann damit aus der Reserve gelockt zu haben, wurde sie enttäuscht. Nichts hatte sich an seiner Körperhaltung geändert, die Überheblichkeit überschattete weiterhin seine Erscheinung. Sein Grinsen verstärkte sich nur noch.

»Mir war von Anfang an klar, dass du deine Arroganz nicht verlieren wirst. Deine Gier nach Macht über deinen Kerl ist übermächtig und nicht heilbar. Dachtest du wirklich, dass dein so geliebter Martin einfach zum Alltagsgeschäft überwechselt und den Tod der Geliebten wegsteckt? Natürlich ist es möglich, dass er sie irgendwann vergisst. Doch es ist seine freie und von Gott gegebene Entscheidung, sich eine neue zu bestimmen. Warum tut er das? Hast du dich das nie gefragt? Die Antwort ist einfach und schlüssig: weil er ein Mann ist. Und jetzt höre mir gut zu, du egoistisches Miststück. Er hat an dir keinen Gefallen mehr. Warum sonst geht er zu einer anderen? Warum tut das ein Mann?«

»Sagen Sie es mir, Sie Allwissender.«

»Weil er das tiefe Geheimnis, das in euch Weibern zu Anfang ruht, längst ergründet hat. Du langweilst ihn. Selbst dein Körper liefert nichts mehr, was es zu entdecken lohnt. Genau deshalb sind vor langer Zeit Kulturen entstanden, die es uns Männern erlauben, mehrere Frauen zu besitzen. Das Spiel läuft eben so, nur du hast es noch nicht verstanden. Und jetzt erfährst du es auf die harte Tour.«

Maike wollte dem Gerede des Killers etwas entgegnen, als er die Hand hob und ihr damit anzeigte, dass er noch nicht fertig war.

»Hast du verwöhntes Mistweib wirklich geglaubt, dass ich eine ihm ergebene Geliebte wegnehme, sie einfach nur töte, doch das gierige Eheweib ungeschoren lasse? Du hast es dir eine Menge Kröten kosten lassen ... zugegeben. Doch das Geld war mir nicht so wichtig. Das Motiv spielte für mich eine viel größere Rolle. Und nun werde ich dieses Spiel zu einem guten Ende bringen. Dein Mann Martin soll von einer

Bürde befreit werden. Und das, meine liebe Maike, erledige ich ohne jede Entlohnung und mit Inbrunst. Dafür habe ich mir etwas Besonderes ausgedacht. Du wirst sehen. Du wirst mir jetzt folgen und eine besonders lehrreiche Zeit erleben dürfen.«

Schneller, als sie es ihm zugetraut hatte, stand das Biest vor ihr und packte sie brutal am Arm. Die Tür zu einem Kellerraum wurde aufgerissen. Vorsichtig schritt sie die steinernen Stufen hinunter und schloss die Augen, als das plötzlich eingeschaltete Licht sie blendete. Ihr Schrei hallte durch den langen Kellergang. Ihr Verstand konnte nicht schnell genug verarbeiten, was sie zu sehen bekam.

12

»Kai, du wolltest dich doch um die verhinderten Geschäfte zwischen Schaffrath und den ungarischen Abgesandten kümmern. Ist da was bei rausgekommen?«

Gordon rief die Frage quer durch den Raum und ließ alle anderen aufhorchen. Bewaffnet mit einem Notizblock näherte sich Kai Wiesner dem Schreibtisch des Chefs und ließ sich mit einem Seufzer nieder.

»Wie bereits bekannt ist, handelt die Firma mit Stahl und führt in einem angegliederten Bereich spezielle Arbeiten aus. Sie produzieren Feinmechanik. Das können Dreh- und Frästeile sein. Doch das macht Schaffrath nicht so besonders. Die Fertigung technischer Teilsysteme hat ihm eine besondere Gruppe an Kunden beschafft. Ich sage nur: Panzersysteme.«

»Die Firma produziert Kriegswaffen? Das dürfte ihm zwar viel Geld einbringen, doch auch Feinde, wie man so hört. Ich dachte immer, dass dieses Geschäft in den Händen eines weltbekannten Stahlunternehmens ruht.«

Gordon zeigte nun großes Interesse und legte die gefalteten Hände hinter den Kopf.

»Nun lass mich das erklären, Gordon. Schaffrath baut keine Panzer oder andere Waffen. Er versorgt nur die Endfertigung mit speziellen Teilen der Zielvorrichtung. Er besitzt sogar dafür ein Patent. Das Geschäft stand nun vor einer lukrativen Erweiterung, da die Bundesregierung die Auslieferung von ersten Leopard-Panzern an Ungarn im Gesamtwert von mehr als 1,7 Milliarden Euro genehmigt hatte. Frage mich bitte nicht, warum dazu die Ungarn nach Essen kamen, zumal er ja nicht direkt an die liefern würde, sondern an den Endfertiger. Darüber wollte auch niemand in der Firma eine Erklärung liefern. Ich hatte sogar das Gefühl, dass man dort selbst über diese dubiose Beziehung rätselte.«

Leonie hatte sich unbemerkt von Kai den beiden genähert.

»Seht ihr darin ein Motiv für sein Verschwinden? Was soll das Verschwinden des Firmenchefs bringen? Er besitzt, wie du sagst, das Patent für die Teile. Kein anderer darf folglich die Herstellung durchführen. Der Auftrag bleibt nach wie vor in Schaffraths Händen. Jetzt wollen wir doch wohl nicht Machenschaften fremder Geheimdienste ins Spiel bringen – oder? Ihr wollt mir nicht wirklich verkaufen, dass andere Mächte diesen Auftrag übernehmen wollen. In dem Bereich sind doch 1,7 Milliarden fast Peanuts.«

Gordon konnte sich ein kurzes Lachen nicht verkneifen, wurde jedoch sofort wieder ernst.

»Du denkst wieder einmal um vier Ecken, Leonie. Wahrscheinlich wird die Lösung viel einfacher sein. Aber so ganz ignorieren möchte ich die Geschichte mit den Kriegswaffen auch nicht. Spinnen wir den Faden mal weiter. Was wäre, wenn ein Mitarbeiter die Pläne verhökert hat. Sagen wir einmal an die Chinesen, die Russen oder möglicherweise an die Amis? Schaffrath erfuhr davon, stellte denjenigen zur Rede und wurde ... sagen wir mal, aus der Welt geschafft. Wir wissen doch recht gut, wozu Menschen fähig sind. Jeder ist korrupt. Alles nur eine Frage des Preises. Ab einer bestimmten Summe verlierst du jeden Skrupel und wirfst Bedenken über Bord.«

»Muss ich mir Sorgen machen, Gordon? Wo liegt deine Schmerzgrenze?«, wollte Leonie wissen und ein breites Grinsen überzog ihr Gesicht.

»Raus jetzt, du freches Weib. Du vergisst, dass du mit jemandem sprichst, der sein Leben der Gerechtigkeit gewidmet hat. Ich bin unbestechlich.

Doch zurück zum Fall. Siehst du eine kleine Chance, von irgendjemandem in dem Laden doch noch was rauszukriegen? Lass deinen Charme spielen, Kai. Du warst doch früher mal ein wahrer Aufreißer. So wurde es in deinen Chroniken hinterlegt.«

Kai stand auf und warf sich spielerisch in die Brust, was Leonie wiederum zu einer Frechheit verleitete.

»Früher hat der Kollege auch noch einen Sixpack vorweisen können. Jetzt hat er sein Leben den Produkten der Bäckerei Schober verschrieben. Donuts und Berliner Ballen bestimmen seinen Tag. Nee, das könnt ihr vergessen. Ich persönlich glaube nicht an die These mit der Wirtschaftsspionage. Warum sollten die Mörder dann die Geliebte derartig zur Schau stellen. Ich bleibe bei dem verrückten Killer, der seine Vorlieben und Triebe auslebt. Glaubt mir. Dazu muss einer ganz schön krank sein.«

Mit den Worten drehte sich Leonie um und widmete sich wieder ihrem Computerbildschirm. Gordon beugte sich vor und flüsterte Kai zu.

»So ganz Unrecht hat unsere Kollegin nicht. Es macht für mich keinen Sinn, dass jetzt auch Hand an die Ehefrau von Schaffrath gelegt wird. Wenn alles normal laufen würde, hätten wir längst eine Geldforderung. Haben wir aber nicht. Und ich rechne auch nicht mehr damit. Warte ab, Kai. In kürzester Zeit werden wir die Frau ähnlich wie Edina Schwaiger irgendwo tot präsentiert bekommen.«

»Jetzt mal den Teufel nicht an die Wand, Gordon. Die Scheiße ist schon verfahren genug.«

»Hast du gerade von malen gesprochen? Verdammt, ich habe Jonas vergessen. Der sollte schon vor einer Viertelstunde am Museum abgeholt werden. Der wartet bestimmt schon auf mich. Ich muss los.«

In Windeseile warf sich Gordon die Jeansjacke über und stürmte Richtung Aufzug. Leonie und Mia sahen ihm völlig erstaunt hinterher. Erst als sich die Aufzugtür geschlossen hatte, klärte Kai sie über diese Flucht auf.

13

Die Freisprechanlage kündigte Leonie auf der Fahrt nach Hause einen eingehenden Anruf an.

Verdammt, ich habe Feierabend – lasst mich endlich in Ruhe.

Am liebsten hätte sie es laut hinausgeschrien, doch im letzten Moment beherrschte sie sich und drückte auf den Empfangsknopf auf dem Lenkrad. Sie war sofort hellwach, als sie Gordons Stimme vernahm.

»Glaube mir, es tut mir wirklich leid, aber ich muss dich trotz Feierabend etwas fragen. Du erinnerst dich bestimmt an den heutigen Einsatz in Rüttenscheid, über den du dich etwas aufgeregt hast. Nun ja, das kann ich verstehen. Doch ich will dich fragen, ob du dich auch an den Namen erinnerst.«

In Leonies Kopf wirbelten die Gedanken durcheinander, denn diesen Namen hätte sich Gordon aus den Unterlagen holen können. Es musste etwas anderes dahinterstecken, was ihr auf Anhieb einen Kloß in den Hals setzte.

»Du rufst mich doch nicht wegen des Namens an, Gordon. Was ist passiert? Du machst mir Angst.«

»Ich bin mit Kai auf dem Weg nach Essen-Schönebeck. Du kennst sicherlich dort das Winkhauser Tal? Dieses Mädel aus Rüttenscheid, sie heißt Aysun Korkmaz, hat sich dort das Leben genommen. Sie soll sich mit Benzin übergossen und verbrannt haben. Als die Passanten ihr zu Hilfe kommen wollten, war es schon zu spät. Sie sahen nur die bereits verlöschenden Flammen und riefen die Feuerwehr. Wir dachten, dass du das wissen solltest.«

Fast wäre ihr ein Lieferfahrzeug hinten aufgefahren, als Leonie unvermittelt bremste und den Wagen auf den Randstreifen lenkte. Heftig hieb sie mit beiden Händen auf das Lenkrad und schrie aus vollem Hals: »NEIN, NEIN, NEIN, das darf nicht sein!«

Sie reagierte lange nicht, obwohl Gordon immer wieder ihren Namen rief.

»Leonie, was ist los? Melde dich, verdammt noch mal. Ich will jetzt wissen, wieso du so heftig reagierst.«

»Warum ich so reagiere, willst du wissen, Gordon? Ist das dein Ernst? Ein Mensch ist gestorben, weil ich ihn im Stich gelassen habe. Das Mädchen könnte noch leben, wenn ich es mit ihren Sorgen nicht alleine gelassen hätte. Sonst ist weiter nichts. Ich habe nicht erkannt, was sie uns allen sagen wollte.«

Ihre Stimme war heiser und drückte all ihre Verzweiflung aus, die sich rasend schnell in ihr ausbreitete. Leonies Stirn lag nun auf dem Lenkrad. Die Tränen tropften auf ihre Knie.

»Ich komme vorbei.«

Mehr ließ sie ihren Chef nicht wissen, bevor sie die Leitung unterbrach und den Gang einlegte. Die Straße erkannte sie nur durch einen dichten Tränenfilm. Mit dem Ärmel wischte sie sich über die Augen und wendete den Wagen Richtung Essener Westen.

»Wo liegt das Mädchen?«, erkundigte sich Leonie bei einem Schutzpolizisten, bei dem sie sich auswies.

»Dort hinten. Sehen Sie die vier Buchen? Direkt dahinter treffen Sie auf Ihre Kollegen, die schon vor Ort sind. Schreckliches Bild. Und die Kleine war noch so jung.«

Die Ergänzung des älteren Kollegen ließ Leonie unkommentiert und sie machte sich auf den Weg durch viel Gestrüpp und Laubberge. Endlich erreichte sie den Ort, an dem noch immer schwacher Rauch aufstieg. Nun kämpfte Leonie mit sich selbst, ob sie sich den Anblick des unschuldigen Mädchens antun sollte. In dem Augenblick erspähte sie Kai, der sofort auf sie zueilte und sie fest in die mächtigen Arme schloss. Sein Flüstern sollte sie beruhigen, tat es aber nicht wirklich.

»Du hättest nicht hierher kommen sollen, Kleines. Wir erledigen das schon. Fahr wieder zurück und mach dir keine Vorwürfe. Ich habe gehört, was du zu Gordon gesagt hast, und kann dich gut verstehen. Doch trägst du keine Schuld an dem, was passierte. Sie hätte es auf jeden Fall irgendwann irgendwo getan.«

»Das stimmt nicht, Kai. Ich hätte es verhindern können und auch müssen.«

Sie befreite sich aus Kais Umklammerung, hatte aber ihre Äußerung so laut von sich gegeben, dass auch Gordon auf ihre Anwesenheit aufmerksam geworden war. Obwohl er sich im Gespräch mit Dr. Lieken befand, kam er hoch und streckte seine Arme nach Leonie aus.

»Nein, Gordon, ich will nicht nur getröstet werden. Ihr könnt mir die Mitschuld an dem, was hier geschah, nicht wegquatschen. Ich habe einfach falsch reagiert, weil ich sauer auf die Kollegin von der Polizei war. Ich hätte nach demjenigen suchen müssen, mit dem sich das Mädchen zuvor in der Wohnung gestritten hat. Möglicherweise hat er sie sogar bedroht und ich erkannte das nicht. Für mich war sie eine von den vielen dummen Gören, die auf sich aufmerksam machen möchten. Da gab es den Hinweis auf Parasuizid. Ich habe sie zu früh einsortiert.«

Zu dem Trio gesellte sich nun auch Dr. Lieken, der sich angesprochen fühlte. Er drängte Gordon etwas beiseite, was ihm mangels Masse erst beim zweiten Anlauf gelang.

»Ich möchte nicht annehmen, Frau Felten, dass Sie in der Erwähnung des Parasuizids einen Vorwurf gegen meine Person unterbringen wollten. Ich kann Sie gut verstehen und respektiere Ihre Gefühle, sogar, dass Sie Schuld verspüren. Doch müssen Sie sich in einem Punkt im Klaren sein. Niemand von uns Laien ist in der Lage zu erkennen, in welchem Stadium und welch tödlicher Gefahr sich der- oder diejenige befindet. Es beginnt bei den meisten Gefährdeten mit der bloßen Erwägung des Vorhabens, was jedoch sehr oft schnell verworfen wird. Das ist schwer erkennbar, da es im Stillen stattfindet. Man verfolgt oft die Absicht, sich zu töten, nicht lange und erkennt, dass es Lösungen gibt.«

»Dieses Mädchen hat aber bereits gezeigt, dass es ihr ernst ist. Das hätte ich sehen, es erkennen müssen.«

Leonie hatte ihre Stimme trotzig erhoben und begegnete dem Mediziner mit wilden Blicken.

»Natürlich, Frau Felten, Sie sind natürlich ein Übermensch. Sie besitzen die Fähigkeit, innerhalb kürzester Zeit zu analysieren, was in der Person vor sich geht. Sie haben dieses Mädchen nicht einmal gesprochen. Wieso glauben Sie, die Psyche der Verstorbenen beurteilen zu können?«

Da Dr. Lieken keine Antwort auf die Frage erwartete, fuhr er fort.

»Nur im Kreis von engen Freunden, seltener innerhalb der Familie, werden Zeichen erkennbarer, falls die Betroffenen überhaupt darüber sprechen. Der Kampf zwischen Selbsterhaltung und Selbstzerstörung findet in den meisten Fällen unausgesprochen im Inneren statt. Gefährlich wird es in Stadium drei, in dem der Entschluss gereift ist. Dann gibt es ganz klare Anzeichen. Die Menschen sprechen dann offener über die Vorstellung, wie es wäre, tot zu sein. Sie plaudern sogar über die Mittel, mit denen man aus dem Leben scheiden könnte. Das ist ein klares Signal neben der andauernden Depression. Bitte erkundigen Sie sich diesbezüglich einmal bei Dr. Haller. Ich empfahl es Ihnen schon einmal.«

»Leonie«, schaltete sich jetzt Gordon ein, »du solltest auf ihn hören. Dr. Lieken hat recht. Das, was hier geschehen ist, konnte keiner von uns voraussehen. Du fährst jetzt nach Hause und sprichst darüber mit Mia. Sie wird dir das Gleiche raten. Morgen möchte ich dich mit klarem Kopf wieder im Büro sehen. Verschwinde hier!«

»Nein, Gordon, das halte ich für keine gute Idee. Lass sie hierbleiben, denn ich bin noch nicht fertig. Ich habe dir nicht alles gesagt.« Als ihn erstaunte Blicke trafen, ließ Dr. Lieken die Katze aus dem Sack. »Das Mädel hat sich nicht selbst getötet. Da hat jemand nachgeholfen.«

Von einer zur nächsten Sekunde trat Stille ein. Alle Blicke richteten sich auf den schmächtigen Mediziner mit dem markanten grauen Pferdeschwanz.

»Starrt mich bitte nicht so an. Kommt bitte mit und hört mir zu.«

Mit wenigen Schritten erreichte das Ermittlerteam den Ort, wo Aysun Korkmaz den Tod gefunden hatte. Lieken baute bewusst Spannung auf, da es ihm Freude bereitete, Menschen bei Vorträgen zu fesseln. Bei jedem Wort wiesen seine Finger auf bestimmte Gegenstände.

»Hier der vermeintliche Tatort, an dem sich ein Mensch in Verzweiflung das Leben nahm. Da melde ich Zweifel an.

Und das aus gutem Grund. Seht dort drüben einen Kanister, in dem sich vermutlich der Brandbeschleuniger befand. Ich schätze etwa drei Meter bis dahin. Die Zündhölzer finden wir an dieser Stelle. Das dürften wiederum mindestens zwei Meter entfernt vom Kanister sein, aber auch von der Leiche. Jetzt die Frage an Sie, die Fachleute: Warum übergießt sich ein Mensch mit Brandbeschleuniger und legt den Kanister an einer anderen Stelle ab? Dann läuft er zurück, um sich an einer besonderen Stelle anzuzünden. Doch während er schon lichterloh brennt, legt er fein säuberlich die Streichholzschachtel in einer Entfernung von mehreren Metern ab. Ich verwette jeden Preis darauf, dass wir auf der Strecke zwischen Opfer und Kanister nicht einen Tropfen Benzin finden werden.«

Kai besah sich das Opfer aus der Nähe und sah aus der knienden Position hoch zum Arzt.

»Warum ist die Kleine dann nicht geflüchtet? Die muss doch Panik gehabt haben.«

»Laufen Sie mal mit gefesselten Händen und Füßen weg, lieber Kollege Wiesner. Ich habe kleine Reste von Material gefunden, das wir im Labor unschwer als Fesselmaterial identifizieren werden. Leute – das war kaltblütiger Mord.«

Gordons Blick ruhte auf Leonie, die wiederum ungläubig auf den Mediziner starrte. Er hoffte, Erleichterung bei ihr ausmachen zu können. Ihr Gesicht blieb jedoch verschlossen, gab nichts ihrer Gefühle preis. Sie entfernte sich und betrachtete das Gras zwischen Opfer und Kanister.

»Sie scheinen recht zu haben, Dr. Lieken. Hier ist nichts an Flüssigkeit erkennbar. Außerdem hätten selbst kleine Mengen davon Feuer fangen müssen. Wir sollten der These von Herrn Lieken folgen und sämtliche Gegenstände ringsum sichern und auf Spuren untersuchen. Lasst uns dieses Schwein packen, das dieses junge Leben ausgelöscht hat. Darf ich ...?«

»Du darfst, Leonie. Wir bleiben an dem Schaffrath-Fall. Wenn es dir hilft, kannst du Mia Richter ins Boot holen. Ihr übernehmt das gemeinsam.«

Endlich verschwand die Angespanntheit bei Leonie und machte einer wilden Entschlossenheit Platz. Sie organisierte diverse Aufgaben bei der anwesenden Spurensicherung, während sich die drei Männer zurückzogen.

14

Mit weit aufgerissenen Augen, in denen sich nicht nur Überraschung, sondern auch eine gehörige Portion Schock abzeichneten, starrte Maike auf ihren Ehemann. Martin, ebenso überrascht von dem plötzlichen Besuch, erhob sich von seiner Liege, auf der er stundenlang um Schlaf gerungen hatte. Zwischen ihnen stand die unausgesprochene Frage, was der jeweils andere überhaupt hier in diesem düsteren Keller machte. Der sich im Hintergrund bewegende Fremde genoss die Situation und lehnte sich mit verschränkten Armen an den Türpfosten. Sein breites Grinsen zeigte, dass er genau das erreicht hatte, was auch in seiner Absicht lag. Das schlechte Gewissen, die offene Frage, ob der jeweils andere von den Machenschaften des Partners wusste, blieb noch unbeantwortet. Die Spannung wuchs mit jeder Sekunde, in der niemand sprach. Maike war es schließlich, die als Erste eine Reaktion wagte.

»Ich ... ich habe nicht gewusst, dass du dich auch in seiner Gewalt befindest. Er hat also uns beide entführt. Du kannst dir nicht vorstellen, welche Sorgen ich mir deinetwegen gemacht habe. Die Polizei sucht bereits nach dir. Die werden schnell merken, dass es mich auch erwischt hat.«

Mit vorgestreckten Händen ging sie langsam auf Martin zu, der noch immer mit Unglauben in den Augen auf der Liege saß, jetzt jedoch bis an die Wand zurückwich.

»Was ist mit dir, Liebster? Hat er dir wehgetan? Geht es dir gut? Warum weichst du vor mir zurück?«

Martins Blick wechselte ständig zwischen dem Entführer und Maike, die plötzlich mitten im Raum stehen blieb und sich umwandte. Ihre Stimme hatte jetzt einen besonderen, einen gefährlich leisen Unterton bekommen: »Was haben Sie mit ihm gemacht? Er ist ... anders. Haben Sie ihn gefoltert? Haben Sie ihm wehgetan?«

Nichts im Gesicht des Mannes veränderte sich. Ganz im Gegenteil. Sein überhebliches Grinsen blieb. Überrascht zuckte Maike zusammen, als die Tür mit einem lauten Knall zugeschlagen wurde und sie allein mit Martin zurückblieb.

»Was soll das? Kommen Sie sofort wieder zurück und lassen Sie uns frei!«

Ihre Stimme überschlug sich fast, als sie die Aufforderung in Richtung der verschlossenen Tür schleuderte und mit ihren kleinen Fäusten dagegen trommelte. Immer wieder stieß sie ihre Stirn gegen das harte Holz und schluchzte. Ihr Körper versteifte sich einen Moment, als sie Martins Hände auf ihrem Rücken spürte, der zärtlich darüber strich. Der Zustand der Starre hielt nicht lange an. Sehr schnell erkannte sie, dass sie eine bestimmte Taktik anwenden musste, da Martin scheinbar bisher nicht wusste, was wirklich geschehen war, welche Schuld sie auf sich geladen hatte.

»Ich werde dir nicht erklären müssen, dass ich das alles nicht verstehe, doch bin ich froh, dich zu sehen. Seit ich in diesem Keller eingesperrt bin, denke ich ständig an dich und daran, was ich dir angetan habe.«

Die Sätze verließen dermaßen leise Martins Lippen, dass sich Maike anstrengen musste, alles zu verstehen. Sie war geneigt, das Gesagte als Eingeständnis seiner Untreue zu begreifen, wurde jedoch enttäuscht, als Martin weitersprach.

»Es wäre alles nicht geschehen, wenn ich uns besser geschützt hätte. Ich habe es diesem Tier zu leicht gemacht, uns zu entführen. Nun können wir nur hoffen, dass man seinen Forderungen nachkommen wird und dass er uns wieder freilässt. Warum er dich auch noch in seine Gewalt brachte, kann ich nicht nachvollziehen. Doch es ist geschehen und es bleibt uns lediglich, auf eine schnelle Abwicklung zu setzen. Hat er dir gegenüber was geäußert?«

Alles drehte sich in Maikes Kopf.

Hat Martin wirklich keine Ahnung oder spielt er mir etwas vor?

Noch wusste sie nicht, wie sie sich richtig verhalten sollte. Sie spielte einfach mit.

»Was bringt dich dazu, auf eine Lösegeldzahlung zu setzen? Mir gegenüber hat er bisher nichts dergleichen erwähnt. Ich gebe zu, dass ich auch nicht auf diese Karte setze, Martin. Hast du einmal darüber nachgedacht, dass er sich uns offen gezeigt hat? Wir wissen, wie er aussieht, und könnten ihn ans Messer liefern. Bist du dir über die Konsequenzen im Klaren?«

An der Hand führte Martin sie zur Liege und wartete ab, bis sie Platz genommen hatte. Schließlich begann er damit, durch den Raum zu wandern. Beide Hände waren tief in seinen Hosentaschen vergraben. Mit sorgenvollem Blick verfolgte Maike jede seiner Bewegungen und versuchte währenddessen, ihre Chancen abzuwägen, den Raum lebend wieder verlassen zu können. Das Geschehen war völlig aus dem Ruder gelaufen, da sie die verqueren Gedanken eines Psychopathen komplett unterschätzt hatte. Geld allein schien dem Mann nicht viel zu bedeuten. Als sie ihm zum ersten Mal auf dem Empfang begegnet war, war sie lediglich von seinen Fantasien begeistert, als es um das Thema Übergang vom Leben in den Tod ging. Er schien für sie ein genialer Partner zu sein, um eine ungeliebte Nebenbuhlerin zu beseitigen. Ihre Gedanken eilten zurück zu dem Tag, an dem sie ihn allein an der Bar stehen sah ...

Während Maike sich ihr elegantes Abendkleid an den Schenkeln glattstrich, verfolgte sie aufmerksam das Bemühen Martins, keinen Besucher merken zu lassen, wie oft er die Hand Edinas suchte. In dem Gedränge der geladenen Gäste bedeutete das keine große Anstrengung, denn die meisten von ihnen diskutierten noch immer intensiv den Auftritt einiger Showgirls auf der angemieteten Bühne. Schließlich sollte das 25. Betriebsjubiläum gebührend gefeiert werden. Einhundertdreizehn Gäste waren dazu eingeladen worden. Nur zehn Mitarbeitern der Führungsebene war es erlaubt worden, an dem Fest teilzunehmen. Nicht nur Maike blieb es anfangs rätselhaft, warum ausgerechnet Edina Schwaiger zu den Auserkorenen gezählt wurde, obwohl sie erst seit zwei Wochen den Posten der Buchhaltungsleitung zugesprochen bekommen hatte. Ihr Vorstellungsgespräch lag gerade einmal sechs Wochen zurück. Mittlerweile hatte sich nun auch Maike davon überzeugen können, wo ihre Vorzüge lagen. Die waren mit Bestimmtheit nicht in ihrer fachlichen Kompetenz zu vermuten. Was sie jedoch an weiblichen Reizen besaß, wusste sie perfekt einzusetzen. Nicht nur Martin schwänzelte um sie herum und vergaß dabei oft genug, dass sich seine Frau ebenfalls unter den Gästen befand. Da sie sich langweilte, nutzte sie hier und da Gespräche mit bekannten Geschäftsfreunden oder Lokalpolitikern, um sich dem Tisch zu nähern, an dem Martin in bekannt charmanter Art das Wort führte. Sie kam so nahe an Edina heran, dass sie sogar ihr Parfüm riechen konnte, das dem ihrigen nicht einmal annähernd glich. Maike hob den Mundwinkel leicht, da sie jetzt wusste, um welche Marke es sich handelte. Niemals hätte sie vermutet, dass Martin auf diese Duftnote abfahren würde. Sie schrak zusammen, als sie die Hand neben sich erspähte, die zu einem großen schlanken Mann gehörte, der sie höflich zu den Klängen von Hugo Strassers Musik zum Tanzen aufforderte.

»Habe ich Sie erschreckt, Frau Schaffrath? Wenn es so ist, tut es mir leid. Ich hatte lediglich den Eindruck, Sie würden sich langweilen und da dachte ich mir ...«

»Das war eine glänzende Idee«, unterbrach Maike den jungen Mann, dessen Alter sie nicht zu schätzen vermochte. »Ich tanze gerne zu guter Musik. Kommen Sie, Strasser gefällt mir.«

Ihr entgingen nicht der flüchtige Blick und das Augenzwinkern von Martin, dem die Begegnung mit dem jungen Mann, den er nur von hinten sah, nicht verborgen geblieben war. Mit leicht erhobenem Haupt hakte sie sich bei dem galanten Tanzpartner unter und bereute es nicht, ihm gefolgt zu sein. Seine geübten Bewegungen zeugten davon, dass er sich auf dem Parkett zu Hause fühlte. Erst als sie mit ihm an der Bar ein Glas Sekt trank, betrachtete sie ihn ausgiebiger. Vor ihr stand ein zwar guterzogener, aber dennoch recht junger Mann, der gut und gerne hätte ihr Sohn sein können. Doch wagte sie keine weitere Schätzung, da sie sich in dem Punkt häufig irrte. Ihr fehlte darin jegliche Erfahrung.

»Sie tanzen sehr gut, muss ich gestehen. Hätte das bei einem Mann Ihres Alters noch nicht vermutet. Nun wissen Sie scheinbar sehr gut, wie ich heiße, doch Ihren Namen haben Sie bisher verschwiegen.«

Bevor Maike ihren Wunsch wiederholen konnte, stieß der Fremde sein Glas gegen ihres und lachte fast übermütig.

»Sie werden meinen Namen morgen wieder vergessen haben, Frau Schaffrath. Da bin ich mir sicher. Doch nennen Sie mich einfach Martin. Der Name dürfte Ihnen gut über die Lippen kommen – Sie wissen schon.«

Nach einem kurzen Moment der Irritation musste Maike ebenfalls lachen und stieß mit ihm an.

»Sie haben recht, Martin, Namen sind Schall und Rauch. Lassen Sie uns ein wenig an die Luft gehen.«

Galant hielt er ihr die Tür zu der riesigen Terrasse auf, auf der schon viele Gäste die laue Sommerluft genossen.

»Was treibt Sie auf diesen langweiligen Empfang, Martin? Männer Ihres Alters amüsieren sich doch bestimmt eher auf Partys mit Gleichaltrigen. Verbindet Sie etwas Geschäftliches mit meinem Mann?«

Da Martin zuvor das Glas auf der Brüstung abgestellt hatte, hob er beide Hände und zeigte damit, dass Maike mit dieser Annahme weit neben der Wahrheit lag.

»Oh nein, Frau Schaffrath. Meine Eltern waren nur der Meinung, dass ich mal einen Blick in die Welt der Finanzen und der Politik werfen sollte. Irgendwann würde ich dazugehören, wenn ich die Firma übernehme. Aber lassen Sie uns über etwas anderes reden. Es wäre schade, wenn wir lediglich Smalltalk betreiben würden. Es gibt so viel Interessanteres im Leben.«

»Wie zum Beispiel ...?«

Maike fand diesen Themenwechsel schon etwas Ad-hoc, so, als wollte ihr Gegenüber seine Herkunft verschleiern, doch gefiel ihr schließlich diese direkte Art. Gerne ging sie darauf ein und nahm einen Schluck.

»Was schwebt Ihnen vor, Martin? Was ist es Ihrer Meinung nach wert, zwischen zwei doch bisher fremden Menschen besprochen zu werden? Machen Sie Vorschläge.«

Martins Blick richtete sich über die vielen Baumspitzen, die von dem nach draußen dringenden Licht des Festsaales schwach beleuchtet wurden. In seinen Augen glaubte Maike, ein Aufblitzen erkannt zu haben.

»Sind Sie sich über den Sinn des Lebens ... Ihres Lebens im Klaren? Haben Sie sich jemals Gedanken darüber gemacht, warum wir alle hier sind? Klingt diese Frage für Sie befremdlich, Frau Schaffrath? Mich würde interessieren, was Sie als Ihre Aufgabe in Ihrem Dasein sehen.«

Nun waren seine beeindruckenden Augen direkt auf ihr Gesicht gerichtet, forderten von ihr scheinbar eine Antwort. Maike musste zugeben, dass sie sich in ihrer Haut plötzlich nicht mehr wohlfühlte und Fluchtgedanken aufkamen. Trotzdem fesselte sie genau diese Frage und rang ihr sogar eine Antwort ab.

»Das ist doch eigentlich nicht schwer zu beantworten, Martin. Schauen Sie sich um. Wo befinden wir uns? Was glauben Sie, ist der Anlass für diese Feier? Selbstverständlich sehe ich meine Hauptaufgabe darin, für die Firma, für meinen Mann und die vielen Arbeitsplätze, die daran hängen, da zu sein. Das, ja genau das sehe ich als meine Aufgabe an.«

Wieder ruhte Martins Blick in der Ferne, als er die Frage abschoss.

»Ist das Ihr Mann wert?«

Nur einen kurzen Augenblick brauchte Maike, um die Hand zum Schlag zu erheben. Doch ihr Arm wurde von Martin blitzschnell abgefangen und festgehalten. Sein Gesicht befand sich nun dicht vor Maikes, als er zischte: »Sie wissen sehr genau, was ich damit meine, Frau Schaffrath. Spielen Sie mir nicht die liebende Gattin vor, die genau weiß, was der Angetraute in Abwesenheit treibt. Sie wissen sogar, mit wem er es tut. Jeder weiß das hier. Warum also versuchen Sie, mir ein Theater vorzuspielen. Ich will ... ich kann Ihnen helfen.«

Mit einer kraftvollen Bewegung befreite sich Maike aus dem harten Griff des Mannes und stützte sich mit beiden Händen auf die Brüstung.

Was erlaubt sich dieser Schnösel eigentlich? Er scheint zu vergessen, mit wem er spricht. Woher kann er davon wissen. Was will er von mir?

»Sie, lieber Martin, möchten mir helfen, sagen Sie. Wie kommen Sie darauf, dass ich Hilfe benötige, sie überhaupt möchte? Ich habe gelernt, meine Probleme selbst zu lösen. Ich brauche keine fremde Hilfe. Erst recht nicht von Menschen, deren Herkunft für mich immer noch im Nebel liegt. Lassen Sie mich in Ruhe und suchen Sie sich eine andere Tanzpartnerin. Es wird bestimmt einige junge Dinger in Ihrem Umfeld geben, die sich über Ihre Hilfe freuen würden.«

Maike wollte sich zum Gehen abwenden, als sie wieder diesen harten Griff um ihren Arm spürte.

»Verzeihen Sie meine Direktheit, Frau Schaffrath, aber ich sehe, wie sehr Sie unter der Situation leiden. Er wird nicht von ihr lassen. Glauben Sie mir. Er treibt ein Spiel mit Ihnen, das Sie nicht verdient haben. Ihr Mann ist ein Schwein. Das haben Sie schon lange erkannt und sollten die Konsequenzen ziehen. Ich sagte schon, dass ich Ihnen helfen möchte.«

Maikes Augen richteten sich in den Nachthimmel, der ihr eine Entscheidung vorenthielt. Mit tränenfeuchten Augen drehte sie sich wieder diesem geheimnisvollen Fremden zu.

»Wie in Gottes Namen wollen Sie mir helfen und was versprechen Sie sich davon? Wollen Sie ihn töten?«

Nach einer längeren Pause, nach der sie schon nicht mehr mit einer Antwort rechnete, kam sie – die Antwort.

»Ihn nicht, aber sie.«

Maike benötigte einen Moment, um das Gesagte einzusortieren, dieses Ungeheuerliche darin zu verarbeiten. Ihre Augen fixierten den Mann, forschten in seinen Augen, ob er sich über sie lustig machen wollte. Nichts veränderte sich. Sein Blick erwiderte den ihren fest und entschlossen.

»Lassen Sie uns darüber reden«, fuhr er plötzlich fort und warf Maike im Weggehen die letzten Worte zu: »Kommen Sie morgen um genau dreizehn Uhr in das Café Overbeck auf der Kettwiger Straße. Um genau dreizehn Uhr. Sie werden es nicht bereuen.«

Zurück blieb eine ratlose Frau, die einem Mann hinterherblickte, der sich mit schnellen Schritten Richtung Parkplatz entfernte. Im gleichen Moment öffnete sich die Tür zum Saal und Martin Schaffrath eilte auf sie zu.

»Hier bist du also. Warum so allein? Komm doch rein zu uns. Alle fragen nach dir und ich habe dich schon vermisst.«

Alles in ihr verkrampfte sich, als er ihren Mund für einen flüchtigen Kuss suchte ...

15

Leonie drückte den Klingelknopf und wartete auf ein Lebenszeichen der Bewohner, während sie den Summer unter sich hörte. Mia versuchte gleichzeitig bei anderen Mietern Näheres über die Geschehnisse um Aysun Korkmaz zu erfragen. Als sie schon glaubte, dass niemand zu Hause sei, öffnete sich die Tür um einen schmalen Schlitz. Es dauerte wieder eine kleine Weile, bis Leonie dahinter eine zierliche, leicht dunkelhäutige Frau ausmachen konnte, die ihr Haar mit einem schwarzen Kopftuch verhüllt hatte. Leonies Lächeln schien der Bewohnerin Vertrauen einzuflößen. Die Tür öffnete sich weiter und gab den Blick auf eine ängstlich wirkende Frau frei, die sich kleiner machte, als sie in Wirklichkeit war. Diese devote Haltung war Leonie nicht fremd, da sie des Öfteren mit Menschen zu tun bekam, die aus einer anderen Kultur stammten. Sie versuchte, ihre ansonsten kräftige Stimme zu dämpfen, als sie sich und den Grund ihres Besuches darlegte. Es schien zu wirken, da sich Basima Chamouns Gesichtszüge, wie sie sich später selbst vorstellte, sichtlich entspannten.

»Sprechen Sie etwas deutsch? Können Sie mich verstehen?«, wollte Leonie wissen. »Darf ich einen Moment hereinkommen. Nur ein paar Fragen.«

Wortlos trat Basima einen Schritt zurück und ließ die Besucherin eintreten. Der Geruch von frisch Gebratenem und orientalischen Gewürzen stieg Leonie angenehm in die Nase. Einen Augenblick verharrte sie und erntete erstaunte Blicke der Bewohnerin.

»Es riecht wundervoll. Ich liebe diesen Duft von fremden Gewürzen. Wo soll ich hin?«

Nun stahl sich sogar ein dankbares Lächeln auf Basimas Gesicht, das ihre natürliche Schönheit noch deutlicher hervortreten ließ. Sie drückte sich an Leonie vorbei und eilte in einen Raum, der zwar für europäische Augen ungewohnt, aber geschmackvoll mit Decken, Blumentöpfen und Teppichen dekoriert war. Auf eine eigenwillige Art gemütlich, dachte Leonie. Ihr wurde ein Platz in einem Korbsessel angeboten. Weitere Sitzgelegenheiten suchte sie vergeblich, was ihr andeutete, dass man hier auf den Kissen Platz nahm, die überall um einen niedrigen Tisch herum gelegt waren.

»Ein Glas Tee?«

Eifrig bestätigte Leonie die Frage der Gastgeberin mit einem Nicken und wartete ab, bis Basima wieder mit einem Tablett erschien. Das Getränk schmeckte köstlich, was Leonie mit einem »Herrlich« ausdrückte. Ohne weitere Umschweife kam sie auf den Grund des Besuches zu sprechen.

»Sie haben sicherlich mitbekommen, was in der Wohnung unter Ihnen geschah? Ich spreche von Frau Korkmaz.«

»Aysun ... ich weiß. Sie sprechen von Aysun. Sie ist eine liebe Person. Wissen Sie, dass dieser Name *Rein wie der Mond* bedeutet? Eine gute Freundin, die mir immer hilft, wenn ich zu Ämtern muss. Ich hoffe, sie wird bald wieder gesund zurückkommen.«

Es war eine Situation, die Leonie in ihrem Beruf hasste. Es war jetzt an ihr, dieser Frau schonend beizubringen, dass Aysun nie wieder eine Hilfe sein würde.

»Es tut mir sehr leid, aber Aysun wird ...«

»Ist ihr was zugestoßen? Hat er sie doch gefunden?«, unterbrach Basima die Beamtin, während in ihren Augen das blanke Entsetzen zu erkennen war.

»Was meinen Sie damit, wenn Sie fragen, dass er sie gefunden haben könnte? Wurde Aysun von jemandem bedroht? Erzählen Sie mir davon.«

»Ist sie ... hat man sie getötet?«, wiederholte Basima die Frage und bannte Leonie mit ihrem angsterfüllten Blick.

»Leider muss ich das bestätigen, Frau Chamoun. Man hat sie gefunden. Nun möchten wir herausfinden, wer für ihren frühen Tod verantwortlich ist. Ich hoffe, dass Sie mir dabei helfen können. Sie scheinen einen bestimmten Verdacht zu hegen. Erzählen Sie uns alles, was Sie darüber wissen. Jedes Detail kann wichtig sein.«

Basima machte den Eindruck, als würde sie jeden Moment in Tränen ausbrechen. Sie senkte den Kopf und tupfte sich die Augen trocken. Leonie wartete ab, bis sich diese wunderschöne Frau wieder gefasst hatte. Nur zögernd kamen ihre Worte über die Lippen.

»Entschuldigen Sie bitte, ich wollte nicht weinen. Ich hätte nie gedacht, dass ich es noch könnte, nach dem, was ich bereits an Tod miterleben musste. Es ist gleich vorbei.«

»Weinen Sie nur. Ich nehme mir die Zeit für Sie, die nötig ist. Mir selbst geht Aysuns Tod auch sehr nahe. Aber das ist eine andere Geschichte. Hätten Sie eventuell noch eine Tasse von diesem vorzüglichen Tee?«

Leonie spürte, dass die Ablenkung Basima half. Sie eilte mit einem dankbaren Lächeln auf den Lippen in die Küche und erschien kurz darauf wieder mit ihrem Tablett. Ein letztes Mal wischte sie über die ausdrucksstarken Augen und straffte den Körper.

»Was möchten Sie wissen?«

»Sie sprachen gerade eben davon, dass er sie gefunden haben könnte. Jetzt noch mal. Wenn Sie von *er* sprechen – wen meinen Sie damit? Wer könnte Aysun bedroht haben? Hat *er* einen Namen?«

Eine wilde Entschlossenheit hatte die devote Zurückhaltung bei dieser Frau ersetzt. Sie saß jetzt gerade aufgerichtet vor Leonie und machte sich Luft, indem es förmlich aus ihr heraussprudelte.

»Einer ihrer vielen Cousins trieb sich in den letzten Tagen bei ihr herum. Vorher war es ein anderer. Sie wechselten sich ab, als würden sie Aysun bewachen. Wenn sie länger als zehn Minuten bei mir war, klingelten diese Jungen bei mir an und forderten Aysun auf, wieder in ihre Wohnung zu gehen. Sie lebte wie in einem Gefängnis. Selbst zum Einkaufen wurde sie von denen begleitet.«

Leonie glaubte zu wissen, was sich in Aysuns Wohnung abgespielt haben könnte. Zu oft war sie diesen Verhältnissen begegnet, als sie noch ehrenamtlich in einem Frauenhaus tätig war. In ihr wuchs erneut die Abneigung gegenüber diesen Traditionen, die größtenteils im muslimischen Glauben beheimatet waren.

»Aysun Korkmaz hat türkische Wurzeln. Kennen Sie die Familie näher? Wissen Sie, wo ich diese Cousins oder zumindest nähere Angehörige finden kann?«

»Aysun saß oft bei mir und erzählte von ihrer Familie, die sie liebte. Ja, sie hing sehr an ihren Angehörigen und war dankbar dafür, dass man ihr gestattete, allein zu leben und ihr Studium an der Essener Uni weiterzuführen. Das änderte sich erst, als die Eltern und später auch der Onkel nach Deutschland zogen. Sie versuchten, auf ihr Leben Einfluss zu nehmen.«

»Wie muss ich mir das vorstellen, Frau Chamoun? Sollte sie zu denen ziehen?«

»Nein, nein. Man ließ ihr diese Freiheit. Doch sie brachten ihr schonungslos bei, dass sie nach Beendigung ihrer Ausbildung in ihre Heimat zurückreisen sollte. Ein älterer Mann war für sie ausgesucht worden. Da dieser nicht nach Deutschland ziehen wollte und sich ein gewisses Vermögen in der Marmararegion angehäuft hatte, erwartete er, dass seine jüngere Frau zu ihm ziehen sollte. Das Geschäft wurde schon abgeschlossen, bevor alle hier auftauchten. Aysun war ab diesem Tag, als ihr der Beschluss der Familie offenbart wurde, verändert. Sie verlor ihre Leichtigkeit, ihren ganzen Mut. Das war kein Mädchen mehr mit Träumen und Wünschen. Sie war innerlich bereits gestorben.«

Leonie schluckte und zwang sich, nachzuhaken.

»Hat sie ... ich meine, hat sie davon gesprochen, sich etwas anzutun?«

»Nicht so direkt, Frau Kommissarin. Aber sie wurde depressiv und hatte immer eine Menge Medikamente in einer Schachtel unter dem Bett. Ich habe sie gefragt, was sie damit wollte, ob sie krank wäre. Sie hat immer darüber hinweggeredet. Es wurde tagtäglich schlimmer mit ihr. Aysun stand nicht zum ersten Mal auf dem Fenstersims. Schon zweimal habe ich sie dort runtergeholt. Es wurde erst besser mit ihr, als sie mir davon erzählte, dass sie sich mit einem Deutschen an der Uni angefreundet hatte. Sie wirkte plötzlich wieder fröhlicher, gewann ihre Lebenslust zurück.«

Leonie war hellwach, als ein neuer Freund ins Spiel kam.

»Haben Sie diesen jungen Mann kennengelernt? Brachte sie den auch mit in die Wohnung?«

»Oh Gott, nein. Wie stellen Sie sich das vor? Niemand außer mir durfte davon wissen. Ich wage mir nicht vorzustellen, was passiert wäre, hätte man den dort erwischt. Ihre Familie kam häufig unangemeldet vorbei und kontrollierte die Räume. Man hat Aysun sogar ab und zu geschlagen. Ich weiß aber nicht warum. Darüber sprach sie auch mit mir nicht.«

Leonie ließ nicht locker.

»Haben Sie einen Namen für mich von diesem jungen Deutschen? Er müsste doch bemerkt haben, dass etwas mit Aysun geschehen war. Er sollte sie vermissen.«

Basima war anzumerken, dass sie angestrengt nachdachte. Doch mehr als einen Vornamen brachte sie nicht heraus.

»Leon. Ich glaube, sie sprach immer von einem Leon. Mehr verriet sie nicht.«

Das Notizbuch füllte sich und Leonie blieb dran.

»An dem Tag, als wir Aysun von der Fensterbank holten, rief sie zuvor etwas in den Raum, als wäre da noch jemand. Können Sie das bestätigen, wissen Sie dazu mehr?«

Verzweiflung stand jetzt wieder in Basimas Augen, als sie heftig den Kopf schüttelte.

»Das kann ich nicht sagen. Zumindest habe ich nichts aus der Wohnung gehört. Allerdings war ganz früh ihr Vater zu Besuch und brachte jemanden mit, den ich noch niemals zuvor gesehen habe. Ob und wann die beiden Männer wieder gegangen sind, kann ich nicht sagen. Glauben Sie, dass einer von denen Aysun verschleppt hat? Sie haben mir noch immer nicht gesagt, was Aysun zugestoßen ist. Ist es so schrecklich, dass Sie es mir nicht sagen können?«

Genau diese Frage wollte Leonie nicht hören, glaubte, daran vorbeizukommen. Doch der Moment der Wahrheit ließ sich nicht hinauszögern. Nachdem sie Basima so schonend wie eben möglich mit den Tatsachen vertraut gemacht hatte, verließ sie still die Wohnung. Basima besaß nicht die Kraft, sie zur Tür zu begleiten. Sie saß mit in die Ferne gerichtetem Blick auf ihrem Kissen und hing ihren Gedanken nach.

Draußen wartete Mia Richter auf ihre Kollegin.

»Na, hast du was Brauchbares aus den Leuten herausholen können. Bei mir gab es nur dummes, rassistisches Gerede.«

Leonie ersparte sich eine Antwort und stieg schweigend hinter das Steuer des Dienstwagens. Mia besaß das Feingefühl, nicht weiter nachzuhaken.

16

»Das deutet darauf hin, dass dieses arme Mädchen förmlich hingerichtet wurde.«

Gordon konnte sein Entsetzen über die grausame Tat nicht verbergen. Er wurde von Leonie unterbrochen, die zuvor schon ihren Bericht abgeliefert hatte. Sie ergänzte die Erklärung, wobei sich in ihren Augen eine besondere Härte zeigte.

»Ich habe mich mal grob in Teile der Scharia eingelesen und muss zugeben, dass ich häufig schlucken musste. Mich wundert dabei, dass diese überharten Gesetze, in denen die Frau traditionell erheblich benachteiligt wird und meiner Meinung nach weniger Wert besitzt als ein Packesel, in der Türkei Anwendung findet. In den arabischen Raum, den Iran, nach Ägypten, Pakistan und so weiter hätte ich den altertümlichen Wahnsinn ja noch verortet, aber nicht in die Türkei, in der doch die Scharia nicht mehr angewendet werden darf.«

Gordon nickte zwar, unterbrach Leonie jedoch an dieser Stelle.

»Du liegst in deiner Vorstellung grundsätzlich richtig. Doch vergisst du, dass es in diesem riesigen Land immer noch Landstriche gibt, in denen Bewohner nach den alten Gesetzen leben, die der Koran ihnen seit ewigen Zeiten vorgibt. Wir glauben immer, dass der Rest der Welt genau wie wir nach Gesetzen leben muss, die Frauen und Männer auf einer Stufe sehen.« Gordon winkte ab, als Leonie ein Veto einlegen wollte, und fuhr fort. »Ich weiß, was du mir sagen willst. Auch bei uns gibt es da noch Nachholbedarf. Das mit der Gleichheit vor dem Gesetz ist reines Wunschdenken.«

Jetzt schaltete sich auch Kai in die Diskussion und gab sein Wissen preis.

»Denken wir nur an die Genitalverstümmelungen bei blutjungen Mädchen, denen unvorstellbare Schmerzen zugefügt werden. Doch zurück zu diesem Fall mit Aysun. Es überrascht mich schon ein wenig, dass man ihr gegenüber bis zum Äußersten ging und sie tötete. Ich weiß, dass z. B. eine Ehefrau, die Ehebruch beging, selbst wenn sie vergewaltigt wurde und keine Zeugen beibringen kann, hundert Peitschenhiebe oder sogar eine Steinigung fürchten muss. Wenn Aysun getötet wurde, hat die Familie die Gesetze des Koran falsch ausgelegt oder es liegt ein besonderer Grund vor.«

Gordons Telefon klingelte. Er erkannte die Telefonnummer von Dr. Lieken und hob ab.

»Ist es wichtig, Klaus? Wir befinden uns gerade in einer Besprechung im Fall Korkmaz. Oder kann ich dich zurückrufen.«

»Nein, Gordon. Du könntest zwar, doch sehe ich, dass ich zu eurer Diskussion etwas Wesentliches beitragen kann. Halt dich fest. Das Mädel war im dritten Monat schwanger.«

Zuvor hatte Gordon auf Lauthören umgestellt, sodass jeder im Raum diese Neuigkeit mitbekam. Alle Augen richteten sich auf Leonie, die kurz den Atem angehalten hatte und ihr Entsetzen laut herausschrie: »NEIN ... das darf nicht sein!«

Mia, die neben ihr saß, legte den Arm um Leonies Schultern und flüsterte ihr etwas ins Ohr, was niemand sonst verstand.

»Gibt es sonst noch Neuigkeiten, die uns weiterhelfen könnten? Das müssen wir erst einmal einsortieren – vor allem die Kollegin Felten.«

»Bisher nicht, Gordon. Aber ich bin noch nicht endgültig durch. Ich dachte nur, dass es für euch wichtig sein könnte. Ich melde mich, sobald es etwas Berichtenswertes gibt. Tschüss dann.«

Es war spürbar, dass niemand den Mut aufbrachte, die Diskussion wieder anzustoßen. Alle am Tisch betrachteten mit Sorge die Kollegin, die sich eine einzelne Träne wegwischte, bevor sie das Wort ergriff.

»Lasst euch von mir nicht aufhalten. Ich muss das aber erst verdauen. Ich warte auf Vorschläge, wie wir diese Teufelsbrut hinter Gitter bringen können.«

Wieder war es Kai, der ihr einen Teil ihrer Euphorie mit einer Nachricht nahm.

»Glaube mir, Leonie, wir alle hier denken wie du. Jeder möchte diese Schweine bestraft wissen. Doch das läuft nicht immer so, wie wir es uns wünschen. Ich will dir ein Beispiel nennen. Früher sahen auch deutsche Gerichte einen Milderungsgrund für Ehrenmord, wie er gerne genannt wird. Erst 1994 räumte der Bundesgerichtshof damit auf. Es gab keinen *Islam-Rabatt* mehr. Diese Tötung galt fortan als Mord aus niedrigen Beweggründen. Doch kennen wir alle die unterschiedlichen Bewertungen unserer Gerichte.«

»Wie meinst du das, Kai? Mord bleibt Mord«, wandte Mia ein.

»Mia, glaube mir. Justitia ist oft einäugig und einzelne Strafkammern gewähren immer noch diesen *Islam-Rabatt*. Einigen von euch wird doch sicher der Name Rashid D. etwas sagen. Der Tschetschene erstach damals seine Ehefrau, die sich von ihm trennen wollte mit neunzehn Messerstichen, er schnitt ihr zusätzlich die Kehle durch. Ergebnis war eine Verurteilung zu dreizehn Jahren Haft wegen Totschlag. Die Strafkammer in Cottbus erkannte 2017 dank der muslimischen Konfession des Täters keinen niedrigen Beweggrund. Doch lassen wir uns davon nicht entmutigen, die oder den Täter zu fassen.«

Der letzte Satz sorgte für einen Ruck, der sich durch die Mannschaft zog. Selbst Leonie bemühte sich um Fassung und schlug mit der Faust auf den Tisch.

»Ich werde diese Mörder finden. Der Tod des armen Mädchens soll gesühnt werden und die Bestrafung der Täter vielleicht ein abschreckendes Beispiel für all die sein, die noch immer glauben, in unserem Rechtsstaat nach eigenen Regeln bestrafen zu dürfen. Wir beide machen uns an die Arbeit und werden jeden Einzelnen der Familie auf Herz und Nieren prüfen.«

Während sie das sagte, lag ihre Hand fest auf Mias Arm, die eifrig dazu nickte.

»Gut«, übernahm wieder Gordon, »wir anderen werden uns um den Mord an Edina Schwaiger kümmern. Ich würde sagen, dass wir uns einmal die Geschäftsfreunde von Schaffrath ansehen. Wer von denen könnte Interesse daran haben, Schaffrath einen Knüppel zwischen die Beine zu werfen? Ich persönlich glaube noch nicht daran, dass er tot ist. Bei seiner Ehefrau wage ich keine Prognose, da ich befürchte, wir könnten es mit einem kranken Frauenmörder zu tun haben, der es nicht allzu gut meint mit dem weiblichen Geschlecht. Wir wollen nicht hoffen, dass wir in Kürze wieder eine ähnliche Zur-Schau-Stellung einer Leiche erleben müssen. Daher bitte ich um die nötige Eile. Die Aufgaben sind verteilt. Lasst uns beginnen.«

17

Weiterhin verfolgte Maike jede von Martins Bewegungen, als er wie ein eingesperrtes Tier durch den Raum vor ihr auf und ab wanderte. Längst war sie wieder aus ihren Gedanken zurückgekehrt, in denen sie die Szenerie aufleben ließ, in der sie auf diese Bestie irgendwo da draußen gestoßen war. Erst bei dem anschließenden Treffen in der Konditorei Overbeck erörterten sie beide das Vorhaben, diese verdammte Schlampe Edina zu beseitigen. Ein Mordkomplott, das sie spätestens jetzt bereute.

Konnte Martin davon wissen? Wäre es möglich, dass der Mörder ihn längst eingeweiht hatte und Martin ihr nur den Unwissenden und besorgten Ehemann vorspielte. Sie musste mit allem rechnen, sogar damit, dass die beiden Männer ein gemeinsames Spiel mit ihr trieben.

Martin stoppte. Sein forschender Blick ruhte auf Maike, so als wollte er tief in ihre Gedanken eindringen. Kein Wort kam über seine Lippen, was sie zusätzlich verunsicherte.

Kommt er jetzt mit der Wahrheit heraus? Offenbart er seinen Plan, wie er sich an mir rächen kann?

Eiskalt fühlte sich der Schweiß an, der Maike über den Rücken lief. Jeden Augenblick erwartete sie die Anschuldigungen, den Hass, den er über sie ausschütten würde. Sie spannte ihren gesamten Körper an, der ein leichtes Zittern zeigte. Umso mehr erschraken beide, als sich die Tür wieder öffnete und dieser Mann erschien, der für alles verantwortlich war, was ihnen geschah. Sein ständiges Lächeln verunsicherte Maike enorm, wobei seine kalten Augen es in Spott umwandelte. Sie hasste ihn dafür mehr als alles auf der Welt. Sie erhob sich und trat ihm entschlossen entgegen. Auf halbem Weg hielt Martin sie auf, der ihren Arm umfasste.

»Lass es, Maike. Er wird dich sonst umbringen.«

Als wäre sie vor eine unsichtbare Mauer gerannt, blieb sie stehen und drehte sich langsam Martin zu.

»Wie kommst du darauf, dass mich dieser Bastard umbringen könnte?«

Statt Martin antwortete der geheimnisvolle Fremde, ohne dass sich seine Mimik veränderte. Ihm schien dieses Spiel zu gefallen. Er lehnte völlig entspannt an der Wand und beobachtete die beiden. In seiner linken Hand spielte er mit einem Springmesser, dessen Klinge er immer wieder aus dem Schaft gleiten ließ, bevor er sie zurückschnellen ließ. Schaffrath nahm einen erneuten Schluck aus der Flasche, die schon eine Weile neben dem Bett stand.

»Weil ich es schon einmal tat. Martin weiß davon.«

Ungläubig, obwohl sie es bereits geahnt hatte, ruhte ihr Blick auf Martins Gesicht, das jetzt einen Wandel vollzogen hatte. Die anfängliche Besorgnis war einem zynischen Grinsen gewichen. Wenn es zuvor Angst war, die Maike erfüllt hatte, änderte sich das jetzt und verwandelte sich in Panik. Im gleichen Moment wusste sie, dass sie diesen Keller nicht lebend verlassen würde. Der Fremde hatte in Martin etwas geweckt, das bisher im Verborgenen gelebt hatte – den Mörder. Der Hass auf sie musste ihn verändert haben.

Oh Gott, was habe ich getan? Habe ich mich dem Teufel ausgeliefert, als ich den Worten dieses Fremden glaubte? Ist er der Satan in Menschengestalt? Ich muss Martin von seinem Vorhaben abbringen, sonst werden sie mich töten. Er ist meine letzte Chance.

»Du ... du wusstest bereits, dass dieses Tier dort Edina getötet hat? Glaubst du wirklich, dass ich ihm den Befehl dazu gab? Das tust du nicht wirklich, oder? Warum, in Gottes Namen sollte er mich dann entführen? Ich habe erst heute davon erfahren, dass diese Frau getötet wurde – von dem da.«

Maike streckte ihren Arm aus und wies auf den Mann, ohne ihn dabei anzusehen. Ihr Blick ruhte weiter auf Martin, um jede Veränderung in seinem Verhalten für ihre Zwecke zu nutzen. Doch nichts änderte sich. Sie wagte einen zweiten Versuch.

»Ja, ich wusste von deinem Verhältnis. Ich erfuhr schon vor Wochen davon. Ich habe dich und diese Frau gehasst. Am Anfang wünschte ich euch sogar den Tod. Doch da war etwas, was mir sagte, dass du mich immer noch lieben würdest. Es war so stark, dass ich bereit war, diese Liebschaft – mehr konnte es meiner Meinung nicht sein – zu tolerieren. Abwarten war die Devise, da ich an die Kraft der wahren Liebe glaube. Das mit der anderen Frau würde vergehen, sich in nichts auflösen. Bist du dir darüber im Klaren, dass jeder und jede in der Firma davon wussten?«

»Antworte ihr, Martin. Sie will Antworten auf ihre Lügen. Gib sie ihr. Wir haben unendlich viel Zeit, ihr klarzumachen, was mit Frauen geschieht, die den Teufel herausfordern. Denke daran, dass du nichts Unehrenhaftes getan hast. Sie war es, die zum Letzten griff und den Tod beschwor. Antworte ihr endlich, bevor ich es tun werde.«

Die Hand, mit der Martin Maikes Arm festgehalten hatte, löste sich. Er trat hinter sie und musterte sie mit einem spöttischen Blick.

»Du kannst mich nicht mehr täuschen, Maike. Wer sonst außer dir sollte ein Interesse daran gehabt haben, Edina tot zu sehen? Du hattest Angst davor, alles zu verlieren, worum du seit Jahren gekämpft hast. Eine Scheidung hätte dich um den erworbenen Reichtum gebracht. Du kennst den Ehevertrag genau. Da wäre für dich nicht viel geblieben. Irgendwann habe ich auch bemerkt, dass du alles unternommen hast, ein Kind zu vermeiden. Den Traum von einem Sohn hast du boykottiert. Denkst du wirklich, dass ich es nicht herausfinden würde, dass du dich vor unserer Heirat hast sterilisieren lassen? Dein Gynäkologe konnte dem Geld nicht widerstehen, das ich ihm für das Brechen seines Schweigens gezahlt habe. Du hast mich innerlich und damit die Liebe zu dir zerstört. Ich habe dich wirklich geliebt – bis zu diesem Tag, als ich es erfuhr.«

»Und dann hast du dir gedacht, werde ich eine andere Frau schwängern, die dir ein Kind gebärt? Du hättest einen Bastard zu deinem Erben bestimmt, nur um mich wegstoßen zu können? Du bist es nicht wert, geliebt zu werden.«

Nun hielt auch Maike ihren Hass nicht zurück. Ihr Gesicht verzerrte sich für Augenblicke zu einer Fratze.

»Die Geschichte entwickelt sich«, spottete der geheimnisvolle Kidnapper, der noch immer an der Wand lehnte und grinsend mit dem Springmesser spielte. »Da hört man Sachen, die selbst mich sprachlos machen. Mit jedem Wort aus diesem verlogenen Mund verstärkt das meine Meinung über das verabscheuungswürdige Wesen von euch Frauen. Ihr seid es nicht wert, von uns geliebt zu werden. Es darf nicht sein, dass ihr euch eurer von der Natur gegebenen Aufgabe des Gebärens entzieht. Dem Manne sollt ihr untertan sein und ihm zum Gefallen den Haushalt führen und ihm in allen Belangen dienlich sein. Hörst du mir zu, du Dreckstück? Du hast dein Leben verwirkt, als du deinen Leib geschändet hast. Dafür wirst du deine Strafe empfangen, so wie es bereits Edina tat, die sich der Hurerei schuldig gemacht hat.«

Jedes einzelne Wort traf Maike bis ins Mark. Sie machte sich selbst nichts vor. Es würde das Schlimmste eintreten, was sie sich hätte vorstellen können. Sogar Martin hatte diese Bestie hinunter in die Hölle gezogen, in der er wahrscheinlich sein Zuhause gefunden hatte. Mit jeder weiteren Sekunde erkannte sie die Aussichtslosigkeit ihres Handelns. Ihr Urteil war schon lange gefallen. Dennoch schleuderte sie dem Fremden ihren gesamten Hass entgegen, als es aus ihr herausplatzte.

»Noch nie in meinem Leben habe ich dermaßen viel Mist aus dem Mund eines Menschen vernommen. Glauben Sie wirklich an den Scheiß? Oder schieben Sie diesen Schwachsinn einfach vor, um Ihre Perversitäten zu rechtfertigen? Wie konnten Sie nur Martin dafür begeistern? Nur er hätte bei allem guten Willen einen Grund gehabt, mich für mein Tun zu verachten. Ja, ich bin wahrlich nicht stolz auf das, was ich ihm verheimlicht habe. Doch dafür eine fadenscheinige Moral vorzuschieben, um jemanden bestialisch töten zu können, ist doch so was von krank. Ich habe keine Angst vor Ihnen.«

»Machen Sie sich darüber keine Gedanken, Frau Schaffrath. Die kommt bestimmt noch. Da bin ich mir so was von sicher. Warten Sie die Zeit ab. Doch jetzt lasse ich euch Turteltauben alleine. Vielleicht wollen Sie Ihrem Mann ein letztes Mal zu Willen sein, sich prostituieren. Das wird allerdings Ihr letzter Versuch sein, ihn umzustimmen. Er soll das Vergnügen haben, Ihren Leib zu schänden. Ich werde ihn anleiten. Viel Spaß wünsche ich miteinander.«

Als die Tür leise ins Schloss fiel, richtete Maike ihren Blick auf Martin, der sich auf der Liege ausgebreitet und die Augen geschlossen hatte. Sie ballte die Hände zu Fäusten und ging langsam auf ihn zu.

18

Das Haus mit den vielen Fenstern besaß das Flair eines verwilderten Termitenhügels, der von einem beeindruckenden Stimmengewirr durchflutet wurde. Mia und Leonie konnten die einzelnen Stimmen keiner direkten Wohnung zuordnen, da sich der Schall immer wieder in Winkeln und abzweigenden Fluren verfing. An die Aufzugtür hatte jemand in krakeligen Buchstaben geschrieben, dass dieser defekt und somit außer Betrieb sei. Mit einem tiefen Seufzer machte sich Leonie auf den Weg über die mit Müll und Graffiti beschmutzte Treppe, vorbei an auf die Wand gepinselten Hakenkreuzen und Hassparolen. Mia zog angewidert die Schultern zusammen und folgte ihrer Partnerin widerwillig. All diese großen Wohnsilos verströmten eine Atmosphäre, die gewöhnungsbedürftig war. Während sie schweratmend die Stufen zur dritten Etage erklomm, erinnerte sich Leonie daran, dass auch sie sich als Jugendliche in diesem Milieu behaupten musste. Als eines von vier Kindern musste sie nicht nur die üblen Streiche erdulden, die sich ihre drei Brüder für sie ausdachten. Es waren auch die Anfeindungen anderer Mädchen aus den Nachbarwohnungen, die sie hart gegen andere und später auch sich selbst werden ließen. Man musste schnell lernen, in diesen Silos zu überleben, ansonsten zerstörte das Umfeld die Seele. Immer wieder, vor allem nachts in ihren Träumen, wiederholten sich schreckliche

Momente, in denen sie das Gesicht ihres Vaters vor Augen hatte, wenn er sturzvoll die Möbel zerschlug. Mama bekam häufig die harte Hand des fast ständig arbeitslosen Mannes zu spüren, erduldete diese Erniedrigungen jedoch, um für die Kinder da sein zu können. Bis heute bewunderte Leonie diese Frau, die es dennoch irgendwie schaffte, täglich das Essen auf den Tisch zu bringen, obwohl Vater einen Großteil des wenigen Geldes für Alkohol ausgab. Als er an einer Leberzirrhose starb, blühte Mama endlich auf, was jedoch den bis dahin unentdeckten Schilddrüsenkrebs nicht mehr aufhalten konnte. Sie starb, bevor Leonie das achtzehnte Lebensjahr vollenden konnte. Eigentlich war es pure Verzweiflung und Wut, was sie dazu trieb, eine Polizeiausbildung zu absolvieren. Bis heute hatte sie es nicht bereut, obwohl der Job ihr an manchen Tagen alles abforderte. Sie wurde immer langsamer, sodass Mia fast auf sie auflief.

»Was ist mit dir, Liebes? Geht es dir nicht gut?«

»Kein Problem, Mia. Ich war nur gerade mit meinen Gedanken woanders und träumte von früher.«

Mia legte ihren Arm um die Partnerin und strich ihr über die Wange.

»Wir machen heute Abend eine Flasche Wein auf, ich koche uns was Feines und du erzählst mir davon. Ich weiß viel zu wenig von dir, mein Schatz.«

Mia riss Leonie förmlich zur Seite, als unvermittelt eine Horde Kinder an ihnen vorbeistürmte und hinter dem nächsten Treppenabsatz kreischend verschwand. Beide lachten und setzten den Anstieg in die siebte Etage fort. Es war bedrückend, die Streitereien und diese oftmals laute Musik durch die dünnwandigen Türen anzuhören. Als sie den langen Flur entlangschritten, blieben beide vor einer Tür stehen und nickten sich zu. Klar vernehmlich drang türkischer Arabeskgesang bis auf den Flur. Das handgeschriebene Türschild ließ mit viel Fantasie den Namen Korkmaz erkennen. Entschlossen legte Leonie den Finger auf den Klingelknopf und wartete ab. Die Musik brach förmlich über die beiden Polizistinnen herein, als sich die Tür öffnete und ein breitschultriger großgewachsener Mann den Durchgang ausfüllte.

»Was willst du?«

Völlig unbeeindruckt vom Dienstausweis der beiden Besucherinnen starrte der Riese auf die Frauen, die schnell reagierten. Mia klärte den Mann über den Zweck ihres Besuches auf.

»Wir würden gerne mit der Mutter oder dem Vater von Aysun sprechen. Sind die Eltern zu Hause?«

»Willst du von Mama?«

Mia bereitete sich auf einen Dialog vor, der auf wenigen Worten basierte und reagierte entsprechend.

»Reden. Hörst du? Mit Eltern reden. Dürfen wir reinkommen? Hier auf dem Flur ist schlecht reden.«

»Beide nicht da. Müsst später wiederkommen.«

Leonie wollte gerade zu einer Antwort ansetzen, als eine Stimme aus dem hinteren Bereich erklang.

»Wer ist denn da, Ahmed? Lass Besuch nicht vor der Tür warten. Führe sie herein.«

»Aber Papa, das ist Polizei«, wollte der Sohn widersprechen. »Die sind Frauen von Polizei.«

»Ich habe dir gesagt, dass du Besuch reinlassen sollst. Du sollst hören, Ahmed.«

Ohne einen weiteren Kommentar Ahmeds abzuwarten, drängten Mia und Leonie in den Raum und sahen sich in der Diele um. Ahmed hielt beide Frauen an den Armen zurück und wies auf den Boden.

»Die Schuhe!«

Beide Frauen erinnerten sich daran, dass es in türkischen Haushalten bestimmte Regeln gab, und stellten die Schuhe vor der Tür ab. Die Musik kam aus dem zweiten Raum auf der rechten Seite, wohin sich Leonie spontan wandte. Auf den Bänken, die sich an die Wände des kleinen Zimmers schmiegten, hatten sich vier Personen niedergelassen, die sich von einem großen Tablett bedienten, auf dem reichlich Teetassen und eine Schale mit Gebäck standen. Eine Vase mit frischen Schnittblumen verzierte die Mitte eines niedrigen Tisches.

»Sie sind Polizisten, sagt Ahmed? Entschuldigen Sie bitte seine Unhöflichkeit. Die jungen Leute haben nicht zugehört, als wir ihnen die Regeln der Gastfreundschaft beibringen wollten. Setzen Sie sich doch bitte zu uns. Darf Ihnen meine Tochter einen Tee anbieten. Bitte sagen Sie nicht nein. Das ist bei uns Tradition. Übrigens, mein Name ist Cemil ... Cemil Korkmaz. Das sind meine Frau Hanife und das meine Tochter Nuray. Meinen missratenen Sohn Ahmed haben Sie ja bereits kennengelernt. Was führt Sie zu uns? Hoffentlich ist es nichts, was uns Kummer bereitet.«

Die Beamtinnen warteten noch ab, bis Hanife Korkmaz ihnen das Teeglas gereicht hatte.

»Oh, das ist guter Tee«, schwärmte Leonie ehrlich und nahm einen weiteren Schluck. Als sie das Glas wieder abstellte, konnte sie ein dankbares Lächeln auf dem Gesicht des Gastgebers erkennen. Schon zuvor hatten sich die Freundinnen darüber verständigt, wer die Nachricht überbringen würde. Leonie als die erfahrenere von beiden nahm allen Mut zusammen und klärte die Familie auf. Währenddessen beobachtete Mia intensiv, welche Reaktionen sie zeigen würden.

»Wir arbeiten beide im Essener Morddezernat. Es gehört leider auch zu unseren Aufgaben, sehr schlechte Nachrichten zu überbringen.«

Jegliche Freundlichkeit war aus den Gesichtern der Familienmitglieder verschwunden, war einer Sorge und Anspannung gewichen. Alle Blicke ruhten jetzt auf Leonies Lippen. Selbst Ahmed hatte neben seinem Vater Platz genommen und starrte sie an.

»Ist was mit Aysun passiert? Hat ihr der Kerl ...?«

Als sein Vater die Hand auf das Knie legte, brach Ahmed mitten im Satz ab. Mia war das nicht entgangen und nahm sich vor, besonders auf die beiden Männer zu achten.

»Wie ich schon sagte, Herr Korkmaz, es ist eine wirklich schlechte Nachricht. Und sie betrifft tatsächlich Ihre Tochter Aysun. Wir haben sie gestern gefunden. Sie verstarb im Laufe des Tages. Ich möchte Ihnen nicht verheimlichen, dass wir uns um die Hintergründe zu ihrem Ableben kümmern werden. Sie fiel einem Gewaltverbrechen zum Opfer. Unser ehrliches Beileid.«

Die Situation wirkte surreal, als niemand über einen längeren Zeitraum sprach. Als Leonie schon zum Weitersprechen ansetzte, kam eine Reaktion, mit der sie nicht mehr gerechnet hatten. Beide Frauen im Zimmer schrien ihren Schmerz mit aller Gewalt heraus, während das Gesicht des Vaters nur für einen kurzen Moment eine Veränderung zum inneren Schmerz zeigte, dann wieder jeden Ausdruck vermissen ließ. Auch Ahmed beherrschte seine Gefühle, obwohl beide Polizistinnen den Eindruck bekamen, dass ihm diese Nachricht sehr zu schaffen machte und seine Augen eine gewisse Trauer zeigten.

»Was ist passiert mit Aysun? Sie können alles sagen. Wir sind stark und werden unsere Trauer später ausleben.«

Leonie wunderte sich über die Gefasstheit des Vaters, den der Tod einer Tochter eigentlich innerlich zerreißen musste. Er zeigte eine Ruhe, die unwirklich erschien. Aufrecht saß er inmitten seiner Familie und zeigte Würde, wollte wohl für alle stark erscheinen. Seine Wollmütze verdeckte das kurzgeschorene, bereits graue Haar. Seine faltigen Hände lagen trotz der belastenden Situation verschränkt in seinem Schoß. Das leichte Zittern entging Mia jedoch nicht. Leonie wollte nicht lange drumherum reden und beschrieb mit gewählten Worten das, was sie am Tag zuvor im Schönebecker Wäldchen vorgefunden hatten.

»Schönebeck? Wo soll das sein? Wie kommt Aysun dahin?«

Die Ratlosigkeit wirkte ehrlich, als Ahmed diese Frage stellte.

»Das hofften wir eigentlich von Ihnen zu erfahren«, versuchte Mia eine Antwort zu geben, was jedoch zu einer unverhofften Reaktion führte.

»Was willst du sagen damit? Wir haben Schwester nichts angetan. Aysun war guter Mensch.«

»Ahmed, beherrsche dich. Die Polizistinnen haben dich und keinen von uns beschuldigt. Höre ihnen gut zu und gib Antwort, wenn du gefragt wirst.« Cemil Korkmaz hatte seinen Sohn wieder zurückgerissen, als der sich auf Mia stürzen wollte. »Bitte entschuldigen Sie noch einmal sein Temperament. Aber das war auch für ihn ein großer Schock. Natürlich werden wir Ihnen helfen. Nur bitte sagen Sie uns, wo genau Aysun gefunden wurde. Wir möchten dort um sie trauern dürfen. Können wir sie sehen, sie nach unseren Traditionen beerdigen?«

»Das, Herr Korkmaz, ist derzeit noch nicht möglich, da sie immer noch in unserer Rechtsmedizin verbleiben muss.

Außerdem würde ich es Ihnen nicht empfehlen, Ihre Tochter in diesem Zustand anzusehen. Das ist nicht schön, da sie ja bekanntlich verbrannt wurde. Wir geben Ihnen Bescheid, sobald Sie über den Leichnam verfügen können. Dürfen wir Ihnen noch Fragen stellen? Es ist unsere Aufgabe, den oder die Täter zu ermitteln. Ich denke, dass es auch in Ihrem Sinne sein dürfte.«

Vater und Sohn wechselten einen kurzen Blick, bevor Cemil antwortete. Seine Miene ließ keine Rückschlüsse auf seine innere Verfassung zu.

»Selbstverständlich dürfen Sie fragen. Doch kann ich Ihnen schon jetzt verraten, dass wir kaum etwas über den Umgang von Aysun wissen. Sie lebte ihr eigenes Leben und wandte sich häufig von uns ab. Auch unseren Glauben lebte sie nicht so, wie es sich für eine gute Muslime gehört. Doch wir alle liebten sie trotzdem. Fragen Sie also. Sie können sicher sein, dass wir selbst alles versuchen werden, die näheren Umstände ihres Todes zu hinterfragen. Wir benötigen dazu keine Polizei.«

Die Bemerkung des Vaters ließ für die erfahrene Leonie keine Frage offen, dass die Familie Korkmaz auf eigene Faust ermitteln und den mutmaßlichen Täter zur Rechenschaft ziehen würde. Das musste unbedingt verhindert werden, da es viel zu oft Unschuldige traf. Sie ließ nicht locker.

»Sie, Ahmed, erwähnten ganz am Anfang einen Kerl, bevor sie unterbrochen wurden. Von welchem Kerl wollten Sie erzählen. Für uns ist jeder Kontakt wichtig, den Aysun hatte. Wir würden diesen Unbekannten auch gerne kennenlernen und befragen. Was ist also?«

Wieder dieser Blickkontakt zum Vater. Dann kam die erwartete Antwort.

»Ich weiß nicht, wovon du sprichst. Musst dich verhört haben. Ich kenne keinen Mann. Bist du fertig mit Fragen? Wir möchten trauern um Schwester.«

Der Blick, den Leonie ihrer Partnerin zuwarf, sollte sagen, dass hier und jetzt nichts mehr aus den Angehörigen herauszuholen war. Beide erhoben sich und deuteten eine Verbeugung zum Abschied an. Draußen auf dem Flur streiften die Freundinnen wieder ihre Schuhe über und gingen nach unten. Im Wagen legte Leonie die Hände ans Lenkrad, ohne Anstalten zu machen, loszufahren.

»Was denkst du, Mia? Hat einer aus dieser Familie die Hand an die Tochter gelegt?«

»Sag niemals nie, heißt es ja immer wieder. Doch wenn ich auf mein Gefühl höre, vermute ich jetzt eher, dass sie den Schuldigen suchen werden und sich den Studenten ausgeguckt haben, den auch wir suchen. Wir sollten uns an die Unileitung wenden und alle Studenten heraussuchen lassen, deren Vorname Leon ist.«

Leonie nickte und fuhr an.

19

Genervt blickten Mia und Leonie zum x-ten Mal über die lange Liste der eingetragenen Studenten an der Uni Essen/Duisburg. Sie waren dankbar dafür, als man ihnen zusagte, nur männliche Studenten mit dem Vornamen Leon herauszufiltern. Sie unterschätzten jedoch die Beliebtheit dieses Vornamens in den Jahrgängen der Studierenden. Es würde mehrere Tage dauern, bevor sie diese Adressen abgeklappert hätten. Mitten in ihrer Verzweiflung platzte der rettende Engel mit Namen Gordon herein, der nichtsahnend von zwei Kolleginnen in die Mitte genommen wurde.

»Du kommst gerade recht, Chef«, begrüßte ihn Leonie und eilte in die Küche, um frischen Kaffee zu holen. Längst hatte Gordon die Liste auf dem Schreibtisch entdeckt, als ihm Leonie die Tasse vorsetzte.

»Nein! Ich habe keine Zeit, Leonie. Das, bevor du mich fragst.«

Die Enttäuschung über die schroffe Absage war ihr anzusehen. Ihre Reaktion jedoch rang Gordon ein Lachen ab.

»Bleib bloß hier mit dem Kaffee. Den kann ich gebrauchen. Lass mich das erklären.«

Leonie drehte sich ihm wieder zu, nachdem sie bereits wieder auf dem Weg zurück zur Küche gewesen war.

»Ich denke, dass ihr Hilfe von mir bei dem Abarbeiten der Liste erwartet habt. Ich selbst kann das wirklich nicht, da ich mit Denise und Jonas in der Innenstadt verabredet bin. Ihr wisst, dass in wenigen Tagen die Ausstellung beginnt und nun erwarten die beiden von mir, dass ich mit ihnen einkaufen gehe. Passende Klamotten ... ihr wisst, was ich meine. Aber ich könnte bei Kläver nachfragen, ob wir Verstärkung bekommen können. Schließlich haben wir es ja mittlerweile mit einem Mammutprogramm zu tun. Die beiden Schaffraths, Frau Schwaiger und jetzt noch die kleine Aysun. Ich kriege das hin. Was glaubt ihr denn? Haben die einen Ehrenmord begangen?«

Mia preschte vor, bevor Leonie überhaupt nach einer Antwort suchen konnte.

»Wenn Sie mich fragen, Chef, werden wir die oder den Täter zumindest nicht in der unmittelbaren Familie suchen müssen. Die schienen uns zu überrascht, einfach schockiert. Da müssen wir im weiteren Umfeld suchen. Doch ist uns unmissverständlich klargemacht worden, dass man das intern regeln würde. Genau deshalb versuchen wir, diesen Jungen mit dem Namen Leon zu finden, bevor die es schaffen. Wir denken, dass der sich in Lebensgefahr befinden könnte, wenn die Angehörigen intensiv genug forschen. Es wäre ja auch möglich, dass die bereits von ihm wissen.«

Da Leonie bestätigend nickte, war auch für Gordon klar, dass die Zeit nun gegen sie arbeitete. Sollte die Familie Aysuns den Studenten vor ihnen aufspüren, war er so gut wie tot.

»Okay. Ich besorge euch Hilfe. Nehmt euch erst einmal die vor, die innerhalb der Stadtgrenzen wohnen. So oft werden wir bei armen Studenten keinen mit Fahrzeug finden. Befragt außerdem die Kommilitoninnen an der Uni, die den gleichen Studiengang wie Aysun belegten. Möglicherweise kennen die Aysuns Kontakte. Wenn ihr klare

Hinweise habt, muss sofort ein Personenschutz angeordnet werden. Wir dürfen da keine Kompromisse eingehen. Es gibt schon genug Tote.«

»Danke, Gordon. Vielen Dank. Du weißt, wie sehr mir an der Aufklärung des Falles gelegen ist. Ich glaube immer noch, dass ich es hätte verhindern können. Doch lasst mich das selbst erledigen. Ich schaff das schon.«

»Da bin ich mir sicher. Ich weiß auch, dass du in deinem Leben schon viel geschafft hast. Und du kannst dich darauf verlassen, dass jeder hier aus dem Kollegenkreis dir dabei helfen wird. Ich muss jetzt los. Wollte ja eigentlich nur meine Waffe einschließen.«

Beide Frauen sahen ihrem Vorgesetzten mit einem Blick hinterher, der Dankbarkeit zeigte. Leonie konnte sich allerdings einen Zuruf nicht verkneifen, als Gordon bereits wieder an der Tür war.

»Ich sehe für dich nur geringe Chancen, einen festlichen Anzug zu finden, der aus Jeansstoff besteht. Viel Erfolg bei der Suche und grüße die beiden von uns. Wir freuen uns schon auf die Ausstellungseröffnung.«

Kopfschüttelnd eilte Gordon über den Flur und angelte sein Telefon aus der Tasche. Er drückte die Schnellwahltaste von Kriminalrat Kläver.

»Sechsundzwanzig.«

»Was ist damit?«, wollte Mia wissen, als sie mit Leonie den Weg zum Auto nahm. »Zählst du etwa die vergeblichen Besuche mit? Mach dich nicht selbst fertig, Schätzchen. Das wird schon noch.«

»Das sagst du so, Mia. Uns läuft die Zeit davon. Was ist, wenn die Familie längst weiß, wo dieser Leon wohnt? Es könnte doch schließlich sein, dass Aysun früher einmal über ihn berichtet hat und damit diese Gewaltspirale in Gang brachte? Ich habe ein ungutes Gefühl.«

Wieder einmal strich sie einen Namen auf der Liste durch und gab die nächste Adresse in ihr Navi ein. Mia konnte ihr in diesem Punkt nicht widersprechen, da auch bei ihr die Hoffnung, den Jungen ausfindig machen zu können, auf den Nullpunkt gesunken war. Ihr für heute letzter Besuch in Frohnhausen stand an und würde danach den wohlverdienten Fernsehabend einläuten. Dirty Dancing stand ein weiteres Mal auf dem Plan, bei dem beide sich an den Händen halten und schmachten würden. Patrick Swayze war ihr absoluter Superstar am Schauspielerhimmel.

Das Haus in der Leipziger Straße lag wenige Meter hinter einer Einfahrt und zeigte den beiden Frauen, dass sich hier drei Wohnungen befanden. Ihr Kandidat bewohnte die Mansardenwohnung. In kleinen Buchstaben erschien der Name L. Olsson auf dem obersten Klingelschild. Leonie blickte auf ihre Freundin, die zu einer Bemerkung ansetzte.

»Schwedische Eltern, würde ich annehmen«, äußerte sich Mia, bevor sie den Knopf drückte. Auch auf einen weiteren Klingelversuch reagierte niemand. Dafür öffnete sich neben der Haustür ein kleines Fenster, in dem der Kopf einer jungen Frau erschien, die sich ein Handtuch um die Haare gebunden hatte. Wassertropfen auf der Haut zeugten davon, dass sie gerade aus der Dusche kam.

»Wollen Sie zu Leon? Da werden Sie kein Glück haben. Der scheint nicht zu Hause zu sein. Habe ihn seit gestern Mittag nicht mehr gesehen und gehört. Ist wohl mit seinen neuen Freunden auf Tour. Soll ich ihm was bestellen, wenn er wieder auftaucht?«

Noch bevor Leonie ihr antwortete, zückte sie ihren Dienstausweis und hielt ihn hoch.

»Wir sind von der Polizei und suchen den jungen Mann. Sie sprechen von neuen Freunden, mit denen er durch die Straßen ziehen könnte. Kennen Sie die schon länger?«

»Nö, bisher hatte er, wenn es um Ausländer ging, nur Kontakt zu Aysun. Das ist seine türkische Freundin. Hoffentlich nimmt das nicht überhand. Die waren ziemlich frech, als sie hier auftauchten. Einer hat seine Protzkarre in der Auffahrt geparkt, kurz bevor ich rausfahren musste. Gott sei Dank blieben die nicht lange und waren schnell wieder verschwunden.«

Die Aussage der Nachbarin löste bei Leonie und Mia höchste Alarmbereitschaft aus. Mia hatte die rettende Idee und landete damit einen Volltreffer.

»Haben Sie ihn weggehen sehen? Ich meine damit: Hat er mit diesen Besuchern das Haus verlassen?«

»Das kann ich Ihnen nicht sagen, da ich dann mit dem Fahrrad zum Einkaufen bin. Mit dem Volk lasse ich mich auf keinen Streit ein. Als ich zurückkam, waren die verschwunden mit der aufgemotzten Kiste. Ich denke aber doch, da ich Leon danach nicht mehr gesehen habe. Hat er was angestellt? Sie kommen doch schließlich nicht ohne Grund.«

»Er soll nur als Zeuge befragt werden. Ganz harmlos«, klärte Mia die junge Frau auf, die jetzt damit begann, sich die nassen Haare trocken zu rubbeln.

»Sollen wir mal nachsehen? Ich habe den Schlüssel von oben. Ab und zu kümmer ich mich um seinen Hamster und fütter den armen Kerl, wenn Leon auf Tour oder bei seinen Eltern ist.«

Ein Grinsen breitete sich über die Gesichter der Freundinnen aus, als sie diese unerwartete Frage vernahmen.

»Das wäre sicherlich hilfreich in der Sache, da wir nach einem Gegenstand suchen, den er in seiner Obhut haben müsste. Das könnte uns einen weiteren Besuch ersparen. Haben Sie Zeit? Ich frage nur, weil Sie wohl aus der Dusche kommen.«

»Kein Problem«, erhielt Mia als Antwort. »Geben Sie mir zwei Minuten, bis ich mir was übergezogen habe. Bin gleich bei Ihnen.«

Mia und Leonie klatschten sich ab wie zwei pubertierende Mädel, die einen unerwarteten Gewinn erzielt hatten. Die junge Frau, die sich später als Hilga vorstellte, schaffte es in knapp unter drei Minuten und öffnete ihnen die Haustür.

»Soll ich mitkommen und Ihnen alles zeigen? Es ist die linke Tür. Die rechte führt auf den Dachboden.«

»Das schaffen wir, Hilga. Föhnen Sie sich in der Zwischenzeit die Haare trocken, sonst erkälten Sie sich noch.«

Mia gönnte Leonie einen dankbaren Blick, da sie ein ungutes Gefühl mit sich herumschleppte. Kurz bevor sie die Tür öffneten, lockerten beide den Sitz ihrer Waffen. Leonie zog ihre heraus und sicherte damit ihre Freundin, die vorsichtig den Schlüssel ins Schloss steckte. Geräuschlos schwenkte die Tür nach innen und gab den Blick in die kleine, von Chaos beherrschte Diele frei. Dass hier die ordnende Hand einer Frau fehlte, war unübersehbar. Jedoch war es nicht das, was die Polizistinnen störte. Es war eine Stille, die nur vom leisen Geräusch des unten laufenden Haarföhns untermalt wurde. Außerdem mischte sich in die normale Ausdünstung eines Single-Haushaltes ein metallischer Geruch, der zumindest Leonie alarmierte. Sie hielt Mia wortlos zurück und näherte sich mit vorgehaltener Waffe dem Wohnzimmer. Nichts. Sie fand nur Spuren von Vandalismus, als hätte dort ein Kampf stattgefunden. Mia schreckte sie auf, als sie sich aus dem Schlafzimmer meldete.

»Habe ihn, Leonie. Komm her.«

Mia stand mit abgewandtem Gesicht im Eingang des Zimmers und hielt die Hand vor den Mund. Leonie brauchte einen Moment, um das zu realisieren, was sie auf dem Bett vorfand und Ähnlichkeit mit einem jungen Menschen aufwies. Die gesamte Bettwäsche war blutdurchtränkt, hatte es gierig aufgesaugt. Mittendrin konnte man den verkrümmten Körper eines Menschen erkennen, der fast in Stücke geschnitten worden war. Das Entsetzen war aus dem Gesicht des Opfers abzulesen. Leonie steckte rein mechanisch ihre Waffe zurück ins Holster und tastete nach ihrem Telefon.

»Wir haben ihn gefunden, Gordon. Er ist ... er ist tot. Wir brauchen die Spurensicherung. Adresse schicke ich dir aufs Handy. Ich bringe Mia nach unten. Der geht es nicht so besonders.«

20

Als Gordon einen Blick nach unten warf, wo er Denise und Jonas im Wagen zurückgelassen hatte, schmunzelte er für einen kurzen Moment. Denise saß noch immer auf dem Beifahrersitz und winkte ihm zu, wogegen Jonas es vorgezogen hatte, sich mit den Ausstattungen von Polizeifahrzeugen vertraut zu machen. Ihn fand Gordon auf dem Fahrersitz eines Einsatzfahrzeugs. Ein Beamter schien ihm die Funktionen sämtlicher Apparaturen zu erklären. Zufrieden wandte er sich wieder an Dr. Lieken, der damit beschäftigt war, sich jedes Körperteil einzeln zu betrachten. Immer wieder murmelte er unverständliches Zeug vor sich her. Schließlich richtete er sich auf.

»Als die ihn in Stücke geschnitten haben, muss das für den Mann eine Erlösung gewesen sein. Sieh dir das an, Gordon. Überall sind Hämatome unter der Blutschicht erkennbar. Dort hinten liegt noch das Tuch, das man dem armen Kerl in den Mund geschoben haben muss. Dann wird man ihn getreten und geschlagen haben. Es gibt kaum eine Stelle am Körper, die verschont blieb. Die Hoden stecken weit im Unterleib. Die hat ihm jemand wohl dahin getreten. Ich möchte mir die Schmerzen gar nicht ausmalen.«

»Was glaubst du, wann das geschah?«

»Wenn ich mir die Starre betrachte und die Entwicklung der Totenflecken, würde ich den gestrigen späten Nachmittag anpeilen. Doch da will ich mich nicht festlegen, Gordon. Gib mir etwas Zeit.«

»Ist schon okay, Klaus. Das würde sich decken mit der Auskunft der Nachbarin, die von einem Besuch zu dieser Zeit sprach. Nun können wir nur hoffen, dass sie uns auch bei der Identifizierung der Täter behilflich sein kann. Es sollen zwei Männer gewesen sein, denen sie türkische Wurzeln zuspricht. Das Fahrzeug: vermutlich ein aufgemotzter 7er BMW. Müsste zu finden sein, obwohl diese Herren solche Fahrzeuge sehr oft benutzen. Allerdings sollten uns die Farbe schwarz und die verschnörkelten Buchstaben auf einem Kotflügel helfen, die Karre aufzufinden. Allerdings kann sie nicht sagen, welche Initialen da genau aufgetragen waren. Egal, die Fahndung ist raus. Ich habe einen Wagen losgeschickt, der mir den Bruder von Aysun abholt und im Präsidium vorführt. Bin auf das Alibi gespannt.«

»Da muss jemand eine Menge Wut aufgestaut haben und Kaltblütigkeit besitzen, um das hier anzurichten. Habe lange nicht mehr ein solches Blutbad vorgefunden. Möglicherweise gibt es einen kleinen Hinweis, der uns helfen könnte. An der linken Hand des Opfers konnte ich zwei schwarze Haare finden, die nicht dem Opfer selbst zuzuordnen sind. Die stammen mit einiger Gewissheit aus einer Abwehrbewegung gegen den Täter. Werde mir deshalb auch das Gewebe unter den Fingernägeln vornehmen. Die DNA-Analyse sollte uns Aufschluss geben. Sieh mal zu, dass du von dem Bruder eine Gegenprobe bekommst. Du kriegst das schon hin.«

Gordon verließ das Schlafzimmer, das neben den restlichen Zimmern von den Kollegen der Spurensicherung bevölkert wurde. Im Treppenhaus fand er Mia und Leonie, die sich auf die Stufen gesetzt hatten. Spontan nahm Gordon eine Stufe höher ebenfalls Platz.

»Wie ich das zum jetzigen Zeitpunkt betrachte, haben wir zwar ein wahrscheinlich unschuldiges Opfer, doch auch beweisstarke Hinweise auf den oder die Täter. Dr. Lieken fand Haarspuren und wir dürften recht schnell das Fahrzeug sichergestellt haben, das hier geparkt hat. Eine Gegenüberstellung mit der Zeugin könnte den Sack zumachen. Das war in meinen Augen Mord mit Ansage. Ich tippe mal auf den Bruder, der ausgerastet ist. Das ist in deren Kulturkreis nicht so selten – leider. Haut ab, ihr zwei. Fahrt nach Hause und schaltet für heute ab. Wir machen den Rest schon. Morgen, wenn ihr kommt, sitzen die Mörder vielleicht schon in der Untersuchungshaft. Ich habe Kläver schon darauf vorbereitet, dass wir einen entsprechenden Haftprüfungstermin benötigen. Er spricht vorab mit dem Staatsanwalt.«

Schulter an Schulter saßen die Frauen auf der Treppe und ließen sich nicht von den Kolleginnen und Kollegen der Spurensicherung stören, die immer wieder über sie hinwegsteigen mussten.

»Sollen wir, Mia? Was hältst du davon, wenn wir den Abend schon früher beginnen? Du siehst völlig fertig aus und brauchst Abwechslung. Komm, der Chef hat recht. Ich fahre dich nach Hause. Hier können wir sowieso nichts machen und die Aussage von der Zeugin Hilga Paschek ist längst auf dem Papier.«

21

Martins Gesicht blieb ausdruckslos, als ihn Maike schüttelte. Lediglich an seinen geöffneten Augen war feststellbar, dass er ihren Bemühungen um Aufmerksamkeit überhaupt nachkam. Mit Sorge nahm sie zur Kenntnis, dass sein Blick eine ungewohnte Kälte ausstrahlte, die sie bisher noch nie an ihm festgestellt hatte. Sofort zog sie die Hände wieder zurück, als hätte sie sich verbrannt.

»Was ist mit dir geschehen, Martin? Hat dich dieser Kerl derart verändert, dass du alles vergessen kannst, was wir füreinander empfanden? Wir haben uns einmal geliebt und ich tue es immer noch. Das kannst du doch nicht einfach abstreifen, als hätte es das alles nie gegeben. Komm wieder zu dir.«

Martin Schaffrath richtete seinen Oberkörper so weit auf, dass sich sein Gesicht ganz nahe vor Maikes befand. Seine Worte sprach er absolut emotionslos und leise.

»Du liebst mich immer noch, sagst du? Hast du das gerade wirklich genau so gesagt? Wie kann ich jemanden lieben, von dem ich weiß, dass er mir wehgetan hat, indem er fremdgeht? Das ist doch krank. Besitzt du denn nicht mehr ein letztes Fünkchen Ehre im Leib? Hätte ich erfahren, dass du mit einem anderen Kerl schläfst, wärest du tot. Hörst du, Maike? Ich hätte dich dafür umgebracht – nicht den Mann, der nur seinem Trieb gefolgt ist. Möglicherweise hättest du ihm verschwiegen, dass du verheiratet bist. Ihn trifft keine Schuld. Du jedoch hast in deinem Wahnsinn, deiner verletzten Eitelkeit einen Mörder gedungen, der Edina abschlachten sollte. Ist das dein Beweis für eine immerwährende Liebe zu mir?«

Mittlerweile hatte sich Martin aufgerichtet und Maike weggestoßen. Seine Worte kamen jetzt hart und immer lauter. Die letzte Frage schrie er ihr ins Gesicht. Maike wich zurück, legte ihre Hände auf die Ohren, als wollte sie verhindern, dass sie diese Anschuldigungen überhaupt erreichten. Ihre weit aufgerissenen Augen nahmen die Veränderung wahr, die sich auf Martins Gesicht abzeichnete. Hass hatte die Oberhand gewonnen und drohte, ihn zu übermannen. Fest krallten sich seine Hände in ihrem Haar fest. Er zog sie ganz nah an sich heran, sodass sie der Speichel traf, der bei der folgenden Attacke seinen Mund verließ.

»Ich soll zu mir kommen, meinst du. Es wäre sicher besser, wenn du endlich erkennen würdest, was du angerichtet hast. Ich bin nicht dein Feind. Ich nicht. Der Feind sitzt schon lange tief in dir und zerstört deinen Geist. Man nennt das Eifersucht, verletztes Ego. Du hättest einfach die einzig richtige Konsequenz ziehen und gehen sollen. Lernt ihr denn niemals, dass man sich jemand anderem zuwendet, weil die Liebe gestorben ist? Sie hat sich totgelaufen, verdammt! Ich hätte dir eine Abfindung gezahlt und wäre dir sogar dankbar für die Zeit gewesen, die wir zusammen hatten. Ja, Maike, wir hatten wunderschöne Tage miteinander. Doch höre genau zu: Ich spreche von *hatten*. Das ist vorbei.«

Verzweifelt versuchte Maike, sich aus dem harten Griff zu befreien, schaffte es jedoch nicht. Eine unbändige Kraft schien von ihm Besitz ergriffen zu haben. Der Speichel lief aus den Mundwinkeln und über seinen Hals. Er hatte sich in eine Rage geredet, der sie nichts entgegenzusetzen vermochte. Martins Gesicht hatte eine Röte angenommen, die beängstigend war.

»Du tust mir weh, Martin. Du weißt nicht mehr, was du da sagst. Gott, was hat diese Bestie mit dir gemacht. Der Teufel spricht aus dir.«

»Verlangt man nach mir?«, kam es gefährlich leise von der Tür, die sich geräuschlos geöffnet hatte. Dort erschien der Kidnapper, der sich in einen grünen OP-Kittel gekleidet hatte. Auch sein Haar versteckte er unter einer Schutzhaube. Nur aus den Augenwinkeln konnte Maike diese Erscheinung wahrnehmen, wogegen Martin ihn in voller Größe betrachten konnte. Maike spürte die Schweißbäche, die sich augenblicklich über ihren Körper ausbreiteten. Bevor der Fremde, der sich fatalerweise ebenfalls Martin genannt hatte, das Schreckliche aussprach, wusste Maike, dass ihre Zeit auf dieser Welt ablief. Ein anfängliches Zittern ging über in ein unkontrollierbares Beben, bis Martin sie einfach losließ. Schwer schlug sie auf dem harten Boden auf. Ihr Kopf prallte krachend gegen die Bodenstütze der Liege, sodass sie Mühe hatte, bei Besinnung zu bleiben. Mühsam rang sie nach Luft, da ihre Lungen immer stärker danach verlangten. Sie schloss für Sekunden die Augen.

Was passiert hier gerade? Ist das real? Warum tun sie mir das an? Oh Gott, hilf mir in dieser schweren Stunde.

»Könnte es sein, dass du gerade deinen verfickten Gott angerufen hast? Glaubst du denn wirklich, dass er dir helfen wird? Das, liebe Maike, wird er nicht tun – nicht tun können, um bei der Wahrheit zu bleiben. Er muss sich um die kümmern, die ihm wie Lämmer folgen und seine Ungerechtigkeiten nicht hinterfragen. Das ist einfacher, als zu erkennen, dass er gegen meinen Herrn nichts ausrichten kann. Das Böse ist mächtiger als die so gelobte Herrlichkeit der Nächstenliebe. Du siehst doch selbst, wohin es führt, darauf zu vertrauen. Du wirst nun nicht dafür bestraft werden, weil du die Gesetze der ehelichen Treue verletzt hast. Nein. Es ist die Dummheit, daran zu glauben und festzuhalten, was dich in die Hölle führen wird. Dein Mann ist nur seinem Gefühl gefolgt, wozu ihm jedes Recht zugesprochen wird. Aber du konntest dich nicht damit abfinden und hast den Tod einer Nebenbuhlerin veranlasst. Gerne habe ich dir den Gefallen getan, da auch sie es verdient hatte, zu sterben. Bereite dich vor auf deinen Weg in die Verdammnis.«

Seine Stimme blieb leise, besaß vielleicht deshalb etwas Hypnotisches und Lähmendes, das Maike erstarren ließ. Ihr Verstand drohte, sich endgültig zu verabschieden, als bunte Ringe vor ihren Augen durcheinanderwirbelten. Rein intuitiv hob sie schützend die Hände vor das Gesicht. Sie reagierte nicht einmal, als Martin, der nun mit verklärtem Blick hinter ihr stand, angesprochen wurde.

»Bist du bereit, Martin, diese Sünderin zu begleiten? Dann lasst uns nach nebenan gehen und das tun, was der sogenannte Gott als ungerecht bezeichnen würde, in Wirklichkeit aber zu einer erstrebenswerten Reinheit führt.«

Ohne dass Maike auch nur die geringste Möglichkeit zur Gegenwehr gegeben wurde, verkrallten sich nun die Hände des Wahnsinnigen in ihren Haaren. Wie einen Sack zog er sie aus dem Raum, über den Flur, in das Zimmer, in dem Martin schon den geschändeten Körper Edinas vorgefunden hatte. Rundherum flackerten Kerzen, die schwach eine Szenerie beleuchteten, die Maike einen Operationstisch und einen Ständer mit diversen Instrumenten in der Mitte des Raumes zeigten. Die seltsame Musik schien von überallher zu kommen, erfüllte den Raum und vervollständigte damit das Gefühl, in den Vorhof der Hölle zu blicken. Martin schloss die Tür und lehnte seinen Rücken dagegen. Ein dämonisch wirkendes Lächeln formte seine Lippen. Es war das Letzte, was Maike bei vollem Bewusstsein von dem Mann wahrnahm, der einst Teile ihres Lebens bestimmte. Jetzt verfügte er vollends darüber. Sie nahm nur noch wahr, dass sie auf den Tisch gehoben und festgeschnallt wurde. Ihr Geist verabschiedete sich, bevor sich das erste Skalpell in ihr Fleisch bohrte. Den heiseren Fluch des Mörders hörte sie schon nicht mehr. Der warf in einem Anfall von Zorn das Werkzeug gegen die Wand. Seine Faust schlug er zornig in Maikes Gesicht, das ihm provokativ ein friedliches Lächeln zeigte.

22

Sieglinde Schock blickte sich immer wieder um, ob ihr auch niemand zum verabredeten Ort, dem italienischen Eiscafé im Einkaufscenter am Limbecker Platz gefolgt war. Sie kam sich vor wie eine Geheimagentin und war fest davon überzeugt, dass Herr Schaffrath sie fristlos entlassen würde, falls er wieder auftauchen und von ihrem Verrat erfahren würde. Sehr lange hatte sie mit sich gerungen, ob sie dem Drängen dieses Kriminalbeamten nachgeben sollte, der vergeblich versucht hatte, die Liste von Geschäftspartnern im Sekretariat zu erhalten. Frau Hagedorn ließ sich nicht unter Druck setzen, weigerte sich vehement, die Daten herauszugeben, verschanzte sich hinter dem Datenschutz und der von der Firma zugesagten Geheimhaltung. Sieglinde Schock sah das anders, zumal sie selbst keinen Grund sah, diesem Unternehmen gegenüber weiter Loyalität zu beweisen. Man hatte ihr wehgetan. Sie sollten dafür bluten. Schon als sie an der Galerie im ersten Stock für einen Moment innehielt, sah sie ihn am Tisch sitzen, diesen großen kahlköpfigen Polizisten. Immer wieder tauchte er seinen Löffel in das hohe Glas, in dem noch ein Rest von Eis vorhanden war. Er richtete sich zur Begrüßung auf, als Sieglinde Schock neben seinem Tisch auftauchte. Einen letzten Blick ließ sie über die vielen umhereilenden Menschen gleiten, erfüllt von der Furcht, ein bekanntes Gesicht könnte sich darunter befinden.

»Sie sind früh, Frau Schock. Entschuldigen Sie deshalb, dass ich noch esse. Ich freue mich aber sehr darüber, dass Sie es sich doch noch überlegt haben. Mein Versprechen halte ich, dass niemand von Ihnen erfahren wird – es sei denn, Sie stimmen zu. Haben Sie den Stick?«

Kai Wiesner stellte fest, dass seine Worte das Gesicht der Frau aufhellen ließen. Fast belustigt beobachtete er, wie verkrampft Sieglinde Schock auf ihrem Stuhl saß und versuchte, sich so klein wie möglich zu machen. Ihre Augen suchten permanent die Besuchergänge ab, die sich hinter Kai befanden. Sie hatte spürbar Angst, die er ihr unbedingt nehmen musste. Die kleine Hand schob sich langsam über den Tisch näher an Kais heran. Blitzschnell zog sie die zurück, als der Kellner nach ihren Wünschen fragte. Augenblicklich verfärbte sich ihr Gesicht und ließ sie stottern.

»Einen ... bringen Sie mir ... ich weiß nicht. Ach ich nehme einen Cappu ... oder ...«

»Bringen Sie der Dame einen Milchkaffee und mir einen normalen Kaffee. Und bitte eine Extraportion Zucker. Danke.«

Kai beugte sich vor und lächelte. Seine Hand lag beruhigend auf der von Frau Schock, so als würden sich zwei gute Freunde unterhalten. Schnell spürte er den Stick und zog ihn darunter hervor. Die Erleichterung war Frau Schock anzumerken. Endlich war sie dieses fürchterliche kleine Metall los, das zuvor in ihrer Hand fast gebrannt hatte.

»Es war nicht so ganz einfach, Herr Wiesner, an die Listen zu kommen, da ich eigentlich keinen direkten Zugriff darauf haben darf. Doch es war nicht so schwer, an das Passwort heranzukommen. Frau Hagedorn benutzt das mittlerweile auch für Verschlüsselungen eigener Dateien. Hoffentlich prüft niemand, ob, wann und von welchem Rechner auf die Listen zugegriffen wurde. Aber ich bin Ihrem Rat gefolgt und habe einen öffentlichen Rechner dafür benutzt.«

»Das war gut überlegt, Frau Schock. Danke dafür.«

»Wundern Sie sich nicht, Herr Kommissar. Das sind sehr viele Namen, da die Lieferketten oft stark verzweigt sind. Wir sprechen schließlich über Material, das bei Kriegswaffen zum Einsatz kommt. Dabei finden sich auch ausländische Adressen im Osten. Aber darin kenne ich mich nicht so sehr aus. Ich arbeite nur mit Zahlen und Überweisungen.«

»Überlassen Sie das unseren Experten. Die kennen sich damit aus und würden sofort merken, wenn es Gesetzesverstöße gibt. Auf jeden Fall haben Sie uns sehr geholfen. Sie haben mir ja hinreichend erklärt, warum Sie verärgert sind. Aber in diesem besonderen Fall würden Sie uns möglicherweise helfen, mindestens einen Mord aufzuklären. Sie mögen Edina Schwaiger als selbstsüchtige Frau kennengelernt haben, dennoch hat sie einen solch schrecklichen Tod nicht verdient. Ich vermute, dass Sie ähnlich denken.«

Erschrecken, sogar Empörung war im Gesicht der Buchhalterin zu erkennen, als Kai fertig war.

»Wie denken Sie über mich, Herr Wiesner. Niemals hätte ich der Kollegin so etwas gegönnt. Schuld an meiner Lage ist der Chef. Er hätte sich von dem sündigen Körper dieser Frau nicht blenden lassen dürfen. Ich muss so oft an seine arme Gattin denken, die zu Hause für die Rückkehr ihres Mannes betet. Gott beschütze sie.«

Kai vermied es, mit der Wahrheit über das Verschwinden von Frau Schaffrath herauszukommen. Zumindest Frau Schock war in diesem Punkt noch ahnungslos. Da es an der Zeit war, die Dinge voranzutreiben, verabschiedete sich Kai mit dem nochmaligen Versprechen, alles zu tun, um Frau

Schocks Namen aus der Sache herauszuhalten. Als er sich noch einmal umsah, erkannte er, dass sie immer noch am Tisch saß und den Kopf in beide Hände gestützt hielt.

»Uppps, das ist aber eine Menge, Kai, die du uns da vorlegst. Was genau möchtest du wissen? Ich erkenne hier alles Mögliche – vom absoluten Großabnehmer bis zum Kleinkunden, der mal hier und da eine Minibestellung abnahm.«

»So genau kann ich dir das nicht einmal sagen. Wir sollten die Kunden zuerst nach inländisch und ausländisch trennen. Dann müssten wir herausfinden, wer von denen in der gleichen Branche arbeitet, sodass es zu Interessenkonflikten kommen könnte. Ich schließe Werksspionage nicht aus. Möglicherweise wurde Schaffrath entführt, um die Herstellungsdaten gewisser Werksteile zu erzwingen. Wir finden in der Liste Telefonnummern. Die sollten wir mit der Liste abgleichen, die uns die Telefongesellschaft vom Festanschluss bei Schaffraths Wohnung zur Verfügung stellte. Hat jemand in der letzten Zeit häufiger Kontakt mit dem Firmenchef gesucht. Gab es möglicherweise engere oder persönliche Kontakte zwischen denen? Wie ich schon sagte, genau kann ich dir nicht sagen, was ich suche. Aber ich verlasse mich darauf, dass uns Kommissar Zufall hilft oder sich klare Zusammenhänge aus den Daten ergeben.«

Den Blick des Kollegen von der IT-Technik ignorierte Kai, wandte sich aber noch mal an ihn.

»Bevor ich es vergesse, Manni. Vergiss nicht, auch die Nummern mit der Liste aus dem Telefon von Frau Schaffrath abzugleichen. Vielleicht war sogar sie darin verwickelt, ohne es zu ahnen.«

»Das wird dauern, Kai. Ich mach mich gleich an die Arbeit und melde mich.«

Fast hätte die sich zugleitende Aufzugtür Kai das Handy aus der Hand geschlagen, während er die Kabine verließ. Ungeduldig hatte das Telefon in seiner Hosentasche vibriert.

»Ich bin bereits auf dem Weg. Bitte einen Augenblick ...«

»Egal, wohin du auch immer unterwegs bist, Kai«, meldete sich Gordons Stimme, »dreh um und komm zum Halbachhammer.«

»Habt ihr dort neue Spuren gefunden?«, wollte Kai wissen.

»Wie auch immer du das sehen möchtest, Kollege. Wir haben eine neue Leiche. Am gleichen Ort, an dem wir Edina Schwaiger gefunden haben, liegt nun Maike Schaffrath. Kein schöner Anblick. Mach dich auf die Socken. Ich lass Klaus Lieken erst einmal seine Arbeit machen. Doch denke ich, dass er den Bericht über die Schwaiger nur einfach kopieren muss.«

Noch immer hielt Kai das Telefon am Ohr, obwohl schon längst das Freizeichen zu hören war. Ohne weitere Erklärung hatte Gordon aufgelegt. Die schrecklichen Bilder des Leichenfundes vom Halbachhammer tauchten erneut vor seinen Augen auf. Sein Gefühl hatte ihn wieder einmal nicht getäuscht. Schon von Anfang an verfolgte ihn der Verdacht, dass es sich um einen Serientäter handeln könnte, der seine perversen Gedanken nun fortlaufend ausleben würde. Die Befürchtungen waren sicher nicht unbegründet, dass dieses Spiel eine weitere Fortsetzung finden würde.

Waren diese Morde wirklich mit der Entführung des Firmenchefs in einen direkten Zusammenhang zu bringen? War es möglicherweise nur eine Finte des Mannes, um jeglichen Verdacht von sich zu wenden, als Mörder zu gelten? Sie mussten den Aufenthaltsort schnellstmöglich ermitteln, um ein Desaster zu verhindern.

Kai stoppte im letzten Moment vor Leonie, mit der er fast an der nächsten Flurecke zusammengestoßen wäre. Sie hielt ihn am Ärmel zurück, als er sich grußlos und nachdenklich an ihr vorbeidrücken wollte.

»Was ist geschehen, Kai? Wo willst du so flott hin? Sind irgendwo Berliner Ballen im Angebot?«

Leonie wich einen Schritt zurück, als sich Kai ungewohnt ernst umwandte und ihr eine Erklärung für seine Eile lieferte.

»Die Schaffrath hat den Platz mit Edina Schwaiger getauscht. Kannst du dir vorstellen, was das bedeutet?«

»Nein, Kai. Quatsch nicht in Rätseln. Das ist hier nicht *Wer weiß denn sowas.* Willst du mir etwa sagen, dass man die Frau ebenfalls umgebracht hat? Verdammte Scheiße, das entwickelt sich gar nicht gut. Wo hat man sie gefunden?«

»Auch auf dem Holzamboss im Halbachhammer-Gebäude. Gordon ist schon vor Ort und wartet auf mich. Ich muss los.«

Leonie, die er einfach auf dem Flur stehen ließ, schrie ihm hinterher: »Soll ich mitkommen?«

»Nein, bleib du an eurem Fall. Der ist genauso wichtig.«

23

Gordons Gestalt mit seinem unverkennbaren Jeans-Outfit stach zwischen den vielen Beamten deutlich hervor, zumal er die meisten von ihnen um einige Zentimeter überragte. Kai steuerte direkt auf ihn zu und betrachtete dabei etliche Schutzpolizisten, die sich mit bleichen Gesichtern in diskutierenden Gruppen zusammengetan hatten. Ihm schwante Fürchterliches.

»Warum hat das so lange gedauert, Kai. Hast du schon was gegessen? Dann achte darauf, dass es auch drin bleibt, wenn du dir das ansiehst. Komm mit, Klaus wartet auf uns.«

Gordon musste mehrere Kollegen zur Seite schieben, um an den Fundort zu gelangen, an dem sich Klaus Lieken über das Opfer beugte. Immer wieder warf er mit der freien Hand seinen grauen Zopf nach hinten, der sich in sein Sichtfeld schob. Lieken sah erst gar nicht hoch, als jemand den Zopf endlich festhielt.

»Ich muss sagen, Gordon, dass der Mörder enorm viel Wut im Leib gehabt haben musste, als er sich die Frau vornahm. Wenn wir einmal von der zertrümmerten Gesichtsfläche absehen, ähneln die Verletzungen sehr dem ersten Opfer. Ich vermute, dass dieser Frau eine Faust mit voller Wucht mitten ins Gesicht geschlagen wurde. Es gibt keinen Hinweis auf einen Gegenstand. Das bedeutet gleichzeitig, dass wir DNA-Spuren finden dürften, wenn der Mörder nicht gerade Handschuhe trug. Wieder fehlen beide Brüste, wobei ich feststelle, dass der Killer diesmal weniger sorgfältig vorging. Da waren Emotionen im Spiel.«

»Was du nicht alles in diesem Blutklumpen siehst, Klaus. Wenigstens können wir wieder sicher sein, wen wir hier haben. Ausweispapiere wurden ein weiteres Mal mitgeliefert. Ich werde das Gefühl nicht los, dass uns der Täter Spuren legt. Er will entweder gefunden werden, oder damit feststellen, dass er uns trotz eindeutiger Hinweise haushoch überlegen ist. Das kommt leider sehr häufig bei diesen Psychopathen vor. Es reizt sie, wenn sie nicht nur Macht über die Opfer ausüben können, sondern auch als Unüberführbare Ruhm erlangen können.«

»Da liegst du womöglich sogar richtig, Gordon«, knurrte Dr. Lieken und richtete sich zur vollen Größe auf. Als er dadurch die Brusthöhe der Kollegen erreicht hatte, sah er zu ihnen auf und winkte sie zur Seite. Mit dem Rücken lehnte er sich gegen seinen alternden Ford Taunus und konstatierte: »Grundsätzlich schließe ich mich deiner Vermutung an, dass er mit uns ein Katz- und Mausspiel veranstaltet. Ob er unbedingt gefunden werden will, mag ich jetzt noch nicht bestätigen. Das kommt mir etwas zu früh. Ich habe von Fällen gehört, in denen ein Täter eine Vielzahl von Morden begangen hat und eigentlich aus purer Verzweiflung die Polizei auf seine Spur führte. Er befand sich in einem permanenten Kampf gegen sein zweites Ich. Diese Typen wollen dann, dass endlich Schluss ist.«

»Und du meinst, dass unser Mann noch nicht so weit ist? Folge ich deiner These, befürchtest du eher, dass der Kerl noch übt. Bist du dir darüber im Klaren, was das bedeuten könnte, Klaus? Ich will mich gar nicht mit dem Gedanken beschäftigen müssen. Ich kann nicht glauben, dass uns ...«

Kais Telefonklingeln unterbrach Gordons Klarstellung. Beide Männer konnten in Kais Mimik erkennen, dass es ein wichtiger Anruf sein musste. Sie hörten am Ende, dass Kai den Anrufer bat, etwas auf sein Handy zu schicken. Sie ließen ihm einen Moment, bevor sie nach dem Grund des Anrufs fragten.

»Manni von der IT-Technik rief an, weil ich ihm die Liste der Geschäftspartner Schaffraths übergeben hatte. Gleichzeitig bat ich ihn, die Anrufe aus dem Festnetz bei Schaffraths zu Hause zu überprüfen. Dabei gab es zwei interessante Nummern, die er nicht zuordnen konnte, da es sich zwar um aktivierte, aber anonymisierte Prepaid-Karten handelt, die man heutzutage bei eBay problemlos kaufen kann. Die wurden häufig vom Festnetz der Schaffraths aus angerufen, aber auch dahin zurückgerufen.«

»Was schließt du daraus, Kai? Denkst du, dass es vorher Kontakt zum Mörder gab? Das wäre ja wie ein Lottogewinn für uns. Wurde die Nummer schon angerufen?«

»Nein«, antwortete Kai, »man hat aber versucht, beide Nummern zu orten. Und dabei kam etwas raus, was euch aus den Schuhen hauen wird.«

»Was genau sollte das sein, Kollege Wiesner?«, schaltete sich jetzt Dr. Lieken ein und wechselte einen Blick mit Gordon, der ebenfalls die Geduld zu verlieren schien.

»Moment, da sind sie ja. Also. Eine Nummer konnte verfolgt und geortet werden. Bei der anderen war nur eine ungefähre Ortung möglich, da die Verbindung plötzlich abbrach, als hätte jemand die Karte aus dem Telefon entfernt.«

Wieder machte Kai eine Pause und handelte sich einen Klaps seines Chefs gegen den Hinterkopf ein.

»Mach es nicht so spannend, du Clown. Wo hat man das Telefon geortet?«

»Eine Verbindung liegt irgendwo hier in einem Umkreis von maximal drei Kilometern. Näher kamen sie nicht heran, bevor die Verbindung abbrach.«

»Und die andere Nummer? Fuck, lass jetzt die Katze aus dem Sack, Kai.«

Gordon hatte einen Schritt auf den Kollegen zugemacht und boxte ihn gegen die Schulter.

»Warte Gordon, ich versuche was. Nur einen Moment.«

Kai warf einen Blick auf seine Meldung, die er von der IT-Technik erhalten hatte, und drückte auf die mitgeschickte Telefonnummer. Nur das Gemurmel der Leute der Spurensicherung störte die Stille, bevor ein noch leises Klingeln alle Umstehenden erstarren ließ. Das Geräusch entstand definitiv im Umfeld der Leiche. Keinen der Beamten hielt es jetzt noch an seinem Platz. Alle machten einen Schritt zurück und starrten auf das, was der Täter von Maike Schaffrath übriggelassen hatte. Dr. Lieken fasste sich als erster und schob sich durch die Menge. Weiterhin war dieses dumpfe Geräusch einer Telefonklingel zu hören. Lieken trat jetzt noch näher heran und tat etwas, was rundherum mit einem tiefen Aufstöhnen begleitet wurde. Nachdem er sich einen Handschuh über die Hand gezogen hatte, tauchte er damit tief in die Vagina des Opfers ein und beförderte zum Entsetzen aller ein Handy an die Oberfläche. Augenblicklich trat Stille ein. Nur Lieken besaß die Abgebrühtheit, auf die Empfangstaste zu drücken und in das Gerät zu sprechen: »Sie können jetzt auflegen, Wiesner. Der Empfänger kann nicht mehr antworten.«

Erst jetzt hatte der überwiegende Teil der Umstehenden den ersten Schock überwunden und es folgte ein reger Austausch. Dr. Lieken steckte das blutverschmierte Telefon in den Plastikbeutel, den ihm ein Mitarbeiter der KTU vorhielt.

Kais Blick richtete sich immer noch auf sein Handy, als er stammelte: »Also, damit hätte ich jetzt nicht gerechnet, obwohl mir Manni andeutete, dass sich das Telefon direkt vor uns befinden musste. Wie pervers muss jemand denken, wenn er zu so was fähig ist? Wir können nur hoffen, dass wir den bald in die Pfoten bekommen. Das muss der Satan persönlich sein.«

Schnell sprach sich herum, was vor wenigen Augenblicken hier geschehen war. Nun konnte es nicht mehr lange dauern, bis die Presse davon Wind bekam. Das wusste auch Gordon.

»Sofort das Opfer von dem Balken befreien und ins Institut damit. Nichts geht an die Presse. Habt ihr mich verstanden?«

Der letzte Satz ging in einem Tumult unter, wobei sich Gordon sicher war, dass die erste Meldung schon über Funk rausgegangen war.

24

Der Besprechungstisch war nicht nur von der Mordkommission besetzt. Auch Kriminalrat Kläver hatte sich dazugesellt, da er dem Polizeipräsidenten Bericht erstatten musste. Von Panik konnte in der Runde nicht die Rede sein, obwohl eine gewisse Aufregung schon deutlich spürbar war. Nachdem Gordon um Ruhe gebeten hatte, blickten alle gespannt auf die Leinwand, auf die ein Ausschnitt der Essener Stadtkarte projiziert worden war. Gordon wies mit dem Teleskopstab auf einen Bereich, den man rot eingekreist hatte.

»Das hier markiert den 3-km-Bereich, in dem die zweite Nummer geortet wurde. Hier jedes Haus zu durchsuchen, wäre eine Sisyphusarbeit, die wir nicht durchführen können, obwohl das Gebiet teilweise nur schwach besiedelt ist. Des Weiteren stellt sich natürlich die Frage, ob diese Telefonnummer wirklich für unseren Fall von Belang ist. Es kann eine befreundete Familie oder ein Geschäftspartner sein.«

»Moment, Chef«, schaltete sich Mia Richter dazwischen. »Warum sollte sich ein Mensch, der nichts zu verbergen hat, eine anonyme Nummer beschaffen. Meines Wissens ist das sogar illegal. Derjenige muss was zu verbergen haben.«

Kai, der neben ihr saß, nahm Gordon die Erklärung ab.

»Das, liebe Kollegin, wissen wir alle. Doch sehr oft werden diese Telefonkarten auch von Jugendlichen benutzt, weil das in ihren Augen cool ist. Dafür zahlen die auch schon mal gerne etwas drauf, denn dafür nehmen die Anbieter auch etwas mehr. Doch wir müssen zugeben, dass es zumindest sehr verdächtig ist und dass eine der beiden Nummern wahrscheinlich vom Täter benutzt wurde. Folglich gehen wir davon aus, dass ihm auch die Zweite zuzuordnen ist.«

»... und diese wurde genau dann abgeschaltet, als wir sie orten wollten. Das ist in meinen Augen kalkuliert. Also lasst uns überlegen, wie wir eine Verbindung des mutmaßlichen Täters mit der Position der georteten Nummer schaffen können.«

Wieder war es Kai, der mit einem Vorschlag aufwartete.

»Ich weiß, dass es eine Mordsarbeit für uns alle bedeutet, aber du sagtest ja, dass dieses Gebiet relativ dünn besiedelt ist. Es gibt für mich nur eine Möglichkeit. Der Täter deaktivierte die Karte mehr zufällig, als wir sie anpeilen wollten. Woher hätte er wissen sollen, dass wir ihn im gleichen Moment orten wollen? Ich bin mir sicher, dass er irgendwo in diesem Gebiet wohnt. Wir müssten also das Adressregister und die Grundbucheintragungen checken, wer dort wohnt oder Eigentum besitzt.«

»Halt, halt, Kai«, meldete sich nun Dino Wohlert aus der Drogenabteilung zu Wort. »Was würde uns das sagen, wenn wir ein paar tausend Namen auf einer Liste haben? Außerdem kannst du nicht sicher sein, dass derjenige sich auch ordnungsgemäß angemeldet hat?«

Mit diesem Einwand hatte Kai gerechnet.

»Mein Hauptaugenmerk lege ich auf die Hausbesitzer. Der Täter hat zwei Frauen ermordet. Dazu hat er sie gequält, was mit einer gewissen Geräuschkulisse verbunden sein dürfte. Folglich erledigt er diese schmutzige Arbeit nicht in der Küche seiner Mietwohnung. Ich würde das eher in einen

Keller verorten. Mach das mal in einem Mehrfamilienhaus. Na, klingelt es bei dir? Ich tippe auf ein einzeln stehendes Haus, das einen gewissen Abstand zum Nachbargebäude aufweist. Lasst uns doch wenigstens diese ins Visier nehmen. Was haben wir zu verlieren?«

»Zeit«, konterte Dino.

»Hast du eine bessere Idee, du Schlauberger?«, beharrte Kai auf seiner These.

»Beruhigt euch bitte, Kollegen«, forderte Kläver die beiden Streithähne auf. »Ich sehe momentan ebenfalls keine Alternative zu Herrn Wiesners Vorschlag und würde dem zumindest in Teilen zustimmen. Forscht bitte im Grundbuchregister nach, denn die Mietwohnungen würde ich auch ausklammern. Das dauert viel zu lange und ist unsicher. Wer übernimmt?«

Kai freute sich darüber, als sich spontan Mia Richter meldete. Nachdem sich Kriminalrat Kläver verabschiedet hatte, löste sich die Gruppe auf und erledigte die besprochenen Vorhaben. Leonie war nun noch die Einzige, die am Fall Aysun Korkmaz dranblieb. In etwa einer halben Stunde stand die Anhörung von Ahmed Korkmaz an, dem Bruder der Verstorbenen.

»Was soll die Scheiße? Wieso werde ich verhört? Glaubt einer von euch Bullen, dass ich meine eigene Schwester abfackeln würde? Das ist doch bescheuert.«

Kaum hatte Ahmed den Verhörraum betreten, begann er damit, sich aufzulehnen. Mit weit ausgestreckten Beinen fläzte er sich auf den Stuhl und legte sein Smartphone griffbereit auf den Tisch. Leonie hatte mit Aggressionen gerechnet, doch nicht, bevor sie den Grund seiner Vorführung bekannt gegeben hatte.

»Sie werden nicht verhört, Herr Korkmaz. Ich möchte Sie lediglich zur Sache befragen. Noch liegt nichts gegen Sie vor.«

»Brauche ich einen Anwalt?«

»Wie ich bereits erwähnte, es liegt nichts gegen Sie vor. Sollten Sie trotzdem auf einen Anwalt bestehen, steht es Ihnen frei, einen hinzuzuziehen. Mich würde allerdings dann sehr interessieren, was Sie glauben, vor uns verbergen zu müssen. Die Entscheidung liegt ganz bei Ihnen. Also? Wie hätten Sie es gerne?«

»Na gut, was willst du wissen von mir? Ich habe noch zu tun.«

»Herr Korkmaz. Bisher war ich sehr höflich und sachlich Ihnen gegenüber. Damit es so bleibt, sollten wir zwei uns auf bestimmte Regeln einigen. Ich behandle Sie mit Respekt und Sie tun das Gleiche, indem wir beim Sie bleiben. An eine gemeinsame Zeit mit Ihnen im Sandkasten kann ich mich nicht erinnern. Fangen wir also an.«

Die Reaktion des Besuchers bestand aus einem gemeinen Grinsen und einem unverständlichen Murmeln in der eigenen Landessprache. Schließlich nickte er zögerlich.

»Zu Anfang möchte ich von Ihnen hören, wo Sie sich zum Zeitpunkt des Todes Ihrer Schwester aufhielten. Wir sprechen also über die Zeit zwischen 15 Uhr und 19 Uhr vorgestern. Wenn Sie mir auch gleich Zeugen dazu benennen, wäre ich Ihnen dankbar.«

»Siehst du, da haben wir den Scheiß. Hast du nicht ...«

»Sie, Herr Korkmaz ... Haben Sie, heißt das!«

»Dann eben Sie. Haben Sie nicht gesagt, dass ich nicht verdächtig bin? Warum dann der Scheiß?«

In Leonie kochte allmählich eine Wut auf diese arroganten Kerle hoch, die in Frauen keine gleichwertigen

Gesprächspartner sahen. Sie hatte jedoch gelernt, diese Emotionen weitestgehend zu verbergen.

»Herr Korkmaz. Diese Frage werde ich an jeden richten, der in irgendeiner Beziehung zu Aysun steht oder stand. Dazu gehören sogar Ihre Eltern.«

»Wenn Sie meine Eltern angreifen, werden Sie mich kennenlernen. Wir alle liebten Aysun.«

»Wenn Sie glauben, mich bedrohen zu müssen, werden wir diese Anhörung an anderer Stelle fortführen. Mäßigen Sie Ihren Ton und beantworten Sie meine Fragen. Ich hoffe, dass Ihr Alibi über jeden Zweifel erhaben ist, da wir sonst über einen berechtigten Verdacht nachdenken müssten, dass Sie zumindest an der Tat beteiligt waren. Also, ich höre.«

Mit dem Blick einer erfahrenen Kriminalbeamtin erkannte Leonie, dass in dem Mann ein Kampf entbrannt war, ob er nachgeben oder in seiner arroganten Art weiterhin der Polizistin begegnen sollte. Die Vernunft schien gesiegt zu haben, als er endlich mit der Auskunft herauskam. In seinen Augen war die Wut über die empfundene Erniedrigung erkennbar. Sie zeigten puren Hass.

»Ich war mit Freunden bis in die Nacht pokern. Wollen Sie die Namen? Können Sie gerne haben. Wo ist Schreibblock?«

Wortlos reichte Leonie ihm das Gewünschte und wartete ab, bis er vier Namen aufgeschrieben hatte.

»Gibt es dazu auch Telefonnummern?«

Es war ein schmieriges, überhebliches Grinsen, das Ahmed zeigte, als er sein Telefonregister im Handy aufrief. Minuten später verfügte Leonie über alle Daten, die sie gefordert hatte.

»Ist das alles, oder wollen Sie noch wissen, mit wem ich danach geschlafen habe?«

»Gott bewahre mich davor. Ich möchte den Namen dieser bedauernswerten Frau gar nicht erst wissen. Ich bitte Sie allerdings, einen Moment hier zu warten, da ich noch zwei, drei Telefonate führen möchte. Der Kollege hier wird Ihnen so lange Gesellschaft leisten.«

Leonie hob demonstrativ den Zettel hoch, auf dem Ahmed die Telefonnummern geschrieben hatte und wies auf den stämmigen Polizisten, der sich neben der Tür postiert hatte. Wenn sie glaubte, Unsicherheit bei Ahmed geschaffen zu haben, wurde sie enttäuscht. Einige Zeit später betrat sie wieder den Raum und betrachtete sekundenlang stumm den Mann, der ihr offen ins Gesicht grinste.

»Sie haben sich ein perfektes Alibi verschafft, Herr Korkmaz. Es ist immer gut, wenn man gute Freunde hat.«

»Was wollen Sie damit andeuten? Glauben Sie, dass ich Sie anlüge und das vorher abgesprochen habe?«

»Darüber möchte ich mich gar nicht erst äußern. Und was ich glaube, ist in der Sache völlig uninteressant. Wichtig wird sein, was ich weiß. Zurzeit gehen wir davon aus, dass Sie an der Tat bezüglich Ihrer Schwester nicht beteiligt waren. Doch was ist mit dem gestrigen Nachmittag? Gibt es auch Zeugen, die beschwören würden, dass Sie sich mit Ihrem schwarzen BMW nicht in der Leipziger Straße befanden, wo Leon Olsson den Tod fand? Trägt Ihr Fahrzeug zufällig Ihre Initialen auf dem vorderen Kotflügel?«

»Haben Sie irgendwas geraucht? Was geht hier ab? Bin ich plötzlich für mehrere Verbrechen verdächtig? Wen soll ich denn noch alles umgebracht haben? Ich glaube, ich spinne. Ich will einen Anwalt – sofort. Außerdem kenne ich keinen ... wie hieß der noch mal?«

Die Verärgerung des Zeugen war echt. Davon war Leonie überzeugt. Hätte er an der Ermordung Leons teilgenommen, würde sofort das Alibi folgen. Bei ihr wuchsen Zweifel zumindest an Ahmeds direkter Beteiligung, was die Anstiftung zum Mord nicht ausschloss. Sie versuchte es anders.

»Sie dürfen Ihren Anwalt gerne hinzuziehen. Können Sie wenigstens bestätigen, dass Sie einen solchen Wagen besitzen?«

Wieder dieser Kampf im Inneren des Mannes, ob er kooperieren oder lieber abwarten sollte. Leonie blieb geduldig und spielte mit ihrem Kugelschreiber.

»Verdammt, wir haben alle unsere Wagen so gekennzeichnet. Das ist im Augenblick cool und jeder kann erkennen, dass wir zusammengehören. Um welche Initialen handelt es sich denn?«

Da Leonie lediglich ins Blaue hinein gefragt hatte, überging sie die Frage und erhob sich.

»Nun, dann können Sie jetzt Ihren Anwalt anrufen und hoffen, dass er Zeit für Sie hat. Bis dahin können Sie sich mit dem Kollegen anfreunden und nebenan warten. Vielleicht fällt Ihnen ja in der Zwischenzeit ein, wo Sie sich gestern Nachmittag aufhielten. Bis dahin sind Sie für mich jemand, der zumindest zum Kreis der Mordverdächtigen zählt. Möglicherweise hilft aber auch eine Gegenüberstellung mit einer Zeugin, die alles beobachtet hat. Bis später dann.«

Ahmeds Faust donnerte auf die Tischplatte und rief den Polizisten auf den Plan, der sofort zwischen Ahmed und Leonie auftauchte. Leonie drückte ihn vorsichtig zur Seite und sah Ahmed furchtlos in die Augen.

»Sehr beeindruckend, Herr Korkmaz. Damit hätten Sie sicherlich eine Ihrer Miezen erschrecken können, doch nicht mich. Wenn Sie was zu sagen haben, tun Sie es jetzt oder halten Sie sich zurück. Ungern lasse ich Ihnen Handschellen anlegen. Doch dem Wunsch danach würde ich auch recht zügig Folge leisten. Was regt Sie so auf?«

»Ich war vögeln. Reicht Ihnen das?«

»Nein, reicht nicht. Name, Adresse, Telefonnummer? Das würde vieles einfacher machen.«

Ahmed riss das Blatt Papier wieder an sich, das auf dem Tisch ruhte. Mit kaum lesbarer Schrift kritzelte er das Gewünschte unter die anderen Namen und starrte Leonie an.

»Ruf an und dann verschwinde ich hier. Doch werde ich sehr böse, wenn das an die große Glocke kommt. Mein Vater darf davon nichts erfahren.«

»Wir werden uns bemühen, die traurige Wahrheit über das ausschweifende Liebesleben seines Sohnes von ihm fernzuhalten. In wenigen Minuten können Sie sich aus meinem Dunstkreis entfernen. Ein Anruf noch.«

Enttäuscht ließ Leonie den Hörer zurück in die Schale gleiten und nickte dem Kollegen nebenan zu, der Ahmed die Tür zum Ausgang öffnete.

25

»Ich komm an Ahmed Korkmaz nicht ran, Gordon. Der scheint sauber zu sein. Zumindest können wir ihm nichts nachweisen, obwohl ich fest daran glaube, dass er bei dem Überfall auf Leon Olsson die Finger im Spiel hatte. Ich werde mir den Rest der Familie noch einmal vornehmen müssen. Es geht kein Weg daran vorbei, dass ich mir von den Eltern und der Schwester Nuray ein Alibi einholen muss. Das wird bestimmt nicht einfach.«

Leonie war froh, Gordon einen Moment für sich zu haben. Er wechselte ständig zwischen Kläver, Pressekonferenzen und dem Folkwangmuseum, wo letzte Vorbereitungen für die Bilderausstellung liefen. Aus unerfindlichen Gründen sorgte ausgerechnet diese Ausstellung bei den Medien für Furore. Es hatte sich herumgesprochen, dass alle Bilder von einem autistischen Jungen gemalt worden waren. Entsprechend nervös war der stolze Vater.

»Die DNA-Untersuchung der Haare an Leons Fingern hat zwar Ergebnisse geliefert, ist jedoch der Familie Korkmaz nicht zuzuordnen. Möglich, dass die jemanden beauftragt haben, Leon Olsson einen Besuch abzustatten. Wir konnten seinen Vater übrigens endlich in Uddevalla erreichen und ihm die traurige Nachricht überbringen. Er möchte über die Ermittlungen fortlaufend unterrichtet werden. Der hat ein paar Verbindungen spielen lassen, sodass unser werter Herr

Polizeipräsident entsprechende Genehmigungen angeordnet hat. Übrigens hat er verraten, dass sein Sohn ihm von der Schwangerschaft Aysuns berichtet hat und auf eine Heirat bestanden hatte. Sie hatten vor, mit Aysuns Eltern zu sprechen. Das hat sich ja nun erledigt.«

Die Überraschung über diese Erkenntnisse war Leonie unschwer anzumerken. Ihre Züge wurden hart, als sie ihre Meinung mitteilte.

»Das macht mich nur noch wütender auf diese Familie und deren außergewöhnlich unmenschliche Kultur. Immer wieder hört man von diesem starken Zusammenhalt innerhalb der Familien. Doch wenn ich mir diese Schweinerei betrachte, kann ich nur noch von einer Fassade reden, die man sich nach außen schafft. Kann man jemanden verbrennen, den man angeblich liebt, nur weil diejenige nicht nach uralten und weltfremden Gesetzen der Scharia lebt? Kann ich Mia wieder zurückhaben, damit sie mich begleitet?«

Gordon nickte und griff schon wieder nach seiner Jeansjacke. Die IT-Abteilung hatte um seinen und Kais Besuch gebeten, um ihnen ihre Arbeit an den Listen der Geschäftspartner Schaffraths vorzustellen.

»Klar, du solltest sowieso niemals alleine dorthin gehen. Das ist zu gefährlich. Man reagiert in diesen Kreisen oftmals um einiges emotionaler. Übrigens stehen noch die DNA-Tests aus, die an dem Benzinkanister und der Streichholzschachtel vorgenommen wurden. Kümmer dich bitte auch darum. So, ich muss runter zur IT. Die warten schon eine Weile auf mich.«

»Kommen Sie herein. Ich hoffe, dass Sie uns gute Neuigkeiten mitbringen, damit wir unsere Tochter endlich islamkonform beerdigen können.«

Cemil Korkmaz geleitete Mia und Leonie in das große Zimmer, das als Gemeinschaftsraum genutzt wurde. Der obligatorische Tee wurde ihnen heute von der Tochter serviert, die komplett in schwarz gekleidet war. Ihr Vater wartete ab, bis der erste Schluck getrunken war, bevor er seinem Kummer weiter Luft machte.

»Es ist für uns unhaltbar, dass Aysun so lange festgehalten wird. Sie wissen sicherlich, dass wir unsere Verstorbenen innerhalb von vierundzwanzig Stunden in der Erde haben sollen. Hier widersetzt man sich schon. Grundsätzlich sollte ihr Körper auch in die Heimat überführt werden. Alternativ wird sie nun auf dem muslimischen Teil des Hallo-Friedhofs beigesetzt. Doch folgt man leider dort nicht komplett unseren Vorgaben, die Totenruhe für immer zu bewahren.«

»Warum stört man ihre Totenruhe? Das verstehe ich nicht«, hinterfragte Mia die Aussage Cemils.

»Wir legen unsere Toten auf die rechte Seite nur in ein Leinentuch gehüllt, den Kopf Richtung Mekka. Doch gewährt uns das deutsche Gesetz keinen unbegrenzten Aufenthalt in diesem Grab. Läuft der Pachtvertrag für das Grab aus, stört man die Totenruhe, indem das Grab geräumt wird. Das ist unmenschlich. Wir glauben daran, dass diese Ruhe ewig dauern sollte. Doch Sie sind bestimmt nicht hier erschienen, um sich über unsere Rituale zu erkundigen. Was führt Sie wirklich hierher?«

Mia war anzumerken, dass sie noch viele Fragen nachschieben wollte, da sie sich schon immer für Frauenrechte stark gemacht hatte. Doch Leonie trat ihr warnend gegen den Fuß und unterbrach sie, bevor es zum Eklat kommen konnte. Gleichzeitig versuchte sie, ein Lächeln zu zeigen.

»Das tut uns leid, Herr Korkmaz, doch müssen wir im vorliegenden Fall die Suche nach einem Mörder über die sicherlich verständlichen Interessen der Familien stellen. Mit Ihrem Sohn Ahmed konnten wir schon sprechen und erfuhren von seinen Aufenthalten zum Zeitpunkt von Aysuns Ableben und dem ihres Kommilitonen Leon Olsson. Es tut uns leid, wenn wir das Gleiche auch von Ihnen und der restlichen Familie erfragen müssen. Das ist reine Routine und soll die Möglichkeit einer Mitschuld gänzlich ausschließen helfen. Übrigens scheint Sie das gar nicht zu überraschen, dass Aysuns Freund tot ist. Wussten Sie schon davon?«

Es war im Gesicht des Vaters nicht abzulesen, was genau in diesem Moment in ihm vor sich ging. Es blieb absolut ausdruckslos. Er reagierte auch nicht, als sich Entsetzen bei Nuray zeigte, die ihren Vater anstarrte.

»Papa ... Papa, hörst du? Was soll ich sagen?«

»Die Wahrheit. Nur die reine Wahrheit, Nuray. Was ist das für eine Frage?«, ereiferte sich Mia, bevor Leonie es verhindern konnte. Cemils Reaktion kam prompt.

»Schweig jetzt, Nuray!«, herrsche er seine Tochter an und wandte sich wieder an die Polizistinnen.

»Das ist nicht Ihr Ernst? Sie wagen es, uns, die trauernden Angehörigen, des Mordes an Aysun zu bezichtigen? Was hat Ihr Beruf aus euch gemacht? Ist jegliches Mitgefühl abhandengekommen? Das ist nicht nur eine Frechheit – Sie beleidigen uns damit. Sie schieben vor, alles zu tun, um uns aus dem Kreis der Verdächtigen zu verbannen, und unterstellen gleichzeitig, dass die Möglichkeit einer Täterschaft bestehen könnte. Ich möchte Sie darum bitten, mein Haus sofort zu verlassen. Und damit das klar ist: Ahmed rief uns an und erzählte vom Tod des Ungläubigen.«

»Das werden wir natürlich tun, Herr Korkmaz. Es wird Sie jedoch nicht davon befreien, Ihre Aussage zu Protokoll zu geben. Dann werden wir Sie ins Präsidium vorladen müssen und notfalls sogar vorführen lassen.« Nun baute sich selbst bei Leonie Widerstand auf, der sie zu diesen Worten veranlasste. »Es ergeht in den kommenden Tagen eine schriftliche Aufforderung an Sie, worin Sie, Ihre Frau und Nuray aufgefordert werden, zu einem bestimmten Zeitpunkt bei uns zu erscheinen. Es tut mir leid, aber es hätte hier und jetzt viel einfacher vonstattengehen können.«

Leonie hatte sich schon erhoben, als sie Cemils Antwort zurückhielt.

»Meine Frau werden Sie nicht befragen können, da sie nicht mehr hier ist. Der Kummer war dermaßen groß, dass ich sie in die Heimat zu ihrer Familie geschickt habe. Nuray und ich werden in Begleitung eines Anwalts erscheinen und unsere Aussagen machen. Und jetzt gehen Sie bitte. Es ist Zeit für das Mittagsgebet.«

»Dann hätten wir gerne die Adresse, unter der wir Ihre Frau erreichen können. Sie kann ihre Aussage auch bei den Kollegen vor Ort machen. Man wird sie uns dann übermitteln«, ließ Leonie nicht locker.

»Gehen Sie jetzt!«

Cemil Korkmaz bewegte sich ungerührt zur Tür und öffnete sie wortlos. Mit einem Blick zurück auf Nuray verfestigte sich bei Leonie der Verdacht, dass dieses Mädchen mehr wusste, als es möglicherweise gut für sie war.

Mia stützte ihre Hände an der Dachreling des Dienstwagens ab und richtete ihren Blick auf den vorbeifließenden Verkehr, ohne ihn wirklich zu registrieren. Ihre Gedanken waren bei Familie Korkmaz, die ihr unendlich viele Fragen offenbarte. Sie wusste ihre Partnerin Leonie direkt hinter sich, als sie einen Teil dieser Fragen laut aussprach.

»Warum reagiert der Mann so dermaßen verärgert? Er sollte doch froh darüber sein, dass wir diesen Tod aufklären wollen. Ich frage mich schon die ganze Zeit, was Nuray weiß. Sie hat Angst, das spüre ich. Vielleicht sollten wir versuchen, sie allein zu befragen.«

Leonie stellte sich jetzt neben ihre Freundin, den Rücken an das Fahrzeug gelehnt.

»Das wäre sicherlich eine Möglichkeit, Mia. Doch du stellst dir das zu einfach vor. Sollte die Kleine auch nur ein Wort zu uns sagen, das die Familie gefährdet oder auch nur ihre Ehre ankratzt, schwebt sie in großer Gefahr. Ich vermute, dass man sie, falls sie wirklich etwas weiß, massiv unter Druck setzen wird. Es würde mich nicht wundern, wenn sie auch in die Türkei geschickt wird. Da sind wir an dem Punkt, der mich aufhorchen lässt.«

Leonie legte an dieser Stelle eine Pause ein und kontrollierte die Anrufliste auf ihrem Telefon. Da dort nichts von Bedeutung auftauchte, fuhr sie fort.

»Hat dich diese Aussage nicht auch verwundert, dass die Mutter von jetzt auf gleich in die Türkei fliegt – so quasi aus der Schusslinie genommen wird? Welche Mutter tritt eine Reise an, wenn ihre Tochter in Kürze unter die Erde gebracht werden soll?«

»Vielleicht organisiert sie vor Ort die Beisetzung«, entgegnete Mia, die jetzt ebenfalls den Gedanken verfolgte. »Aber ich denke, dass es dafür geeignete Institute gibt, die dir die gesamte Arbeit abnehmen. Mal was ganz anderes: Glaubst du wirklich, dass die Familie ihre Tochter in allen Ehren beerdigen möchte, wo sie doch Schande über sie gebracht hat? Aber du hast recht, Leonie. Wir sollten versuchen, herauszufinden, wo genau Hanife Korkmaz sich aufhält, wo die Familie wohnt, wohin sie sich angeblich zurückgezogen hat. Das dürfte schwierig werden. Ich denke da an die blockierenden Behörden in der Türkei. Da stimmt etwas nicht. Man hat sie vor einer Befragung bewahren wollen, was darauf hindeuten könnte, dass die Familie Korkmaz Dreck am Stecken haben könnte und die Mutter einfach zu viel weiß. Lass uns da dranbleiben.«

26

Die Stille war bedrückend und zerrte an Schaffraths Nerven. Immer wieder richtete er seinen Blick auf die Tür, in der Hoffnung, dass endlich das Gesicht des Entführers auftauchen würde. Noch immer hielten sich die Bilder von Maikes Todeskampf vor seinen Augen, die ihn fast in den Wahnsinn trieben.

Was hat der Mistkerl gemacht? Hat er mir was in das Getränk gemischt? Ich werde diese Bilder nicht mehr los.

Zum x-ten Mal schlug er seine Stirn gegen die Wand, genoss den aufsteigenden Schmerz, da er ihn kurzzeitig von den Gedanken ablenkten. Noch sah er das Blut an seinen Händen, das ihn daran erinnerte, was er gemeinsam mit diesem Tier Maike angetan hatte. Was ihm am meisten Sorge bereitete, war die Tatsache, dass es ihm gefiel. Es hatte ihm Befriedigung gegeben, als sie gemeinsam ihre Messer in den weichen Körper gestoßen hatten. Sie hatte die Schmerzen ohne jede Reaktion ertragen, so als würde sie die nicht einmal spüren. Als sie ihr zuletzt die Brüste abtrennten, zog so etwas wie Genugtuung bei ihm ein. Sie schlugen sich sogar vor Begeisterung auf die Schulter. Was davon geblieben war, sorgte für einen Druck im Kopf und ein unerträgliches Gefühl des Ekels.

Die Verzweiflung trieb ihm Tränen in die Augen. Trotzdem verlor sich nicht der Anblick Maikes, als dieser Wahnsinnige sie wie wertlosen Müll von dem Tisch zerrte und über den Boden hinter sich herzog. Der Anblick der verbliebenen Blutspur hatte sich in Martins Gedächtnis eingefressen und wollte nicht vergehen.

Das kaum wahrnehmbare Geräusch einer sich öffnenden Tür holte ihn aus der Welt zerstörender Gedanken. Was er als Erstes wahrnahm, war das jetzt fast schüchtern wirkende Gesicht des Mörders. Seine sich in kindlicher Unschuld präsentierende Gestalt schob sich durch den Schlitz der sich sofort wieder schließenden Tür und näherte sich Martin, der zurückwich. Zu sehr beeindruckte ihn das Messer, das der Killer locker in der Hand hielt und vor- und zurückschwingen ließ. Allein diese Bewegung strahlte eine Gefährlichkeit aus, die den auf Rache sinnenden Martin zurückweichen ließ.

War es das nun? Wird er mich jetzt ebenfalls beseitigen? Ich kenne ihn, sein Gesicht – er kann mich nicht freilassen.

»Warum fürchtest du dich vor mir? Ich bin dein Partner. Hast du das noch immer nicht verstanden? Wir sind Brüder im Geiste und haben alles richtig gemacht.«

Er kam immer näher und ließ die Spitze des langen Messers locker über seinen Oberschenkel schleifen. Selbst diese minimalen Geräusche verursachten Martin eine Gänsehaut.

»Maike hat verdient, was sie bekommen hat. Ich habe sie den Menschen da draußen zurückgegeben, sie ihnen auf eine Art präsentiert, die sie eine Weile beschäftigen wird. Ich bin gespannt, wie lange sie brauchen werden, um dich als ihren Mörder zu entlarven.«

Als hätten ihn Peitschenhiebe getroffen, zuckte Martin Schaffrath bei den letzten Worten zusammen. Als er den Mund öffnete, um sich gegen das Gesagte aufzulehnen, bewegte er die Lippen, vermochte jedoch nicht, ein Wort zu formen. Sein Atem ging stoßweise, als er auf die Liege zurückfiel. Seine Beine versagten ihm jeglichen Dienst. Endlich brachte er stotternd zum Ausdruck, was der Verstand ihm befahl.

»Was erzählen Sie da, Sie elender Mistkerl? Keiner wird glauben, dass ich es war, der Maike das angetan hat. Ich habe sie nicht einmal angefasst.«

»So? Hast du nicht? Da habe ich meine Zweifel, mein Lieber. Komm, schau es dir an, was du angerichtet hast. Komm nach nebenan. Warum glaubt ihr immer, dass ihr zu Gewalt nicht fähig seid? Ich beweise dir, dass ein wildes Tier in dir steckt, das ich wecken konnte. Komm endlich, bevor ich dir Beine mache!«

Als sich die Stimme des Mannes hob und sich sein Blick verhärtete, beeilte sich Martin aufzustehen und folgte ihm in einen Kellerraum, den er bis dahin nicht kannte. Eine Leinwand füllte fast eine gesamte Seite des Raumes aus, während an der gegenüberliegenden Seite neben einer breiten Couch ein hoher Tisch mit einem Beamer zu erkennen war. In allen Ecken brannten flackernde Kerzen, die alles in ein unwirkliches Licht tauchten.

»Setz dich, du Ungläubiger. Setz dich hin und genieße, was dich zu etwas Besonderem macht. Ich liebe das und habe es nun schon ein halbes Dutzend Mal genossen. Tauche ein in dein unbekanntes Ich und sieh die Welt, wie sie in Wirklichkeit in dir tobt.«

Kaum hatte er die Worte gesprochen, schaltete er über eine kleine Fernbedienung den Beamer an. Der grelle Lichtstrahl zauberte bewegte Bilder auf die Leinwand, die Martins Puls auf einen Schlag hochtrieben. In Großaufnahme erschien Maikes Gesicht, die dieses unergründliche Lächeln zeigte, das Martin so verängstigt hatte. Immer wieder waren Geräusche zu hören, die Martin nicht zuordnen konnte, bis zu dem Augenblick, als er sich selbst bewundern konnte.

Es ist mein Gesicht – da bin ich mir absolut sicher. Doch was mache ich mit dem Skalpell? Warum schneide ich kreuz und quer über Maikes Bauch?

Immer wieder riss Martin die Hände vor das Gesicht, wollte nicht weiter hinsehen, wie er das Instrument in die Organe der Frau stieß, die er einmal geliebt hatte. Energisch wurden ihm die Arme nach unten gerissen. Die Stimme drang wie ein Schwerthieb in seinen Verstand: »Sieh hin. Du darfst stolz auf das sein, was du getan hast. Du bist ein wahrer Künstler. Ganz großartig machst du das. Ich habe viel von dir gelernt.«

Martins Schrei gellte durch den Kellerbereich, übertönte alles, was die Videokamera mitgeschnitten hatte. Wie von Sinnen sprang er hoch und stürzte sich auf den Mann, der ihm das angetan hatte. Sein Adrenalinspiegel war dermaßen in die Höhe geschossen, dass er das Messers kaum spürte, das tief in seinen Oberschenkel eindrang und das Blut hervorquellen ließ. Seine Finger schlossen sich um den Hals des Mannes, der fortwährend lächelte und immer wieder zustach. Schließlich sank Martin erschöpft auf die Couch. Der Schmerz machte sich allmählich bemerkbar und ließ seine Kraft versiegen. Ein Weinkrampf erschütterte ihn.

»Ich habe dir versprochen, dass du in die Hölle sehen wirst – in deine Hölle. Jetzt lass uns wieder vernünftig werden. Ich möchte deine Wunden verbinden, Partner. Das wollte ich nicht tun. Du musst mir das glauben. Doch das wird schon. Deine Verletzungen sind nicht so schlimm, dass du dich verabschieden wirst. Deine Zeit ist außerdem noch nicht gekommen. Ich habe noch viel mit dir vor.«

Wie in Trance erhob sich Martin und folgte dem Mann humpelnd, drückte dabei auf die blutenden Wunden. Als sie im Keller angekommen waren, in dem Martin sein Zuhause gefunden hatte, stützte ihn der Fremde, als er sich auf die Liege fallen ließ. Kaum hatte er das Laken erreicht, verabschiedeten sich seine Sinne von ihm und er fiel in eine erlösende Ohnmacht.

Als Martin zum ersten Mal wieder die Augen öffnete, spürte er die strammen Verbände, die sich um seinen schmerzenden Körper wanden. Dunkelheit umhüllte ihn und doch wusste er, dass er sich in dem Raum befand, in dem er wahrscheinlich sein unrühmliches Ende finden würde. Das normale frühere Leben würde er nie mehr fühlen können. Etwas in ihm starb.

27

Jeder Kriminalist hasste diese Arbeit, weil sie einen langen Aufenthalt am Schreibtisch oder am Computer zur Folge hatte. Tabellen und Listen durcharbeiten würden am Abend brennende Augen und miese Laune beim Abendbrot nach sich ziehen. Und doch hingen alle im Büro über ihrer Arbeit und suchten nach einer Auffälligkeit, obwohl niemand wirklich wusste, wie sie genau aussehen könnte. Der Ausschnitt der Essener Stadtkarte, der den zu kontrollierenden Teil zwischen Haarzopf, Bredeney und Margarethenhöhe in Vergrößerung zeigte, enthielt schon einige Kreuze, was bedeutete, dass es an dieser Stelle nichts von Interesse gab. Kais Stimme zerstörte die Ruhe, als er einen Gedanken laut aussprach.

»Haben wir eigentlich schon die Datenbanken bemüht, um herauszufinden, ob es in dieser Gegend eine Adresse gibt, an die sich ein alter Bekannter, also ein entlassener Psychopath niedergelassen hat?«

»Habe ich schon gemacht«, klärte ihn Dino auf. »Da gab es mal vor einigen Monaten einen verurteilten Sexualtäter. Der ist aber schon wieder in der forensischen Psychiatrie. Rückfall. Aber das soll ja nicht heißen, dass nicht eine Person in einer Familie leben könnte, die denjenigen aus verständlichen Gründen nicht gemeldet hat. Hoffen wir das Beste.«

»Was haltet ihr davon, wenn sich zwei von uns auf den Weg machen und zumindest die abseitsstehenden Häuser mal persönlich näher unter die Lupe nehmen? Da gibt es auch hin und wieder Gebäude, die als Wochenendhäuser eingetragen sind. Die könnten ja untervermietet worden sein und wir kennen die Bewohner nicht. Ich würde das in die Hand nehmen.«

Im gleichen Moment erhob sich lauter Protest gegen den Vorschlag von Kommissar Reuling, den die Sitte für die Kommission abgestellt hatte.

»Klar, dass du das übernehmen würdest. Das würde jeder von uns gerne machen, nur um hier rauszukommen.« Dino regte sich als Erster auf und wedelte mit seiner Liste durch die Luft. »Dem würde ich nur zustimmen, wenn ich der Zweite bin, der dir dann den Rücken deckt.«

Stille trat augenblicklich ein, als Kriminalrat Kläver den Raum betrat und an der Tür staunend stehen blieb.

»Zumindest ist noch keiner von euch eingeschlafen. Das ist ein gutes Zeichen. Worum geht es hier? Absolute Meinungsgleichheit hört sich anders an.«

»Kein Problem, Chef«, schaltete sich Kai dazwischen, da niemand Anstalten machte, aufzuklären. »Wir waren gerade dabei, auszulosen, wer Außendienst macht. Wir möchten vor Ort recherchieren, da Listen nicht alles über die Gegebenheiten vor Ort verraten können. Wir waren der Meinung, dass wir auch unsere Erfahrung und das Bauchgefühl einbringen sollten.«

»Eine sehr kluge Entscheidung, Herrschaften. Gibt es denn Fortschritte zu melden? Ganz oben wird schon wieder getrommelt. Das dauert dem Herrn zu lange.«

Klävers Finger wies an die Decke, wobei er den Polizeipräsidenten meinte. Betretene Gesichter und allgemeines

Schweigen erklärten alles und ließen ihn mit den Schultern zucken.

»Nun denn, dann müssen wir heute einmal mehr darauf hoffen, dass uns Kommissar Zufall zu Hilfe eilt. Danke euch allen ... und viel Erfolg.«

Erleichterung breitete sich aus, nachdem Kläver die Tür hinter sich geschlossen hatte. Dino zog eine Schublade seines Schreibtisches auf und ließ die drei Würfel im Lederbecher kreisen. Verhaltend jubelnd näherten sich die Kollegen und hofften darauf, dass sie die höchste Augenzahl erreichen würden und damit an die Sonne kamen. Mia und Leonie, die sich mit ihrem eigenen Fall befassten und das Theater verfolgten, schüttelten lachend die Köpfe. Mia trug ihre Meinung zur Sache in einer Kurzfassung vor: »Männer!«

Das Essener Nachtigallental besaß den Vorzug, sich entlang eines Waldgebietes mit Ein- und Zweifamilienhäusern schlängeln zu dürfen. Eine bevorzugte Wohngegend, die aber ein recht hohes Einkommen von den Besitzern forderte. Das wurde mit einer traumhaften Wohnlage und Ruhe belohnt. Dino und Kai, die das Knobeln für sich entscheiden konnten, parkten auf der Sommerburgstraße und blieben am Eingang zur Straße Am Nachtigallental stehen. Dino wirkte nachdenklich, als er den Blick über die wunderschönen Bungalows und Villen gleiten ließ.

»Manchmal frustriert mich mein Job gewaltig, Kai. Viele von den Ganoven und Drogenhändlern können so wohnen, während ich als derjenige, der sie verfolgt, in einer miesen Mietwohnung hausen muss. Habe ich da was falsch gemacht, als ich bei der Berufswahl eine Entscheidung traf? Irgendwo sind wir falsch abgebogen, glaube ich. Die schlürfen den Sekt, während wir an unserem Mineralwasser nuckeln.«

»Dafür kannst du besser schlafen, Dino. Dir sitzt kein Konkurrent im Nacken, der dir in die Birne schießen will«, konterte Kai.

»Träum weiter, mein Lieber. Ich bekomme dafür reichlich viel Post von der Bank und dem Finanzamt. Ich weiß nicht, was schlimmer ist. Jeder fordert meinen Kopf oder will zumindest an mein mühsam Erspartes.«

Kai konnte ein Grinsen nicht vermeiden. Sein Blick glitt über die Adressliste und suchte die Namen der jeweiligen Hausbewohner heraus, die sie nach und nach aufsuchen wollten. Als sie bei Anbruch der Dunkelheit ohne bedeutsame Ergebnisse abbrachen, hatten sie nicht einmal die Hälfte aller Häuser abgegrast. Den Teil, der sich durch lichtere Bebauung auszeichnete, wollten sie sich für morgen aufbewahren.

»Glaubst du wirklich, dass uns das was bringt, Kai? Bis jetzt zumeist Rentner oder Ehefrauen, die sich nach der Hausarbeit im Garten langweilen. Gleich kommt der Ehemann nach Hause, ein gemeinsames Abendbrot und dann wird besprochen, ob der Kostenvoranschlag für die Gegenstromanlage im Pool akzeptabel ist. Probleme über Probleme.«

Kai, der gerade den Startknopf drücken wollte, zögerte und sah seinen Partner an.

»Ich bin mir nicht sicher, was das bei dir erzeugt, Dino. Das kann doch nicht nur Neid sein auf diejenigen, die im Leben mehr Glück hatten. Wir zwei sind nun einmal nicht in einem goldenen Käfig geboren worden. Ich denke, dass der größte Teil von denen geerbt und darauf aufgebaut hat. Im nächsten Leben werde ich mich vorher ein wenig umsehen, bevor ich den Mutterleib verlasse. Sich auf sein Glück verlassen, kann ganz schön in die Hose gehen. Können wir jetzt endlich losfahren, du Neidhammel?«

Obwohl Dino sofort nach Eintreffen auf dem Parkplatz das Fahrzeug wechselte und sich Richtung Heimat verabschiedete, zog Kai es vor, noch einmal im Büro nach dem Rechten zu sehen. Er staunte nicht schlecht, als er Mia und Leonie an ihren Schreibtischen vorfand. Er störte sie mitten in einer regen Diskussion.

»Oha, die Damen sind unterschiedlicher Meinung. Das wird doch wohl nicht ausarten?«

»Da irrst du dich, mein lieber Kai«, antwortete Leonie und drehte den Stuhl so, dass sie ihre Beine weit von sich strecken konnte. »Frauen streiten nicht. Sie erörtern und analysieren ein Problem, um dann zufrieden auf das Ergebnis blicken zu können. Wir beide kennen Streit nicht.«

»Das kenne ich aber ganz anders. Bis zum Analysieren folge ich dir, aber dann geht es zur Sache. Erörtern fällt flach. Zumeist folgt dann sofort das Urteil. Das ist die Realität im Ehealltag. Da kann ich dir reichlich Geschichten erzählen ...«

»... die wir jedoch nicht hören wollen, du Armer. Du hättest dann besser einen Mann heiraten sollen. Das hätte dir eine Menge Frust ersparen können. Dann wärt ihr einfach beide den unteren Weg gegangen. Basta und Ruhe im Stall.«

Mia applaudierte hellauf begeistert und bot Kai einen Rest Kaffee an, der mittlerweile in der Kanne kalt geworden war.

»Egal, Leonie«, lenkte Kai ab. »Was hält euch denn noch hier fest? Ihr solltet längst beim Abendbrot sitzen und euch bei guter Musik auf der Couch zusammenkuscheln.«

»Das fragt jemand, der trotz Feierabend hier auftaucht? Doch dich dürfte interessieren, dass uns die türkischen

Behörden vor die Wand laufen lassen, so wie wir es erwartet hatten.« Leonie schüttete den kalten Rest Kaffee in ihre Tasse, verzog angewidert das Gesicht, als sie davon probierte. Sie fuhr fort. »Zuerst lief das Gespräch mit denen recht gut, nachdem sie einen deutsch sprechenden Beamten aufgetrieben hatten. Das änderte sich jedoch, als wir den Grund unserer Nachfrage verrieten. Als die hörten, dass bei uns eine junge Frau getötet wurde, weil sie ein uneheliches Kind erwartete, machten sie sofort dicht und wurden sogar unhöflich. Ich konnte nicht in Erfahrung bringen, wo sich Hanife Korkmaz derzeit aufhält.«

»Hast du denn erwähnt, dass wir die Mutter zum Kreis der Verdächtigen zählen?«

»Um Gottes willen, nein, Kai. Da eine solche Behauptung auch an den Haaren herbeigezogen gewesen wäre, dürfte das unser Ersuchen um Amtshilfe erst recht zum Scheitern verurteilen. Ich sprach lediglich von einer weiteren Befragung. Doch hatte ich das Gefühl, dass alles, was ich fortan sagen würde, ignoriert würde. Es reichte denen, dass Aysun schwanger war und unverheiratet. Der Polizist hatte plötzlich riesig viel um die Ohren und würgte das Telefonat ab. Die Frau dürfte für uns unerreichbar geworden sein. Aus, vorbei. Seine letzten Worte waren, dass wir uns an Interpol wenden möchten, so denn eine Mordanklage gegen die arme Mutter vorliegen würde.«

»Willst du meine ehrliche Meinung dazu hören, Leonie? Da hatte ich von Anfang an kein gutes Gefühl, als du erwähntest, dass du dich an die türkischen Behörden wenden wirst. Gerade wenn es um solche Ehrenmorde geht, machen die sofort zu. Nach außen mögen sie sich weltoffen zeigen, doch setzen sich immer mehr die alten Gesetze aus dem Koran durch. Selbst im modernen Istanbul baut sich die erkämpfte Freiheit immer mehr ab. Frauenrechte haben dort wie überall im Land nach einer kurzzeitigen Lockerung noch immer keine Lobby.«

»Du machst uns Mut, Kai. Also werden wir uns enger mit der restlichen Familie beschäftigen müssen. Ich werde mich nicht damit abfinden, dass man in Deutschland nach Gesetzen lebt, die nicht die Unversehrtheit des Lebens als oberstes Ziel haben. Schlimm genug, dass es in deren Land so abläuft – hier darf es nicht sein. Ich rücke der Sippe so lange auf den Pelz, bis sie einen Fehler machen. Das bin ich Aysun schuldig.«

Mias Nicken bestärkte Leonie in ihrer Absicht. Sie lächelte dankbar.

28

Das Pflegeheim besaß den Vorteil, dass es sich inmitten eines kleinen Waldstücks befand, in dem die Bewohner sich tagsüber aufhalten und Sauerstoff tanken konnten. Mia und Leonie beobachteten schon eine Weile das Treiben rund um das Gebäude, konnten jedoch das Gefühl nicht komplett unterdrücken, das sie befallen hatte. Keine von ihnen wollte sich vorstellen, hier einmal auf Menschen angewiesen zu sein, die ihnen die Arbeiten abnahmen, zu denen sie selbst im Alter nicht mehr fähig sein würden. Sie sprachen es nicht aus, wussten jedoch, dass die Partnerin ähnlich dachte. Doch bewunderten sie insgeheim, wie fürsorglich und aufmerksam sich das Pflegepersonal um die älteren Menschen kümmerte, sie umsorgte. Das rote Backsteingebäude, das die Ausstrahlung eines Bunkers besaß, war mit halbwegs modernen Accessoires und Einrichtungsgegenständen aufgehübscht worden, behielt trotzdem das Flair von alten Krankenhäusern. Mia stieß Leonie in die Seite, als Nuray am Seiteneingang erschien. Über die Einrichtungsleitung hatte man den Wunsch geäußert, ein kurzes Gespräch mit Nuray führen zu dürfen. Nun war es endlich soweit und Nuray setzte sich auf die Bank, an der sie sich mit ihr verabredet hatten. Das Mädchen suchte die nähere Umgebung ab.

»Schön, dass Sie sich bereiterklären, mit uns zu sprechen. Wir wissen das zu schätzen und werden gegenüber ihrer

Familie Stillschweigen bewahren. Es sind auch nur wenige Fragen.«

Leonie nahm neben Nuray Platz, während Mia noch einen Moment stehenblieb und ebenfalls die Umgebung im Auge behielt. Aufmerksam verfolgte sie das beginnende Gespräch. Auch ihr war aufgefallen, wie nervös Nuray reagierte, als Leonie die erste Frage an sie richtete.

»Haben Sie sich wieder mit Ihrem Vater vertragen? Uns kam es so vor, als wäre er böse auf Sie gewesen, als die Sprache auf die Ermordung von Leon Olsson kam und Sie einen Einwand vorbringen wollten.«

»Wir hatten keinen Streit, wenn Sie das meinen. Er mag es nur nicht, wenn man sich in Gespräche einmischt. Sie müssen wissen, dass man bei uns ein Familienoberhaupt respektiert. Ich wollte ihm nicht widersprechen.«

»Und doch hörte es sich für uns so an, als würden Sie mit der Aussage Ihres Vaters nicht uneingeschränkt übereinstimmen. Wussten Sie alle von dem Geschehen um Olsson? Wenn ja, von wem?«

Nuray nestelte an ihrem Freundschaftsband herum, das ihr schmales Handgelenk zierte, und rutsche unruhig auf der Bank hin und her.

»Vater sprach davon, nachdem Ahmed wieder fort war. Er muss es ihm berichtet haben. Doch er hat nichts damit zu tun. Das würde Ahmed niemals tun. Er wäre dazu gar nicht fähig. Wenn er auch nur einen Tropfen Blut sieht, dreht der am Rad. Er ist ein fürsorglicher Bruder, der sich um uns Mädchen, aber auch sehr viel um die Eltern kümmert.«

Mia und Leonie wechselten einen Blick, bevor Mia die entscheidende Frage stellte.

»Sie mögen Ihre Familie sehr, wie wir unschwer erkennen können. Gerade erwähnten Sie Ihre Mutter in diesem

175

Zusammenhang. Können Sie sich erklären, warum sie so plötzlich zu ihrer Familie in die Türkei reiste? Schließlich wurde eine ihrer Töchter getötet. Da möchte man doch die eigene Familie vor Ort unterstützen? Was uns noch immer interessiert ist die Frage, wo sich Ihre Mutter zur Tatzeit, also vorgestern befand. Es gehört zu unseren Aufgaben, das genau zu dokumentieren. Schließlich soll ja schon jeglicher Anfangsverdacht von ihr genommen werden.«

»Sie glaube doch nicht, dass unsere Mutter ...?«

»Beruhigen Sie sich bitte, Nuray. Natürlich liegt dieser Verdacht nicht vor. Doch das kann zu hundert Prozent nur untermauert werden, wenn sie nachweisen kann, dass sie sich zu dieser Zeit nicht am Tatort befunden haben kann. Warum sich Ihr Vater dagegen wehrt, geht uns nicht ganz ein und hilft auch nicht in der Sache.« Hier unterbrach Mia und beobachtete Nuray genau, bevor sie weitersprach, »Doch müssen Sie auch uns verstehen. Jeder, der die Ermittlungen behindert, macht sich verdächtig. Verstehen Sie das? Da klammern wir auch eine Mutter nicht aus. Also, wissen Sie, was Ihre Mutter zu dem Zeitpunkt tat, als Aysun sterben musste?«

»Ich ... ich weiß es nicht. Ich war allein zu Hause und habe das Abendessen vorbereitet. Meine Morgenschicht endete um sechzehn Uhr, sodass ich Zeit hatte. Die Eltern hatten Besorgungen zu machen, erzählten sie mir vorher. Sie waren aber pünktlich zum Essen wieder da.«

»Pünktlich? Was bedeutet das? Wie viel Uhr könnte das gewesen sein?«, hakte Leonie nach und spürte, dass Nuray jetzt erst bemerkt hatte, welchen Fehler sie zuvor gemacht hatte. Sie sprang auf und zerrte an ihrem Pulli. Ihr Gesicht zeigte eine ungesunde Blässe. Wieder ging ihr ängstlicher Blick zum Besucherparkplatz.

»Sie müssen sich nicht fürchten, Nuray«, versuchte Leonie, das Mädchen zu beruhigen, »Ihnen kann nichts geschehen. Die Abwesenheit muss ja auch nicht zwangsläufig mit dem Mord an Aysun zu tun haben. Wahrscheinlich wird Ihr Vater diese Abwesenheit schlüssig erklären können, wenn er zu uns ins Präsidium kommt. Es wird sich alles aufklären. Also, wann waren sie wieder in der Wohnung?«

»Wir haben ... ja, ich bin mir sicher ... es lief gerade die Sendung *Lokalzeit* im dritten Programm, als sie eintrafen. Die verpassen sie nie.«

»Also etwa 19:30 Uhr«, konstatierte Mia und blieb weiter dran. »Gab es etwas, was Sie als nicht unbedingt normal bei Ihren Eltern bezeichnen würden? Ich meine damit: Wirkten sie nervöser als üblich?«

»Lassen Sie mich bitte in Ruhe. Ich sage jetzt nichts mehr. Ich habe schon viel zu viel gesagt. Ich muss zurück zu meiner Arbeit. Die Bewohner warten auf mich. Fragen Sie Vater, der kann Ihnen alles sagen.«

Ohne dass die beiden Polizistinnen sie daran hindern konnten oder wollten, rannte Nuray quer über die Wiese und verschwand im Inneren des Gebäudes. Zurück blieben zwei Frauen, die das Gesagte erst einmal verarbeiten mussten.

»Was denkst du? Könnten die Eltern vielleicht ...?«

Mia stellte die Frage ganz vorsichtig, da sie bemerkt hatte, wie geschockt Leonie wirkte. Sie hatte sich stumm wieder gesetzt und starrte auf ihre Schuhe.

»Die eigenen Eltern, sagst du? Das kann nicht sein. Das tun Eltern nicht. Hörst du, Mia? So was tun Eltern ihren Kindern nicht an. Es ist ihr eigenes Fleisch und Blut.«

»Trotzdem können wir die Möglichkeit nicht komplett ausklammern, Leonie. Geh mal an dein Handy. Da ist eine Nachricht eingegangen. Hast du den Ton nicht gehört?«

Einen Moment brauchte Leonie, um das Geschriebene einzuordnen. Dann platzte es aus ihr heraus.

»Wir haben einen Treffer! Das LKA hat uns eine Person benannt, auf die die DNA zutrifft. Es ist ein alter Bekannter, heißt es hier, der schon durch Drogengeschäfte, Körperverletzung und Zuhälterei auffällig geworden ist und sieben Jahre in Gewahrsam war. Er wohnt im Essener Norden und ist Mitglied in einem arabischstämmigen Clan. Gordon hat schon das SEK hinbeordert, das ihn festsetzen soll. Der Name ist Affan K.« Trotz der ernsten Lage musste Leonie lachen. »Als Scherz am Rande, steht hier: Der Name bedeutet eigentlich: *Der gerne vergibt* oder *Der Nachsichtige*. Das dürfte wohl in unserem Fall kaum zutreffen. Lass uns zurückfahren. Den Dreckskerl will ich mir ansehen.«

»Habt ihr ihn?«

Leonie wartete gar nicht erst ab, bis sich die Bürotür hinter ihr geschlossen hatte. Es platzte aus ihr heraus, als sie Gordon am Fenster stehen sah. Er drehte sich gar nicht um, als er ihr antwortete. Er wusste, dass Leonie Sekunden später neben ihm stehen würde.

»Das war eine heikle Geschichte. Der halbe Ortsteil ist dort zusammengelaufen, sodass die Jungs Verstärkung rufen mussten. Doch sie haben Affan schließlich aus der Wohnung geholt und direkt ins Untersuchungsgefängnis geschafft. Zurzeit berät der sich mit seinem Anwalt, bevor er dem Haftrichter vorgeführt wird. Wir haben zumindest einen der Mörder von Leon Olsson. Jetzt müssen wir uns überlegen, wie wir es schaffen, den Namen des anderen Täters aus ihm rauszukriegen. Es waren zwei nach der Aussage der Zeugin Paschek. Die Nachbarin von Olsson wirkte auf mich sehr sicher. Weiterhin bleibt die Frage offen, wer ihnen den Auftrag gab. Von sich aus werden die das nicht veranstaltet haben. Warum auch?«

In Leonie breitete sich neben Befriedigung Unbehagen aus, das aus einem bestimmten Grund auftrat. Sie kannte die Vorgehensweise in solchen Fällen nur zu gut.

»Wird die Staatsanwaltschaft wirklich einen Deal vorschlagen? Es zerreißt mir das Herz, wenn ich mir vorstelle, dass dieses Schwein statt mit einer Mordanklage an der Backe mit Totschlag davonkommen könnte. Solche Typen gehören für immer weggesperrt. Der wird sich totlachen und nach sechs Jahren wieder auf die Menschheit losgelassen. Wir züchten uns mit dieser seichten Rechtsprechung eine Saat von Gewaltverbrechern heran, die Angst unter den ehrlichen Menschen verbreitet. Damit das klar ist, Gordon – ich meine damit nicht nur die Ausländer hier bei uns. Es kann doch nicht sein, dass man mordet und dann grinsend den Gerichtssaal betritt. Mir wird dabei übel.«

Gordon ersparte sich jeglichen Kommentar, da er die Bedenken der Kollegin teilte. Weiter verfolgte er den Verkehr vor dem riesigen Gerichtsgebäude gegenüber. Er versuchte, Leonie mit einer Frage abzulenken.

»Kommt ihr im Fall Aysun weiter? Was sagt die Kleine?«

»Das ist auch so eine Sache, Gordon, mit der ich nicht klarkomme. Bezüglich der Abwesenheit der Eltern zur Tatzeit gibt es jetzt noch nicht endgültig gesicherte Angaben. Zumindest bestätigt Nuray, dass die beiden erst nach 19:30 Uhr zu Hause eintrafen. Wo waren die zur Tatzeit? Der Vater wird uns das im Beisein seines Anwaltes erklären müssen. Die Mutter können wir nicht fragen, da sie abgetaucht ist. Jetzt stell dir die Situation mal vor, wenn der Alte erfahren sollte, was Nuray uns gegenüber ausgesagt hat. Die können wir dann sofort in Schutzhaft nehmen.«

»Nun sei mal nicht so vorschnell mit deinen Bedenken, Leonie. Vielleicht liefert der Mann uns eine ganz einfache und nachvollziehbare Erklärung für seine Abwesenheit, die sich auch mit der Aussage von Nuray zumindest zeitlich deckt. Warten wir die Befragung morgen ab. Ich werde gleich mal rübermarschieren und die Vernehmung dieses Affan durchführen.«

»Soll ich ...?«

»... nein, sollst du nicht. Du bleibst hier. Du würdest Gefahr laufen, durch deine Voreingenommenheit Fehler zu produzieren, die wir später bereuen könnten. Du bist nicht mehr neutral in deiner Meinung. Du kennst die Regeln, wenn Befangenheit vorliegen könnte.«

»Aber du gehst wohl ohne jeden Vorbehalt in das Verhör? Willst du mich verarschen Gordon? Du hasst die Bande genauso wie ich. Aber gut ... du bist der Chef. Bin gespannt, was dabei rauskommt.«

Leonie drehte sich um und setzte sich an ihren Tisch. Mit Sorge betrachtete Mia, wie ihre Freundin mit hochrotem Kopf den PC hochfuhr.

29

Kai erreichte der Anruf, als er den zweiten Bierkasten in den Kofferraum hievte. Das Wochenende konnte kommen. Er war vorbereitet.

»Verdammt – hättet ihr den nicht zwei Tage später finden können? Ich habe Feierabend und Wochenende. Ist Gordon auch schon da? Gut, ich komme in etwa zwanzig Minuten. Warum hast du auch einen Anruf bekommen? Gordon hat dich doch für den Korkmaz-Fall abgestellt. Na ja, da muss dann wohl was Besonderes passiert sein. Bis gleich, Leonie.«

Wütend schob Kai den Bierkasten neben den anderen und klemmte dabei den Daumen ein. Seine Laune sank auf den Nullpunkt. Jetzt hieß es, zu Hause anzurufen und der wartenden Familie klarzumachen, dass dieses Wochenende erst in der Nacht beginnen würde.

Das Schaffrath-Haus war bereits von Einsatzfahrzeugen und Polizisten umlagert, die das Grundstück abgeriegelt hatten. Irgendwo dazwischen erkannte Kai den Taunus-Oldtimer von Dr. Lieken, der einmal mehr vor ihm am Tatort war. Später erfuhr Kai, dass der an diesem Abend mit Gordon einen kleinen Umtrunk geplant hatte und selbst gestört wurde, als das erste Pils auf dem Tresen stand. Woher die Pressefotografen von dem Vorfall erfahren hatten, konnte sich der großgewachsene Beamte nicht erklären.

Blitzlichter flackerten an verschiedenen Stellen auf, wobei auch die KTU in dem Bereich tätig war. Kai kämpfte sich die gewundene Edelholztreppe in das erste Obergeschoss hoch und erkannte schnell, wohin er sich wenden musste. Leonie verdeckte den Eingang zum Badezimmer und diskutierte mit einem Kollegen der Spurensicherung.

»Warum ruft ihr nach mir, wo doch die gesamte Elite schon versammelt ist? Darf ich nun erfahren, was hier passiert ist?«

Leonie schrak zusammen, als sie der Bass des Kollegen unterbrach. Gespielt verärgert boxte sie Kai vor die Brust.

»Wieso kommst du erst jetzt? Bist du noch von einer Konditorei aufgehalten worden? Lass uns nach nebenan gehen. Ich erklär dir das Ganze grob.«

Die beiden fanden eine ruhige Ecke im Schlafzimmer. Leonie setzte sich auf das durchwühlte Bett und sah hoch zu Kai.

»Die Alarmanlage war es, die alles in Gang gesetzt hat. Die Kollegen der Wache wunderten sich schon, da man dort wusste, dass das Haus eigentlich unbewohnt war. Sie fuhren hin und fanden ihn. Die Zentrale informierte uns und jetzt müssen wir uns entscheiden.«

Kais Gesicht bestand aus einem einzigen Fragezeichen, als er sich neben die Kollegin setzte.

»Ich verstehe immer nur Bahnhof. Wer ist *ihn* und wie fand man *ihn*? Du redest in Rätseln, Leonie.«

»Ach ja, du bist ja noch gar nicht im Bilde. Sorry. Als die beiden Polizistinnen am Haus eintrafen, stand die Haustür seltsamerweise einen Spalt offen. Sie holten Verstärkung und durchsuchten das gesamte Haus, da sie Einbrecher vermuteten, die davon wussten, dass die Eigentümer nicht im Haus sein konnten. Es geht um Martin Schaffrath, der nebenan in der Wanne liegt. Und genau hier entstehen die Rätsel. Aber dazu wird dir Dr. Lieken mehr sagen können. Er glaubt nämlich nicht an einen Suizid, obwohl für ein Laienauge alles darauf hindeutet. Der Tote im Badewasser, der Haarföhn. Fast perfekt organisiert, doch im Detail stümperhaft – meint zumindest Lieken. Lass uns rübergehen, dann erfährst du mehr.«

Das luxuriös ausgestattete Badezimmer hatte sich weitestgehend geleert, sodass der Blick auf die Szenerie frei wurde. In der halbgefüllten Wanne konnte Kai einen Mann erkennen, der dem gesuchten Firmenchef zumindest ähnlich sah. Das Gesicht zeigte weitaufgerissene Augen, die eine Portion Entsetzen zum Ausdruck brachten. Neben der verkrümmt im Wasser liegenden Gestalt war der Föhn erkennbar, der wahrscheinlich dem Leben des Mannes ein abruptes Ende beschert hatte. Jemand hatte den Stecker einer Verlängerungsschnur aus der etwa drei Meter entfernten Steckdose gezogen. Jeder Winkel des Zimmers war mittlerweile ausgeleuchtet. Gordon stand mit einem Kollegen der KTU vor einer geöffneten Tür, die den kleinen Verschlag, in dem die Gastherme stand, normalerweise verschloss. Kai schob sich hinter die beiden und verfolgte die Diskussion, bevor er sich bemerkbar machte.

»Das hört sich ja interessant an, Gordon. Dann wollte sich Schaffrath bei seinem Suizid sogar doppelt absichern? Föhn und Kohlenmonoxid? Ich halte das schlicht gesagt für ungewöhnlich. Wenn ich die Wahl hätte, würde ich das Monoxid vorziehen. Das läuft schmerzfrei ab.«

»Schön, dass du da bist, Kai. Genau das haben wir uns alle auch gedacht. Erst Klaus Lieken kam auf den Trichter, dass Schaffrath nicht nur an dem Stromschlag verstarb. Ihm fielen die hellroten Totenflecken auf, die beim Stromschlag allein nicht vorhanden gewesen wären. Er ist sich sicher, dass er später bei der fotometrischen Analyse des Kohlenmonoxidhämoglobins im Blut das auch nachweisen kann. Nun haben wir zwei gerade die Gastherme in Augenschein genommen und sofort gesehen, dass hier jemand gewerkelt hat. Wir haben sofort das Austreten des Kohlenmonoxids unterbrochen und kräftig durchgelüftet.«

»Das war auch nötig, meine Herren«, mischte sich jetzt Dr. Lieken ein. »Ich habe mir mal die Augen angesehen. Ich gehe schon jetzt Wetten darauf ein, dass dem Mann ein Narkotikum zugeführt wurde. Da tippe ich mal auf Flunitrazepam, weil es zu den leicht erhältlichen Benzodiazepinen gehört. Ich habe angeordnet, dass Proben aus dem Badewasser, sogar aus der Toilette entnommen werden. Das könnte zum Nachweis führen.«

Dr. Lieken besaß nun die volle Aufmerksamkeit der Ermittler. Gordon wollte es genau wissen.

»Was bedeutet das für den Fall? Gab es deiner Meinung nach eine Fremdeinwirkung?«

»Gordon, du enttäuschst mich. Stell dir das in der Praxis vor, wobei ich bei der Reihenfolge noch falschliegen könnte. Schaffrath kommt nach Hause mit der Absicht, sich das Leben zu nehmen. Über das Motiv will ich jetzt noch nicht einmal spekulieren. Er macht sich die Arbeit, eine Verlängerungsschnur an den Föhn anzuschließen. Dann manipuliert er die Gastherme, damit das Monoxid in das Zimmer strömt. Nun betäubt er sich auf irgendeine Art und Weise, ist aber noch in der Lage, seinen Haarföhn ins Badewasser zu werfen. Klingt das nicht idiotisch?«

»... zumal er vorher noch die Haustür aufgesperrt hat«, fügte Kai ein. »Er wollte also, dass man ihn findet. Wer in Gottes Namen hat dann die Alarmanlage ausgelöst?«

»Gut, gut, Leute, ihr habt in allen Punkten recht. Es war Mord.« Gordon löste sich aus der Ecke des Raumes und winkte einen Mann der KTU herbei. »Stellen Sie bitte auch die Handtücher, Wattereste und sonstigen Textilien hier im Raum sicher. Alles asservieren und untersuchen. Habt ihr Fingerabdrücke an der Alarmanlage gefunden?«

»Reichlich, Herr Rabe. Die von der Haustür dürften dauern, wer weiß, wer da alles angefasst hat.«

Zufrieden nickend wandte sich Gordon wieder den Freunden zu. Mittlerweile hatte sich auch Leonie dazugesellt, die eine Frage loswerden wollte.

»Wenn wir davon überzeugt sind, dass Schaffrath getötet wurde, dürfte wohl der Gedanke verworfen werden, dass er sich das Leben nahm, weil er die beiden Frauen beseitigte. Sehe ich das falsch?«

»Nein, Leonie, das war vielleicht die Absicht des Täters, ist aber gehörig in die Hose gegangen.« Kai fügte noch im Brustton der Überzeugung eine Bemerkung an. »Schon aus diesem Grund werden wir die Durchsuchung des Gebietes um das Nachtigallental weiter fortführen. Ich werde das Gefühl nicht los, dass dort die Lösung auf uns lauert. Ich möchte mir erst gar nicht die Frage stellen, ob das Morden jetzt aufhört, wo die Schaffraths nebst der Geliebten beseitigt sind.«

Dr. Lieken, der sich schon auf dem Weg nach draußen befand, kehrte um und konstatierte.

»Darüber habe ich auch schon nachgedacht. Es könnten persönliche Dinge gewesen sein, die den Mörder zu diesen Taten animierten. Doch damit machen wir uns das zu einfach. Aus weltweit bekannten Fällen haben wir Erfahrungen sammeln können, die uns zeigen, dass diese kranken Geister nicht aufhören können. Manchmal legen sie größere Pausen ein, machen aber irgendwann weiter. Sie sind dermaßen narzisstisch veranlagt, dass sie das Gefühl der absoluten Macht über ihr Opfer genießen. Es dient oft genug sogar einer sexuellen Befriedigung.«

Lieken schob sich erneut eines seiner Lutschbonbons in den Mund und fuhr fort.

»Bei unserem Täter werde ich das Gefühl nicht los, als wolle er sich und seine genialen Taten der Öffentlichkeit präsentieren und uns gleichzeitig als Versager vorführen. Das hier ...«, Lieken wies auf den Toten in der Wanne, »... sehe ich als kleinen Lapsus an. Er war wohl der Meinung, dass es ausreichen würde, uns Glauben zu machen, dass Schaffrath seine Taten bereut und damit die Morde an seiner Frau und der Geliebten zugibt. Doch irgendwann würde dieser Irre klarstellen, dass sein genialer Geist es war, der den Plan ausgeheckt hat. Die Polizei würde als Depp dastehen.«

»Könnten wir ihn nicht in dem Glauben lassen, sein Plan wäre aufgegangen, und öffentlich machen, dass wir den wahren Mörder in Schaffrath gefunden haben? Ich denke, dass er sich dann auf der sicheren Seite wähnt und möglicherweise einen Fehler produziert, während wir ihn weiter verfolgen.«

Die Männer starrten Leonie an, die sich für einen Moment vorkam, als hätte sie die Mondlandung der Amerikaner im Jahre 1969 in Frage gestellt. Sie entspannte sich, als ihr Gordon auf die Schulter klopfte.

»Morgen früh, neun Uhr, die gesamte Soko zur Besprechung in meinem Büro. Du bist großartig, Leonie – simply the best.«

30

Pünktlich fand sich die Mannschaft vollzählig ein und unterbrach die Diskussionen, als Gordon, gemeinsam mit Dr. Lieken den Raum betrat. Gespannt wartete man auf den Plan, der den Psycho nun endgültig und für den Rest seines erbärmlichen Lebens in die Forensik bringen sollte.

»Ganz an den Anfang stelle ich, dass die Kollegen Wiesner und Wohlert dort weitermachen, wo sie bei der Befragung im Nachtigallental aufgehört haben. Ich vertraue einmal mehr dem Gefühl Wiesners, der den Täter genau dort vermutet. Wer meldet sich von euch, um die beiden zu unterstützen?«

Alle Finger flogen hoch, was Gordon und den Rechtsmediziner zum Lachen bewegte.

»Vier von euch würden reichen. Die anderen benötige ich, um die Listen weiter zu durchforsten. Bitte gleicht jeden einzelnen Namen mit Eintragungen in möglichen Strafverfahren ab. Leonie und Frau Richter arbeiten weiter am Fall Korkmaz, sollten jedoch auch hier immer auf dem neuesten Stand bleiben. Dr. Lieken hat die Nacht durchgearbeitet, wofür wir ihm sehr dankbar sind. Er hat uns das Ergebnis mitgebracht. Bitte, Klaus, du kannst loslegen.«

»Allzu viel gibt es dem, was wir schon gestern vermuteten, nicht hinzuzufügen. Schaffrath wurde betäubt. Allerdings konnte ich in seinem Blut noch Rückstände von

187

Entaktogenen finden, die den ehemals normal tickenden Menschen zu einem Monster werden lassen. Sie müssen sich das folgendermaßen vorstellen. Entaktogene ähneln in ihrer Wirkungsweise den Hallozinogenen als auch den Amphetaminen. Sie können das Bewusstsein erheblich verändern, besitzen stimulierende Effekte. Man stellte irgendwann fest, dass die Drogen die Eigenschaft besitzen, so sie in Therapien Verwendung finden, dem Patienten einen leichteren Zugang zu seinem Unterbewusstsein zu ermöglichen.«

Leonie war besonders empfänglich für solche Themen und konnte ihre Neugier nicht zurückhalten.

»Warum sollte der Täter das Opfer in der Weise beeinflusst haben? Was könnte er sich davon versprochen haben?«

»Ihre Frage ist sicherlich berechtigt, doch kann ich an dieser Stelle nur mutmaßen. Wir sprachen bereits darüber, dass diese Personen zwingend Macht ausüben wollen. Hast du ein Opfer, das sich weigert, bleiben dir als Täter nur wenige Möglichkeiten, den Widerstand zu brechen. Er kann ihn töten, was jedoch den Spaß an der Sache selbst unnötig verkürzen würde. Er kann zur Folter übergehen, was die Lust um ein Vielfaches erhöht. Genial fände ich es, wenn er das Opfer dahingehend beeinflusst, selbst ungehemmt Böses zu tun, indem er es unter Drogen setzt. Der Täter wird es als massiv anregend empfinden, wenn er jemanden dazu bringt, für ihn zu morden. Die Macht über den Geist des Opfers zu besitzen, muss zu einer sexuell motivierten Explosion bei ihm führen.«

»Eine absolut fürchterliche Vorstellung«, erklärte Gordon, der den Ausführungen so wie alle anderen interessiert gefolgt war. »Er weckt dadurch quasi den Mörder in uns, ohne dass wir uns dessen wirklich bewusst sind. Wenn wir es genau betrachten – vorausgesetzt, es spielte sich wirklich so ab – könnten wir dieses Monster lediglich wegen Anstiftung zum Mord verurteilen.«

In das entstehende Gemurmel hinein, meldete sich wieder Dr. Lieken und holte die Anwesenden zurück in die Realität der Gesetzgebung.

»Jetzt lasst uns bitte nicht verzweifeln. Wer nachweislich eine Person zu einem Mord anstiftet, solange dieser noch nicht die Tat aktiv geplant hat, wird bestraft, als hätte er die Tat selbst ausgeführt. Wenn sich beweisen ließe, dass diese Drogengabe dem Zwecke diente, das Opfer diesbezüglich gefügig zu machen, ist dieses Schwein im Sinne des Gesetzes auch als Mörder zu verurteilen. Holt euch den Wahnsinnigen und wir werden mittels eines Gutachters die Hauptschuld ihm zuweisen, selbst wenn Schaffrath die Tötungen durchgeführt haben sollte. Aber bitte nagelt mich darauf nicht fest. Ich bin kein Jurist und kann mich auch irren.«

»Zumindest hört es sich logisch und nachvollziehbar an, Dr. Lieken«, fügte Dino Wohlert an und wechselte das Thema. »Ist die Meldung über den angeblichen Suizid Schaffraths schon raus an die Presse? Da damit natürlich auch der Verdacht gestärkt wird, dass er selbst die Frauen getötet haben könnte, nähren wir den Vorwurf der Verleumdung. Doch wer sollte dagegen Klage erheben? Es existiert keine Familie mehr.«

Gordon unterbrach die einsetzende Diskussion mit einer Erklärung.

»Niemand von uns behauptet, dass Schaffrath selbst Hand angelegt hat. Das ist noch immer eine unbewiesene Vermutung, die natürlich von den Medien ordentlich ausgeschlachtet werden dürfte. Das müssen die dann verantworten. Wir halten uns mit Mutmaßungen zurück, beschränken uns auf die Fakten und warten ab, was passiert. Der

Mörder wird vielleicht sogar enttäuscht darüber sein, dass wir seine Finte nicht erkannt haben, und reagieren.«

»... dann muss er uns aber schon für ziemlich blöd halten, Gordon. Er hat die Indizien für eine Fremdeinwirkung so dermaßen deutlich liegen lassen, dass ihm unsere Reaktion sogar verdächtig vorkommen wird.«

Wieder einmal sorgte Leonie mit ihren Gedanken für erstaunte Gesichter. Es wurde still im Raum. Kai beruhigte seine Kollegin.

»Du magst ja recht haben, Leonie. Das geben wir zu. Doch wie auch immer es bei ihm ankommen wird – er wird reagieren. Hat er uns durchschaut, wird es Zorn bei ihm erzeugen. Und wer zornig wird, verliert einen Teil seines rationalen Denkens und macht Fehler. Dann haben wir ihn an den Eiern. Ich für meinen Teil freue mich schon darauf, gleich wieder ins Gebiet zu fahren, um ihm im besten Fall in die Augen zu sehen. Aber deine Überlegung hat Hand und Fuß. Ich bin voller Hoffnung, dass ihr euren Fall ebenfalls schnell erledigt haben werdet. Gibt es noch was? Oder können wir losziehen, Gordon?«

»Viel Glück, Leute. Es darf keine weiteren Toten geben.«

Das Stühlerücken übertönte das Öffnen der Tür, in der sich nun Kriminalrat Kläver zeigte.

»Rabe? Kommen Sie. Die Pressemeute wartet auf uns.«

31

Gordon wirkte für einen Moment verärgert, als sich sein Telefon meldete. Erst als er Kais Nummer auf dem Display erkannte, hob er ab.

»Habt ihr was gefunden? Erzähl.«

»Langsam, Gordon, langsam. Wir sind mittendrin. Doch ich habe was anderes für den Fall. Gerade meldet sich Schaffraths Sekretärin bei mir, da sie jetzt mitbekommen hat, was mit ihrem Chef geschehen ist. Da sie ja nicht mehr befürchten muss, belangt zu werden, erklärt sie sich bereit, uns die Liste der Geschäftspartner auszuhändigen.«

»Gut. Das kommt zwar spät, aber es kommt. Soll sie schicken. Du hast ihr ja nicht verraten, woher wir die bereits haben, denke ich. Ich vermute, dass die dann noch aktueller sein wird als die, die wir schon haben. Her damit. Ich geb die dann weiter an die IT.«

»Okay, dann lasse ich die auf deinen Rechner schicken. Ich will wieder los und Dino einholen. Es dürfte gleich ein Unwetter geben. Hier zieht sich alles zusammen.«

Gordon musste nicht lange warten, bis ein heller Ton das Eintreffen einer neuen Mail ankündigte. Er leitete die Nachricht mit einem ausführlichen Vermerk weiter an die IT-Abteilung. Die versprachen, die vorherige Liste zu aktualisieren. Es dauerte lediglich eine halbe Stunde, bis Gordon einen erneuten Anruf erhielt, der ihn aufhorchen ließ.

»Was soll das heißen, dass es erhebliche Differenzen zwischen den Dateien gibt. Das kann doch nicht so erheblich sein. Da liegen doch nur drei Tage dazwischen. Ich nehme mal an, dass sich in der Zeit nicht allzu viel in der Akquisition an Neukunden getan haben kann. Schaffrath wird dort, wo er sich befand, kaum tätig gewesen sein.«

»Ich spreche ja auch nicht von einer Zunahme, Hauptkommissar Rabe«, wehrte der Kollege ab, »Es fehlen plötzlich diverse Namen. So hoch dürfte die Sterbequote in drei Tagen nicht angeschwollen sein. Soll ich die fehlenden Namen mal rausfiltern?«

»Was ist das für eine Frage. Die will ich unbedingt haben. Ich frage mich nur, warum das so ist. Wie lange ...«

»... geben Sie mir fünf Minuten, dann wissen wir mehr«, unterbrach der Techniker. Das Freizeichen zeigte Gordon, dass der Mann es ernst damit meinte.

Lange betrachteten Kai und Gordon die Auszüge aus der Liste und waren überrascht, wie viele Namen Frau Hagedorn ihnen aus welchen Gründen auch immer unterschlagen hatte. Sie baten noch zwei Kollegen hinzu und holten sich zu jedem fehlenden Namen Informationen ein. Das Internet konnte in diesem Fall ein vortrefflicher Helfer sein. In der Mehrzahl der Fälle handelte es sich um größere Firmen, die in der Vergangenheit Waren über Schaffrath geordert hatten, jedoch keine Auffälligkeiten zeigten. Die vier Männer kamen überein, dass es sich womöglich um Wirtschaftsbetrug und Steuerhinterziehung handeln könnte. Für den behandelten Mordfall war das jedoch momentan ohne Belang. Bei offenen Fragen kennzeichneten sie die entsprechenden Namen und legten sie mit dem Vermerk ab, das näher zu überprüfen. Es blieben etwa ein Dutzend übrig, denen man eine besondere Aufmerksamkeit schenken wollte. Erstaunlicherweise war es Dino Wohlert, der mehr gelangweilt während einer kleinen Pause auf die Liste blickte. An einem Namen blieb er hängen und überlegte, bevor er sich an die Kollegen wandte. Er tippte auf einen Eintrag und schob das Blatt zu den anderen rüber.

»Ich habe mir mal die Adressen angesehen und die rausgesucht, die ihren Firmensitz hier in der Region haben. Dabei fiel mir ein Name auf, bei dem es bei mir klingelte – und das im doppelten Sinn. Seht mal her. Ist uns der Name nicht in den letzten Monaten schon irgendwo begegnet? Ich kann den momentan nicht zuordnen.«

Eine Reaktion ließ nicht lange auf sich warten. Sowohl Kai als auch Gordon war die Überraschung anzumerken, die sie hochfahren ließ. Kai konnte seine Erregung kaum unterdrücken.

»Das ist es, Dino. Genau. Das kann kein Zufall sein. Jetzt will ich wissen, in welcher Beziehung die Firmen zueinanderstehen. Ich werde sofort Frau Schock aus der Buchhaltung anrufen. Nein«, korrigierte er sich sofort, »ich werde mich mit ihr treffen. Und das muss noch heute sein. Am Telefon wird die mir nichts sagen können, ohne Gefahr zu laufen, dass sie Zuhörer hat. Ich fahre hin.«

Selbst Gordon, der gewöhnlich stets gelassen blieb, stand nun vor der Stadtkarte und winkte Dino ran. Kai hatte sich längst die Jacke übergeworfen und rannte auf den Flur. Sekunden später erschien er wieder und griff nach den Autoschlüsseln, die immer noch auf dem Schreibtisch lagen.

»Wir müssen herausfinden, ob dieser Hundesohn irgendein Besitztum in der Umgebung des Nachtigallentals auf seinen Namen eingetragen hat. Ich will wissen, ob das womöglich über den Geburtsnamen der Ehefrau eingetragen wurde, was ja auch häufig passiert. Weiterhin lass herausfinden, ob es Anmietungen geben könnte. Und noch eins, Dino: Das Ganze bitte gestern! Ich gestehe, dass mir der Arsch auf Grundeis geht bei der Vorstellung, dass dieses Schwein dahinterstecken könnte.«

Fast beleidigt konnte man den Blick nennen, mit dem Dino Wohlert seinen Freund Gordon bedachte.

»Ist doch klar, dass ich Dampf dahinter mache. Übrigens ist mir jetzt wieder eingefallen, was der Name bedeutet. Fuck. Hoffentlich irren wir uns.«

Kai ließ den Wagen leicht schräg auf dem Besucherparkplatz stehen, blockierte damit zwei Plätze. Mit großen Schritten eilte er auf den Eingang zu, in dem ihm jetzt eine junge Frau entgegenkam.

»Wir machen gerade Feierabend. Sind Sie so nett und kommen morgen früh wieder? Wir stehen ab neun Uhr wieder zur Verfügung.«

»Hören Sie mir zu. Ich bin von der Polizei und muss unbedingt mit Frau Schock sprechen. Es ist sehr wichtig.«

»Frau Schock ist bereits ...«, wollte sie gerade beginnen, als sie hinter sich die Frage hörte.

»Was gibt es so Dringendes, dass Sie so spät noch eine unserer Mitarbeiterinnen sprechen möchten? Kann ich Ihnen helfen, Herr Kommissar Wiesner? Ob sich Frau Schock noch im Hause befindet, wage ich zu bezweifeln. Kommen Sie rein und berichten mir. Stimmt was nicht mit den Listen, die ich Ihnen geschickt habe?«

Kai, der sich eine Ausrede ausdenken musste, folgte Helen Hagedorn und nahm auf einem der Besucherstühle Platz, auf die die Sekretärin zugesteuert war. Gespannt saß sie ihm gegenüber und erwartete eine Antwort.

»Eigentlich ist mein Erscheinen mehr privater Natur, Frau Hagedorn. Doch mache ich kein Geheimnis daraus, dass mir Frau Schock von einer Therapie erzählte, die meinem Sohn, der unter einer seltenen Krankheit leidet, helfen könnte.«

»Wäre dazu nicht ein Anruf wesentlich einfacher gewesen?«

Kais Gesicht verriet in diesem Augenblick eine gewisse Verlegenheit. Hagedorns forschender Blick lag darauf.

»Ich will ehrlich zu Ihnen sein, Frau Hagedorn, da ich davon überzeugt bin, dass Sie das verstehen und für sich behalten werden. Ich wollte sie einfach sehen und zum Dank zum Essen einladen. Nun hat sie mir ihre private Adresse nicht verraten, sonst wäre ich dort vorbeigekommen. Ich verfüge lediglich über die Büronummer.« Hier stockte Kai einen Moment und sah Hagedorn bittend an. »Sie haben die nicht zufällig ...?«

»Herr Wiesner, Sie sind mir aber ein ganz Schneller. Ich hätte nie gedacht, dass Frau Schock nach dem, was sie mit ihrem Geschiedenen erleben musste, noch mal einer Beziehung zustimmen würde, wie auch immer die aussehen könnte. Sind Sie nicht verheiratet, Herr Wiesner? Nun ja, ich will mal nicht so sein und versuchen, Ihnen zu helfen. Aber nur unter einer Bedingung.«

Ihr Zeigefinger legte sich über die Lippen. Dankbar nickte Kai und nahm das Magazin entgegen, auf dessen Titelseite die Adresse geschrieben worden war.

»Und jetzt verschwinden Sie endlich, Sie Casanova. Übrigens ...«, sie winkte Kai etwas näher heran und flüsterte ihm verschwörerisch ins Ohr. »... sie liebt Tulpen.«

Mit einem abschließenden Augenzwinkern schob sie Kai zum Ausgang und wandte sich wieder an die Empfangsdame. Durch die Scheibe konnte Kai erkennen, dass es sich vermutlich um eine Standpauke handelte, die die junge Dame ertragen musste. Im Navi gab Kai die Daten ein und rauschte vom Parkplatz.

32

Der plötzlich einsetzende Regen hatte das Schieferdach schon so weit benetzt, dass sich das gedämpfte Licht des Mansardenfensters darin spiegelte. Durch die Lage der Klingelknöpfe hatte Kai erkannt, dass Sieglinde Schock die Wohnung unter dem Dach bewohnen musste. Sie war also zu Hause. Auch nach seinem dritten Klingelversuch rührte sich nichts. Er versuchte es in der unteren Etage. Dem Summen des Türdrückers folgte das Geschrei von Kinderstimmen.

»Was willst du? Papa hat keine Zeit und guckt Fußball. Sollen wir die Mama holen?«

Die drei Kinder, deren Alter zwischen vier und neun liegen dürfte, sprangen abwechselnd die Stufen rauf und runter und schlugen ihre Hände lachend gegen die Hosenbeine des großen glatzköpfigen Mannes. Kai ließ sich auf das Spiel ein und sprang ebenfalls hoch zur Zwischenetage.

»Kinder, hört auf damit und lasst den Mann in Ruhe!« Die Frau mit dem lang herunterfallenden Kleid, über das sie sich eine Schürze gebunden hatte, wischte sich die blonden Haare aus dem Gesicht und griff nach den Kindern. Neugierig sah sie auf den unbekannten Besucher, der ihren größten Sohn eingefangen hatte und unter dem Arm trug. »Geben Sie mir die Rotznase. Wollen Sie zu uns?«

»Es tut mir leid, dass ich Sie bei Ihrer Arbeit stören muss, aber ich suche Frau Schock. Ich nehme an, dass sie ganz

197

oben wohnt. Sie öffnet aber nicht auf mein Klingeln. Wissen Sie, ob die Dame zu Hause ist?«

»Verstehe ich nicht, Herr ...«

»Oh, Verzeihung. Ich habe mich nicht vorgestellt.«

Kai zog seinen Dienstausweis aus der Tasche und erzeugte bei den Kindern wildes Geschrei.

»Ein Polizist, ein Polizist. Wo hast du deine Pistole?«

»Jetzt muss ich mich entschuldigen für diese Rasselbande, Herr Wiesner. Aber was wollen Sie von meiner Nachbarin? Hat sie was angestellt? Ich habe sie heute Morgen noch weggehen sehen. Eigentlich müsste sie jetzt oben sein. Vor etwa einer halben Stunde hatte sie noch Besuch. Muss wohl ein Neffe gewesen sein. Zumindest war es ein junger Mann. Soll ich mal nachsehen?«

Kai hielt den Burschen zurück, den er zuvor schon unter dem Arm hatte, bevor der die Treppe hinaufstürmen konnte.

»Halt, junger Freund. Das mache ich doch besser selbst. Ich bin schon groß und kann dort oben anklopfen.«

Er stellte den Kleinen neben der Mutter ab und bedankte sich für die Auskunft. Als sich die Tür wieder geschlossen hatte und der Lärm abgeklungen war, machte sich Kai auf den Weg und zögerte einen Moment, bevor er die nur angelehnte Tür vorsichtig aufstieß.

»Frau Schock? Ich bin es, Kommissar Wiesner. Ich komme jetzt rein. Die Tür steht ja offen.«

Die Bewegungsabläufe waren antrainiert, als er die Waffe aus dem Holster zog und den Lauf in den kleinen Flur richtete. Es war ein schwacher Fliedergeruch, der ihm in die Nase stieg. Er erinnerte ihn an das Parfüm, das Sieglinde Schock wohl standardmäßig benutzte und auch bei ihrem Treffen im Einkaufscenter verwendet hatte. Etwas warnte ihn. Er konnte jedoch nicht erklären, was es genau war.

Möglicherweise war es die absolute Ruhe, die hier alles unwirklich erscheinen ließ. Er wusste aus Erfahrung, dass in einer erleuchteten Wohnung, in der niemand antwortete, der Tod oft schon Einzug gehalten hatte. Im erhellten Wohnzimmer stand ein halbgeleerter Teller mit Schnittchen neben einem Glas Wasser, das noch fast voll war. Frau Schock musste gestört worden sein, was Kai dazu veranlasste, an der Badezimmertür zu klopfen. Als es auch von dort kein Lebenszeichen gab, stieß er die Tür vorsichtig auf und inspizierte den leeren Raum. Es blieb ihm nur noch das Schlafzimmer, vor dem er die Waffe fester umfasste, da er kein Risiko eingehen wollte. Mit einem Satz sprang er hinein und richtete in gebückter Haltung die Waffe in alle Richtungen. Tief atmete er durch, als sich auch dort nichts regte. Der Verdacht lag nahe, dass Sieglinde Schock in Begleitung des ominösen Mannes das Haus verlassen und vergessen hatte, das Licht auszuschalten und die Tür zu schließen. Eines allein hätte er für möglich gehalten, doch hegte er Zweifel daran, dass beides gleichzeitig aufgetreten war. Eine innere Stimme und ein leichter Luftzug trieben ihn wieder zurück in das Wohnzimmer. Die schwache Bewegung am zugezogenen Vorhang, der die Tür zur Dachterrasse verdeckte, ließ ihn zusammenfahren. Er richtete die Waffe auf diesen Punkt.

»Kommen Sie ganz langsam mit erhobenen Händen heraus. Hier ist die Polizei.«

Nach wenigen Sekunden, in denen er sich dem Vorhang weiter genähert hatte, wiederholte er die Aufforderung. Nichts. Nur die Bewegung des Stoffes, die vom Wind verursacht wurde. Vorsichtig drückte Kai einen Teil des Vorhangs zur Seite und sprang im gleichen Augenblick zurück, als er in die Augen blicken musste, die ihm das Entsetzen förmlich entgegenschrien.

Es war Gordon, der sich an Kais Seite drängte und gleichzeitig den Kollegen der KTU Platz machte. Er konnte gut nachvollziehen, was Kai in diesem Moment durchmachte. Wieder einmal stand er einem Mitarbeiter gegenüber, der sich eine Teilschuld am Tod eines Opfers gab. Minutenlang hatte er sich anhören müssen, dass Kai den Augenblick verfluchte, in dem diese Frau um Hilfe gebeten hatte. Er ließ sich nicht davon abbringen, dass der Suizid von Sieglinde Schock in einem engen Zusammenhang mit der Übergabe der Liste stehen musste. Sie hatte ihr schlechtes Gewissen in den Tod getrieben.

»Das wäre irgendwann sowieso passiert, Kai. Es war eben nur der Funke, der nötig war, um diesen Suizid auszulösen«, versuchte Gordon den Kollegen zu trösten. Beide erschraken, als sie die Bemerkung des KTU-Kollegen unterbrach.

»Vergesst euren Suizid. Da hat jemand gehörig nachgeholfen. Seht mal her.«

Kommissar Roland, Leiter der KTU, wies auf den Hals der Toten, die man zwischenzeitlich vom Fensterkreuz abgenommen und auf eine Plane im Zimmer gebettet hatte.

»Seht ihr hier die Strangmarke mit der typischen Furchenbildung und dem Eintrocknungssaum? Die zu erkennenden Zwischenkammblutungen sind durch das Einklemmen der Hautfalten durch den Strick entstanden. So weit, so gut. Das allein würde eure These bestätigen. Doch die Drosselmarke direkt darüber beweist eindeutig, dass das Opfer zuvor erdrosselt wurde. Um das zu vertuschen, hat der Täter sie an das Seil gehängt.«

Kommissar Roland wartete einen Moment, bis Kai und Gordon den Hals begutachtet hatten. Schließlich fuhr er fort.

»Das ist aber noch nicht alles. Beim Erhängen entsteht ein nicht unerheblicher Speichelfluss aus dem Mund, jedoch auch bei der Drosselung. Ebenso tritt Blut aus den Ohren aus. Den Unterschied in unserem Fall macht lediglich die Fließrichtung. Beim Opfer ist der Abfluss deutlich zur Seite zu erkennen. Das muss mir jemand vormachen beim Erhängen. Dabei folgt die Fließrichtung immer der Erdanziehung.«

Gordon drehte die Hand in alle Richtungen und erhob sich wieder.

»Ich kann keinerlei Verletzungen erkennen. Normalerweise versucht sich das Opfer ja im letzten Moment aus der Schlinge zu befreien, sodass Kratzspuren am Hals entstehen. Außerdem schlägt es um sich während der Zuckungen. Nichts, nicht eine Schlagverletzung. Frau Schock war tot, als sie aufgeknüpft wurde.«

»Und jetzt noch eine Kleinigkeit, die euch später sowieso aufgefallen wäre«, setzte Kommissar Roland seine Expertise fort. »Wo ist der Abschiedsbrief? Nimmt sich jemand das Leben, während er sein Abendessen zur Hälfte zu sich genommen hat? Außerdem ist das Erhängen an der Decke eine eher atypische Art. Ein überwiegender Teil der Opfer erledigt das, indem er sich am Fensterverschluss oder dem Heizkörper erdrosselt. Da kommst du nie wieder raus, wenn sich die Schlinge einmal zugezogen hat. Aber das muss ich euch Profis nicht weiter erklären. Das hier war Mord. Und jetzt seid ihr dran.«

Wenn Gordon geglaubt hatte, dass Kai sich danach besser fühlen würde, sah er sich getäuscht. Die Traurigkeit hatte sich lediglich mit Entschlossenheit vermischt. Seine Fäuste hatten sich geballt und ließen die Knöchel weiß hervortreten.

»Warum nur? Warum musste diese arme Frau so erbärmlich sterben? Wusste sie doch mehr, als sie angab? Hat sie möglicherweise schon vorher den Mörder gekannt? Das wird mir das Schwein büßen. Ich sehe nach wie vor eine Mitschuld, weil ich die Frau zum Verrat überredet habe. Das hier hat sie nicht verdient. Sie hat nach der Schmach im Betrieb nun noch eine Strafe erhalten, wie sie schrecklicher kaum sein kann. Ich will diesem Satan endlich gegenüberstehen. Komm, Gordon, hier sind wir fertig. Lass uns das Monster jagen und zur Strecke bringen.«

»Mein Gott, wie martialisch, mein Freund. Aber ich bin in dem Punkt ganz bei dir. Er hat es verdient, dass man ihn für immer wegsperrt. In mir nährt sich ein Verdacht, Kai, weil sich ein Muster abzeichnet. Wieder eine für uns geöffnete Tür. Was sagt dir das?«

Gordon wusste, was Kais Blick zu bedeuten hatte, als er ihn anstarrte. Er war davon überzeugt, dass der Täter in diesem Moment der übermächtigen Wut kaum eine Festnahme überlebt hätte. Er musste Kai im Auge behalten, um Dummheiten vermeiden zu können.

33

»So, ich bin wieder da, Dino. Wir können uns jetzt wie gehabt in Zweiergruppen aufteilen. Wie weit seid ihr gekommen?«

Kai entdeckte Dino, als er sich eine Pause am Teich neben dem Halbachhammer gönnte. Die anderen Kollegen hatten sich in der Umgebung verteilt.

»Wir sind zumindest mit den Häusern an der Straße durch. Jetzt geht es in die Außenbereiche. Ich schätze noch maximal zwanzig Häuser. Aus dem Präsidium haben wir noch nichts gehört. Bin mal gespannt, ob wir von unserem Spezi was erfahren. Wenn die Familie hier ein Anwesen hat, gehe ich jede Wette ein, dass ...«

Kais Gesicht drückte immer noch aus, was sich in ihm abspielte. Dino blieb das nicht verborgen und unterbrach seinen Bericht.

»Habe schon über Funk mitbekommen, was du da vorgefunden hast. Kein schönes Gefühl. Bist du deshalb so fertig?«

»Würde dich das wundern, Dino? Schließlich war ich es, der die Frau zum Täter geführt hat. Hätte ich nicht ...«

»Hör auf damit, Kai. Verdammt, mach dich doch nicht verantwortlich für die Taten eines Wahnsinnigen. Ich will dir jetzt nicht mit dem platten Begriff Schicksal kommen, das uns allen vorbestimmt ist. Aber hier trifft dich wirklich keine

Schuld. Wer konnte denn ahnen, dass es so schlimm kommt? Doch ich habe mir in den letzten Minuten so meine Gedanken gemacht.«

»Und wo hat dich das hingebracht, Dino? War das eher Zufall, dass die Schock dem Satan in die Hände fiel?«

Dinos Blick war von Kai nicht zu deuten, als er erklärte, was sich in seinem Kopf abspielte.

»Nein, aber genau das ist es, was mir nicht aus dem Kopf geht. Woher wusste der Täter von dem Verrat – immer vorausgesetzt, es war tatsächlich das Tatmotiv? Gibt es da noch eine zweite Person, die mitspielt? Dass da ein Psychopath seine Opfer willkürlich aussucht, dürfte ja wohl im Bereich der Fabel zu finden sein. Ich vermute da eher ein Komplott, das sich den Trieb eines kranken Killers zunutze macht. So denkt ein Triebtäter nicht. Ihm ist es eigentlich egal, an wem er sich austobt. Die suchen sich ihre Opfer zwar nach bestimmten Mustern, aber vermeiden sicher, dass man Verbindungen herstellen kann. Hier gibt es aber welche zwischen den Opfern. Jemand steuert das Geschehen in sehr perfider Weise, auf den wir bisher noch nicht gekommen sind.«

Ein Außenstehender hätte vermuten können, dass Kai Desinteresse an dem zeigte, was der Mann neben ihm auf der Bank erzählte. Sein Blick schweifte über die fast unbewegliche Fläche des Sees, dessen versumpfter Grund ein gutes Futterreservoir für die Enten darstellte, die dort dümpelten. Nur Dino ahnte, wie sehr es in diesem Augenblick in dem Mann brodelte, dem man im Präsidium den Instinkt eines wilden Tieres nachsagte. Deshalb überrasche es den Kollegen aus der Drogenabteilung nicht, als Kai stumm nickte. Einige Sekunden später fügte er seine Gedanken hinzu: »Du hast recht, Dino. Wir waren ein Stück weit blind und haben uns auf einen Einzeltäter konzentriert. Möglich, dass die Morde an den Schaffraths, an Edina Schwaiger und jetzt auch an Frau Schock von ihm begangen wurden. Doch es ergibt keinen Sinn. Der wird gelenkt, sozusagen missbraucht. Wir sollten das im großen Kreis diskutieren. Ich werde mal Gordon anrufen und fragen, wie er darüber denkt.«

»Tu das, Kai. Jetzt sollten wir uns aber auf den Weg machen. Wir haben noch sechs Häuser vor uns. Den Rest machen die anderen.«

Kais Telefon ließ beide Männer stoppen, als sie den Waldweg zum Nachtigallental hochliefen. Dinos Interesse wurde sofort geweckt, als er in Kais Gesicht blickte, das so etwas wie Euphorie zeigte, um nicht sogar das Wort Freude zu benutzen. Das Strahlen blieb haften, als er das Telefon in die Seitentasche zurückgleiten ließ und er die andere Hand auf den Griff seiner Waffe legte. Erst verspätet reagierte er auf Dinos Frage, was geschehen war.

»Wir haben das Schwein. Jetzt kommt er nicht mehr davon. Wo hast du die Karte? Zeig her.«

Immer noch im Unklaren, da Kai in Rätseln sprach, zog Dino die Stadtkarte aus seiner Umhängetasche, in der er auch Proviant zu verstauen pflegte. Beide Männer knieten sich auf den Waldboden und breiteten den Plan aus. Es dauerte nicht lange, bis Kai seinen Finger auf einen Punkt legte, der sich etwa dreihundert Meter entfernt von ihrem Standpunkt befand.

»Genau hier, Dino. Genau da hat sich das Dreckschwein versteckt. Wir können nur hoffen, dass der Teufel sich auch jetzt, in diesem Moment, dort befindet. Ich will ihn – und wenn es das Letzte ist, was ich tue. Heute holen wir ihn uns.«

»Was soll das heißen, Kai? Willst du mich nicht endlich aufklären? Du tust so, als würde jeder diesen Irren kennen.«

»Sorry, Dino. Ich bin selbst überrascht. Du erinnerst dich doch noch an die kleine Valerie Klingel, von der wir zu Beginn annahmen, dass sie sich im Badezimmer selbst getötet hätte. Den wahren Täter, ihren Bruder Ralf, konnten wir nicht vor Gericht stellen, da seine Mutter die Schuld auf sich nahm und sich in der Zelle während der Untersuchungshaft erhängte. Der Vater drohte uns sogar mit einer Verleumdungsklage.«

»Oh Gott, ja. Der war doch fast noch ein Kind.«

Die Männer des SEK verteilten sich rund um das Haus, das Spaziergänger schon immer für den Sitz des Försters gehalten hatten. Das Äußere mit dem vielen Efeu, das fast sämtliche Fenster zugewuchert hatte, ließ den Verdacht zu, zumal auch Geweihe die Außenwände zierten. Der Wind sorgte dafür, dass die Hollywoodschaukel leichte Bewegungen zeigte. Das deutlich wahrnehmbare Quietschen der Scharniere störte die Stille des Waldes, zerrte an den Nerven. Seit Ewigkeiten war im Gartenbereich nicht mehr gearbeitet worden, sodass das gesamte Anwesen leicht verwildert wirkte. Längst hatten sich die Schatten der Dämmerung über dieses Naherholungsgebiet gelegt und ließen Nieselregen verdampfen, der den warmen Waldboden berührte. Alles wirkte gespenstig, nachdem Besucher das umliegende Gelände verlassen hatten und sich nur noch die SEK-Beamten wie Wildkatzen durch das dichte Gebüsch an das Haus heranpirschten. Das gesamte Team befand sich am Einsatzort und hatte sich auf die einzelnen Gruppen des SEK verteilt. Ein schneller Zugriff sollte jegliche Flucht des Täters verhindern.

Leonie, die gemeinsam mit Mia eine Gruppe anführte, kniete hinter einer massiven Eiche und beobachtete die Rückseite des im Fachwerkstil gebauten Hauses. Längst hatte sie durch das Glas die schmale Holztür erspäht, die fast vollständig zugewuchert war. Und doch waren Spuren davor vorhanden, die bezeugten, dass genau diese Tür vor gar nicht langer Zeit bewegt worden war. Von dort an zog sich eine breite Spur quer durch das Laub zu einem Parkplatz, der jetzt jedoch völlig vereinsamt dalag. Obwohl alles dagegen sprach, hegten alle die Hoffnung, dass sich jemand im Haus befinden würde. Entsprechend vorsichtig gingen sie vor. Eine Flucht war gänzlich unmöglich und doch wollte man kein Risiko eingehen. Immer enger zog sich der Kreis um das Ziel, sodass sogar ein Flüstern zwischen den Gruppen möglich wurde.

»Du bleibst rechts vom Haus und sicherst mit deiner Gruppe den Fluchtweg runter zum See.«

Gordon legte den Finger auf den Mund, als er spürte, wie Kai tief Luft holte. Seine Augen funkelten.

»Ich weiß, was du mir sagen möchtest, und ich werde deine Wut sicher noch zu spüren bekommen. Doch ich kann nicht riskieren, dass du da drin durchknallst. Alles muss nach Recht und Gesetz ablaufen. Wir brauchen den Kerl lebend, da uns sonst die Presse Selbstjustiz unterstellen würde. Ich will, dass das hier sauber abläuft. Ich gehe mit Dino und den Mädels rein.«

Leonie bemerkte, dass sich zwischen den Männern etwas aufbaute, und hoffte, dass Kai vernünftig bleiben würde. Sie reagierte auf Gordons Zeichen und schickte ihre Männer zur Hintertür. Katzengleich glitten die Männer der Spezialtruppe über den jetzt nassen Boden, verursachten dabei kaum wahrnehmbare Geräusche. Vorsichtig hantierte einer von ihnen an dem Schloss der Hintertür und winkte den Kameraden zu, die ihm in die Dunkelheit des Hauses folgten. Mia war die Letzte, die durch den schmalen Spalt schlüpfte und nur den Lichtstrahlen der Vorauseilenden folgte. Immer wieder musste sie sich an den Wänden orientieren, sich vorantasten, wenn die anderen hinter einer Ecke verschwunden waren. Ihr Atem setzte aus, als sie die schleimige Schnecke in ihrem Handteller spürte, die sie versehentlich an der Wand berührt hatte. Der Schrei blieb ihr förmlich im Hals stecken. Ein weiterer Schreck ließ sie erstarren, als sie die Hand auf ihrer linken Brust spürte.

»Wo bleibst du, Mia? Geht es dir gut oder willst du umkehren? Du zitterst ja so.«

Die normale Atmung funktionierte erst, als Mia die Stimme ihrer Partnerin erkannte. Erschöpft lehnte sie sich einen Moment gegen Leonie und ihr Puls beruhigte sich.

»Nein, nein, alles ist gut. Weiter. Es war nichts.«

»Bist du dir sicher? Ich kann nicht gleichzeitig auf uns beide aufpassen. Keiner ist dir böse, wenn du zurückbleibst. Pass auf, wir suchen weiter und holen dich wieder hier ab, wenn wir zurückkommen. Solange sicherst du den Rückzug. Nimm die Lampe und entsichere die Waffe. Aber achte darauf, dass du nicht versehentlich einen von uns umlegst. Wir sind gleich zurück. Ich glaube ehrlich gesagt auch nicht daran, dass hier irgendwer ist. Also bis gleich.«

Mia wusste nicht, ob sie den Vorschlag gut finden oder lieber die sichere Nähe der anderen suchen sollte. Leonie verschwand um die nächste Biegung, bevor sich Mia darüber klar werden konnte. Absolute Dunkelheit umgab sie jetzt. Von den anderen war nichts mehr zu hören außer das Quiet-schen von Türen, die geöffnet wurden. Wieder fühlte sie die Nässe der Wände, den Schimmel, der sich darauf gebildet hatte, als sie sich mit dem Rücken gegen die Wand auf den Boden gleiten ließ. Ihre Knie hatten dem Beben des gesamten Körpers nachgegeben. Fiepen begleitete das Huschen der Ratten neben ihr, die sich gestört fühlten und ihre Behausungen verlassen hatten. Verzweifelt versuchte Mia, die Tränen zurückzuhalten, die sich in ihre Augen pressten.

Ich muss das durchstehen, verdammt noch mal. Wie stehe ich vor den anderen da, wenn die mich so sehen? Reiß dich zusammen, Mia. Du bist Polizistin und du schaffst das.

Fest umklammerte sie ihre Waffe und suchte den Sicherungshebel. Zweifel kamen auf, ob sie überhaupt in der Lage sein würde zu schießen, falls es erforderlich würde. Die Entscheidung darüber wurde ihr abgenommen, als sich eine Stimme an ihrer rechten Seite an sie wandte. Ein fester Griff entwand ihr die Waffe.

»Es freut mich, dass du mir Gesellschaft leisten möchtest. Haben dich die anderen einfach zurückgelassen? Das tut man aber nicht unter Freunden. Pfui. Lass uns hier verschwinden, bevor jemand bemerkt, wie tief deine Angst sitzt.«

Die Dinge überschnitten sich förmlich – der Versuch, zu schreien und der brutale Schlag gegen ihre Schläfe. Mia bekam nicht mehr mit, dass sie durch einen fast unsichtbaren Verschlag in einen Raum gezogen wurde, der in vollkommene Dunkelheit getaucht war.

34

Der engere Kreis um das Haus herum füllte sich mit enttäuschten Männern und Frauen, die das gesamte Innere des Hauses durchsucht hatten. Sie mussten feststellen, dass alles vergebens war und ihnen eine Beschwerde des Eigentümers drohte, der bisher nicht über diese Aktion unterrichtet worden war. Kläver hatte den Durchsuchungsbeschluss allein mit der Tatsache begründet und vom Staatsanwalt erhalten, dass er glaubhaft machen konnte, ein gemeingefährlicher Triebverbrecher könnte sich dort aufhalten und weitere Straftaten begehen. Nun stand ihnen sicher eine Beschwerde des Eigentümers ins Haus, der sich gegen jeden Verdacht wehren würde, der ihn erneut mit Morden in Verbindung bringen könnte. In kleineren Gruppen standen die Einsatzkräfte zusammen, wobei die Mannschaftswagen auf den nahen Parkplatz gebracht wurden, um den Abtransport zu bewerkstelligen. Auch das Ermittlerteam stand mit hängenden Schultern gesondert. Leonie nahm einen Schluck aus ihrer Mineralwasserflasche und blickte sich um. Gordon, der direkt neben ihr stand, bemerkte das Zupfen an seinem Ärmel.

»Hast du Mia etwa nach Hause geschickt? Ich sehe sie nicht. Sie sollte drinnen auf mich warten, bis wir wieder zurück sind. Auch wenn sie einen schwachen Moment hatte, hättest du sie ja nicht gleich wegschicken brauchen.«

»Moment«, unterbrach Gordon seine Kollegin. »Mach mal halblang. Erst mal weiß ich nicht, was da im Keller zwischen euch war. Zweitens würde mich interessieren, was ausgerechnet dich dazu bringt, mir zuzutrauen, dass ich eine Mitarbeiterin wegen einer Schwäche bestrafe und damit vor den anderen bloßstelle. Jetzt will ich wissen, was war. Ich sehe sie auch nicht woanders rumstehen.«

Leonies Gesichtsfarbe wechselte von Rot zu Weiß, während sie berichtete. Kaum war ihr Bericht geendet, als Gordon sich herumwarf und quer über den Platz rief.

»Alle Einsatzkräfte wieder zurück! Bitte alle zu mir! Es ist etwas passiert.«

Es waren nur Sekunden, bis sich eine Traube um Hauptkommissar Rabe gebildet hatte, der um Ruhe bat.

»Wir vermissen eine Kollegin. Hat jemand von euch Mia Richter gesehen, nachdem alle den Keller verlassen haben?«

Um Gordon herum entstand kollektives Kopfschütteln. Im letzten Moment konnte er Leonies Arm erwischen, die Richtung Haus stürmen wollte.

»Du bleibst gefälligst hier, verdammt. Es reicht, wenn wir uns um eine Kollegin Sorgen machen müssen. Fest scheint zu stehen, dass die Kollegin Richter das Gelände nicht verlassen hat. Das hätte irgendjemand von uns hier draußen bemerkt. Ergo muss sie sich noch im Haus befinden. Momentan kann ich mir noch keinen logischen Grund dafür vorstellen. Wir werden nun Suchtrupps aufstellen. Eine Gruppe wird trotz meiner Zweifel die nähere Umgebung absuchen. Sicher ist sicher. Alle anderen werden das verfluchte Haus ein weiteres Mal durchsuchen. Nehmt euch jedes Zimmer, jeden Kellerraum vor und lasst keinen Winkel aus. Ich werde keine Meldung akzeptieren, dass wir Mia verloren haben. Los geht`s.«

Schnell hatte es sich über die Truppführer bei den SEK-Beamten herumgesprochen, dass eine Kollegin der Kripo nach dem vorherigen Einsatz als vermisst galt. Niemand von ihnen konnte es sich erklären, da sie bereits jeden Winkel des relativ großen Hauses durchsucht hatten. Eigentlich war es unmöglich, dass jemand unbemerkt entführt und versteckt worden sein konnte. Keiner von ihnen war allerdings mit den Umständen, wie es dazu kam, vertraut. Trotz der fast gänzlich verhüllten Gesichter der Einsatzkräfte konnte jeder die Entschlossenheit in deren Augen ablesen. Wieder schloss sich dieser Kreis, wobei die Anspannung jetzt größer geworden war, nachdem man fast sicher sein konnte, dass sich doch jemand innerhalb dieser Mauern aufhielt. Truppführer Holland zog Gordon zur Seite, während schwarze Schatten weiter auf das im Dunkel liegende Haus zueilten.

»Hören Sie zu, Rabe. Jeden Moment müsste die Hundestaffel eintreffen. Ich würde sagen, dass wir noch einen Augenblick warten und dann die Tiere zuerst reinlassen. Die finden jeden in diesem verfluchten Haus, selbst wenn der sich hinter einer Mauer versteckt hält. Kann ich die Leute zurückrufen oder wenigstens in eine Warteposition bringen?«

Gordon versuchte, seine Gedanken zu ordnen, was derzeit kein einfaches Vorhaben darstellte. Sein Wille, die Kollegin so schnell wie möglich freizubekommen, stand im krassen Gegensatz zu dem Vorschlag, den Holland präsentierte. Die Vernunft siegte, was der Truppführer an seinem Nicken erkannte. Seinen leise gesprochenen Befehl an die Einsatzkräfte erteilte er über das Funkgerät an seiner Schulter. Augenblicklich trat Stille ein. Lediglich Kai und Leonie, die schon kurz vor dem Hintereingang auf die Männer des SEK warteten, staunten darüber, dass man sich zurückziehen sollte.

»Was ist denn jetzt los? Sind die verrückt geworden?«

Leonies Griff um die Waffe verstärkte sich und eine Mischung aus Verärgerung und wilder Entschlossenheit zeigte sich in ihren Gesichtszügen, was Kai mit großer Besorgnis registrierte.

»Warte, Leonie. Das wird einen triftigen Grund haben, dass die Jungs abwarten. Entweder ist Mia wieder aufgetaucht oder ...«

Das Hecheln und verhaltene Wimmern der Hunde, die durch die Bäume geführt wurden, löste das Rätsel um die seltsame Anordnung schnell auf und Leonies Wut schwand ebenso, wie sie entstanden war.

»Das ist gut«, meinte sie erleichtert und trat einen Schritt zur Seite, als zwei Hunde neben ihr auftauchten. Am liebsten hätte sie die Tiere gestreichelt, doch hielt sie der Respekt vor der Nervosität der Tiere davon ab. Außerdem hatten die Hunde erst kurz zuvor den Geruch von Mia durch ihr zurückgelassenes Taschentuch im Wagen aufgenommen. Es rang ihr sogar Bewunderung ab, wie lautlos diese speziell ausgebildeten Fellnasen vor der Tür abwarteten, bis der Führer sie öffnete. Leonie und Kai ließen noch vier SEK-Beamte nachrücken, bis sie selbst in den dunklen Gang eintauchten, den sie schon eine halbe Stunde zuvor durchsucht hatten. Irgendwo dort musste Mia sein, da war sich Leonie sicher – sie spürte es.

35

Ich werde die Augen einfach geschlossen halten. Er ist in diesem Raum. Ich fühle es. Er wartet doch nur darauf, dass ich wieder aufwache, damit er mich quälen kann.

Mia bemühte sich, ihre aufsteigende Panik zu unterdrücken, stark zu bleiben. Die Fesseln schnitten tief in ihr Fleisch. Der Schmerz trieb ihr Tränen in die Augen. Es fiel ihr nicht leicht, den Hilferuf zurückzuhalten, der hinauswollte, um ihre gepeinigte Seele von einem inneren Druck zu befreien. Doch dieser übel riechende Knebel hätte sowieso nur ein schwaches Krächzen erlaubt. Dadurch wurde die Zunge weit nach hinten gepresst und raubte ihr einen großen Teil der Atemluft. Immer wieder versuchte sie, den Stofffetzen zu verschieben, was lediglich in einem schmerzhaften Zungenkrampf endete. Es hatte keinen Zweck, weiterzumachen. Sie gab die Bemühungen auf, was zu einer Besserung führte.

Ich muss mich entspannen, meinem Körper Ruhe gönnen. Irgendwann werde ich eine Lösung finden. Leonie wird mich nicht aufgeben und sucht bereits nach mir. Könnte ich doch nur schreien.

Sie glaubte, den Verstand zu verlieren, als sie die leise Stimme neben sich hörte. Lippen berührten ihr Ohr, als dieser widerliche Fremde flüsterte: »Du bist schon wach – das weiß ich. Du hörst mich sehr deutlich und wirst jetzt das

Wort Satans vernehmen, das dir deine Zukunft schildert. Genieße es und bereite dich vor.«

Längst hatte Mia die Augen weit aufgerissen und starrte gegen die Raumdecke, die jedoch nur ein schwaches Flackern von Kerzen erkennen ließ.

Luft – ich bekomme keine Luft mehr. Bitte helft mir doch. Ich kann nicht mehr atmen.

»Beruhige dich, dann geht es dir besser. Du wirst verstehen, dass ich dir den Knebel nicht abnehmen kann. Du würdest Dinge tun, die dir unweigerlich den Tod bringen würden. Atme ruhig und gleichmäßig. Ich will dich doch nicht verlieren, du dreckige Polizistenschlampe.«

Erst jetzt, wo sie nach dem Besitzer dieser Stimme schlagen wollte, bemerkte sie, dass Hände und Füße an den Enden einer Tischplatte befestigt waren, was ihr nur wenig Bewegungsfreiheit gestattete. Die Kälte des Raumes kroch durch alle Glieder, was weitestgehend daran lag, dass sie völlig unbekleidet dort lag und so neben der Kälte auch den Blicken des Geiselnehmers ausgesetzt war.

Das werde ich niemals vergessen können, falls ich überhaupt überlebe. Lieber Gott, hilf mir und lass es schnell vorbei sein. Schicke mir den gnädigen Tod, bevor mich dieser Satan ein weiteres Mal anfasst.

»Du bist schön, das muss ich zugeben. Doch dein Gott hat dir leider das falsche Geschlecht zugeteilt. Du wurdest als Sklavin geboren und wirst es immer bleiben. Es sollte dein Schicksal sein, was du jedoch nicht akzeptiert hast. Nein, du lesbisches Monster musstest unbedingt zur Polizei gehen.«

Als Mia schon glaubte, dass der Kerl sich abgewendet und sich entfernt hätte, drang die Stimme von der anderen Seite in ihren Verstand. Trotz der Kälte überzog eine Schicht Angstschweiß ihren entblößten Körper. Sie zerrte an den

Fesseln und trieb so die Seile immer tiefer in das bereits wunde Fleisch. Ihr heftiges Stöhnen durchdrang sogar den Knebel.

»Es scheint dir zu gefallen, wie ich höre«, verhöhnte sie der Fremde zusätzlich. »Die Wollust erfüllt dich. Das ist typisch für euch, die ihr von der Natur als minderwertig angesehen werdet. Ihr folgt nur euren animalischen Trieben und versucht, die wahren Herrscher dieser Welt mit eurem Körper zu verführen. Doch das wird dir nicht mehr gelingen, da ich in dir das sehe, was du in Wirklichkeit bist: Ein lebendes Wesen, das die Aufgabe des Gebärens zugeteilt bekam. Als du den Irrtum der Natur bemerktest, hast du versucht, deine Minderwertigkeit dadurch zu verringern, dass du dich von der Männerwelt abwandtest. Hast du wirklich geglaubt, dass es besser wird, wenn du dich deiner Aufgabe entziehst, Kinder zu gebären, indem du eine Frau als Bettpartner wählst? Ja, ich weiß von deiner sündhaften Beziehung zu dieser anderen Polizeischlampe.«

Die Unordnung in Mias Verstand war perfekt, als sie versuchte, dem Gerede dieses Mannes einen Sinn zu verleihen. Es erschien ihr absolut unwirklich, dass es Kerle gab, die diese verquere und wirklichkeitsferne Ansicht vertraten, und sich als Herren der Welt bezeichneten. Der Schmerz in Armen und Beinen wurde unerträglich, erst recht, als sie wieder verzweifelt an den Stricken zerrte. In ihr verfestigte sich die Gewissheit, dass auch sie in Kürze auf den Holzamboss des Halbachhammer genagelt würde. Sie sah das Bild vor ihrem geistigen Auge, wie sich Gordon, Kai und Leonie das besahen, was dieser Irre von ihr übriglassen würde. Ein Schauobjekt für die Öffentlichkeit, wobei niemand erahnen konnte, welche Qualen sie womöglich vorher hatte erleiden müssen. Gleichzeitig suchte Mia nach einer

Verbindung zu diesem jungenhaften Gesicht, das ihr schon irgendwo einmal begegnet war. Da war sie sich sicher. Verzweifelt krümmte sie den Körper und veränderte ihre Lage, soweit es die Fesseln erlaubten. Die Faust des Fremden, die sie unterhalb der Rippenbögen traf, trieb ihr wieder die Luft aus den Lungen. Der Blick verschleierte sich, als Tränen der Wut und des Schmerzes sich in den Augen sammelten und über die Wangen liefen. Gerne hätte sie ihre Qualen herausgeschrien, dem Mann heimgezahlt, was er ihr bisher schon angetan hatte. Alles veränderte sich von einem Augenblick zum nächsten, als der Mann sich versteifte und lauschte. Nun vernahm auch sie dieses gedämpfte Winseln. Es kam von irgendwo her und verstärkte sich, um bleibend von einer Stelle an der Wand in den Raum zu dringen. Die Handlungen des Entführers wirkten gezielt, ohne dass eine Spur von Hektik aufkam. Er bewegte sich hin zu einem Holzregal und ergriff ein kleines Fläschchen und einen Lappen. Mia wurde erschreckend schnell klar, was es damit auf sich haben könnte. Sekunden später verabschiedete sie sich in das Land der Träume. Sie bekam nicht mit, wie sich die Fesseln von ihren Gelenken lösten und sie weggetragen wurde.

»Hier ist was«, meinte Holland, der die Hunde zurückzog und die Wand abklopfte. »Kommen Sie her, Rabe. Das hört sich anders an als einen Meter weiter. Wo ist der Mann mit der Ramme? Wir versuchen, dort durchzubrechen. Holt mir die Ramme, verdammt!«

Gordon hatte das Ohr an die Wand gelegt und bedeutete den restlichen Leuten mit einer Handbewegung, absolut still zu sein. Immer wieder versuchte er, auch nur das leiseste Geräusch zu orten. Schließlich zuckte er mit den Schultern und trat zurück. Ein Bär von Mann, der selbst ihn und Kai um einen halben Kopf überragte, kam auf ihn zu und trug die Ramme, als würde sie nur wenige Pfund wiegen. Fünf kräftige Stöße waren nötig, bis die Metalltür aufsprang. Niemand hätte sie vorher dort erkannt, da sie hervorragend vom Eigentümer getarnt worden war. Zwei Beamte des SEK drückten Leonie zur Seite, die Anstalten machte, als Erste in den Raum dahinter einzudringen.

Sekunden später vernahm sie die unbefriedigenden Worte der Männer: »Sicher!«

Mit fast der gesamten Mannschaft standen sie in dem Kellerraum, in dem noch immer der Duft von zuvor brennenden Kerzen schwebte. Die Hunde hatten sich bellend vor dem Tisch versammelt und konnten kaum beruhigt werden. Der Hundeführer meldete sich.

»Die Kollegin war hier. Die Hunde schlagen an. Doch scheinbar gibt es keine weitere Spur, wohin sie verschwunden sein könnte.«

»Sucht weiter die Wände ab! Es muss einen weiteren Ausgang geben«, kam der klare Befehl von Truppführer Holland. Es hätte unter anderen Voraussetzungen belustigend wirken können, wie ein Dutzend erwachsene Menschen sich damit beschäftigten, grob verputzte Wände in einem Kellergewölbe abzuklopfen.

»Hier ... genau hier! Da ist was.«

Leonies kleine Fäuste hämmerten gegen die Wand, als wollte sie das Mauerwerk allein dadurch zum Einsturz bringen. Gordons Hände zogen sie vorsichtig zurück, während er ihr Worte zuflüsterte, die sie in ihrer Euphorie kaum wahrnahm. Kai übernahm die jetzt weinende Kollegin und zog sie in die Arme.

»Lass die Männer ran, Leonie. Alles wird gut. Das weiß ich. Wir werden sie da rausholen.«

»Wie kannst du das sagen, Kai? Du hast doch gesehen, wozu dieses Schwein fähig ist. Ich habe höllische Angst. Ihr darf nichts passiert sein.«

Gordon flüsterte seinem Kollegen etwas ins Ohr und gesellte sich wieder zu den Männern, die jetzt erneut die Ramme ansetzten.

»Komm, Leonie. Lass uns nach oben gehen. Die frische Luft wird dir guttun. Hier kannst du nichts bewirken. Gordon schafft das. Er wird bald mit Mia im Arm zu dir kommen und dann kannst du für sie sorgen. Sie braucht dich im Vollbesitz deiner Kräfte.«

Eigentlich hatte Kai mit Gegenwehr gerechnet, als er sie zum Ausgang schob. Leonies Körper bebte und bewies damit, dass ihr Zustand förmlich nach fachmännischer medizinischer Betreuung schrie. Mittlerweile hatte sich am Haus auch ein Rettungswagen eingefunden, dessen Besatzung die Kollegin in Empfang nahm. Kai beeilte sich, den Weg zurückzugehen. Er wollte dabei sein, wenn man dieses Schwein endlich dingfest machte. Weit konnte der schließlich noch nicht gekommen sein.

Bevor er die Kollegen erreichte, sah er schon das schwache Licht des Vollmondhimmels am Ende des Ganges auftauchen. Gordon stand draußen inmitten diskutierender Polizisten und nahm Kai in Empfang.

»Wir waren einen Moment zu spät, Kai. Die Leute sind den Spuren gefolgt, die auf einem kleinen vor Blicken geschützten Parkplatz enden. Dort muss ein Wagen gestanden haben, mit dem das Schwein geflüchtet ist. Das konnte keiner vom Haus aus bemerken, da der unterirdische Tunnel zehn Meter in den Wald führt und dort hinter Bäumen wieder austritt. Das Monster hat alles perfekt vorbereitet ... sogar eine Flucht eingeplant.«

»Fahren wir zu ihm nach Hause. Der wird sich jetzt in die schützende Umgebung seiner Familie begeben. Der braucht dringend ein Alibi. Das weiß er. Und so, wie ich die kennenlernen durfte, wird er das auch von denen bekommen. Verdammt, Gordon, die DNA-Vergleiche werden ihm das Genick brechen ... immer vorausgesetzt, ich tue das nicht vorher. Lass uns mit der gesamten Kavallerie starten.«

36

»Was soll der Riesenauflauf hier, Herr Hauptkommissar? Ihr Name ist doch Rabe, wenn ich mich nicht irre? Und wenn ich intensiv nachdenke, ist Kriminalrat Kläver Ihr Vorgesetzter. Seine Telefonnummer müsste ich noch gespeichert haben. Die Männer sollen gefälligst mein Grundstück verlassen. Ich garantiere Ihnen, Herr Rabe, dass Ihre Aktion, was Sie auch immer damit bezwecken mögen, Ihre Karriere endgültig beenden wird. Sie scheinen immer noch nicht zu wissen, mit wem Sie sich anlegen.«

Kai baute sich direkt neben Gordon auf, sodass sich zwei großgewachsene Kripobeamte und ein auf Normalgröße gewachsener Mann im Eingang der Villa gegenüberstanden. Bevor Lothar Klingel auch nur ein weiteres Wort sprechen konnte, drückte ihn Kai zur Seite.

»Wo finden wir Ihren Spross? Er ist doch hier im Haus, wenn ich mich nicht irre. Also bringen Sie ihn her, bevor ich nach ihm suche. Dann dürfte es jedoch weitaus unangenehmer für ihn werden.«

Klingel wandte sich sichtlich erregter wieder an Gordon.

»Halten Sie diesen Mann zurück. Er besitzt nicht das Recht, ohne Durchsuchungsbeschluss in mein Haus einzudringen. Haben Sie so was?«

»Sollte ich einen solchen immer mitbringen, wenn ich Sie besuchen möchte? Haben Sie etwas vor uns zu verbergen?

Bitten Sie uns doch einfach höflich herein und es wird hier alles gesittet ablaufen. Versuchen Sie bitte mal, diesen kräftigen Mann aufzuhalten. Ich habe es versucht, wie Sie gesehen haben. Unmöglich. Der Mann ist nicht mehr zurechnungsfähig, wenn Sie mich fragen. Er besteht schon seit Stunden darauf, Ihren Sohn kennenlernen zu dürfen. Holen Sie ihn und wir sind vielleicht schnell wieder weg. Sehen Sie mal nach draußen, Herr Klingel. Die ganze Nachbarschaft liegt schon in den Fenstern. Was sollen die jetzt über Sie denken? Ich möchte augenblicklich Ihren missratenen Sohn sehen. Hier und jetzt.«

Lothar Klingel spürte instinktiv die Gefahr, die von diesen beiden Kripoleuten ausging. Sie schienen es ernst zu meinen und sich nicht so ohne Weiteres von ihm wegschicken zu lassen. Er wich einen Schritt zur Seite und ließ nun auch Gordon eintreten. Allerdings machte er keinerlei Anstalten, seinen Sohn zu holen. Am Ende des langen Flures erschien eine Frau, die sich bei Klingel unterhakte und den tiefen Frieden und die Verbundenheit mit ihm demonstrieren wollte.

»Was möchten die Herren von dir, Lothar? Hat denen die Blamage beim letzten Treffen nicht gereicht? Du hast mir ja davon erzählt. Soll ich den Anwalt anrufen?«

»Man möchte Ralf wieder mal was am Zeug flicken. Ist er nebenan oder hält er sich im Lesezimmer auf? Bist du so nett und holst ihn her?«

Irritiert blickte die Frau auf Kai, der ihr folgte. Als sie stehenbleiben wollte, griff er an ihren Arm und schob sie weiter.

»Lassen Sie sich nicht von mir aufhalten. Wer sind Sie überhaupt? Hat sich der Herr des Hauses schon über den Verlust seiner Frau hinweggetröstet? Mich interessiert nur, wie der Junge in diesem paradiesischen Umfeld leben darf. Es muss doch wunderschön sein, schon mit einem goldenen Löffel im Mund geboren zu werden. Er darf sich glücklich schätzen, solch treusorgenden Vater und jetzt wohl eine Stiefmutter zu haben. Das lässt erst gar nicht den Gedanken aufkommen, sich abseits der Gesetze zu bewegen. Ein Leben, wie man es sich schöner kaum denken kann.«

»Warten Sie bitte hier. Ich werde ihn holen.«

»Es macht mir wirklich nichts aus, Sie zu begleiten, Frau ...? Ich habe immer noch nicht Ihren Namen.«

»Marianne Kohler heiße ich. Geht es Ihnen nun besser? Darf ich vorgehen?«

Kai ignorierte den vorwurfsvollen Blick der neuen Hausherrin und blieb an ihrer Seite. Als sie an einer Tür klopfen wollte, drückte Kai sie einfach auf und stürmte mit gezogener Waffe in das Zimmer. Schnell hatte er die Person vor dem Computerbildschirm entdeckt und näherte sich vorsichtig.

»Herr Ralf Klingel. Ich nehme Sie unter dem dringenden Verdacht fest, drei Personen ermordet und eine weitere Person entführt zu haben. Bitte legen Sie beide Hände auf den Tisch, sodass ich sie sehen kann. Sie haben das Recht zu schweigen. Alles, was Sie ...«

Weiter kam Kai nicht, da das Messer tief in seinen Oberschenkel eindrang. Nur einen winzigen Augenblick hatte er eine Hand des jungen Mannes aus den Augen gelassen, was sich nun rächte. Seine Pistole entglitt seinen Händen und fiel auf den Teppich. Bevor er danach greifen konnte, wurde seine eigene Dienstwaffe in den Händen von Marianne Kohler auf ihn gerichtet. Überheblichkeit spiegelte sich in den Augen der Frau, die mit der Waffe genau auf Kais Stirn zielte.

»Seien Sie vernünftig, Frau Kohler«, versuchte Kai die Frau mit schmerzverzerrtem Gesicht zu beruhigen. Das Messer steckte noch immer tief in seinem Fleisch und hatte sogar den Knochen verletzt.

»Niemand kommt in dieses Haus und nimmt mir diesen Jungen. Haben Sie gehört, Sie Unmensch? Lothar hat bereits ein Kind verloren ... ein weiteres nehmen Sie ihm nicht. Ralf, lege ihm seine eigenen Handschellen an.«

»Marianne, um Gottes Willen nicht schießen. Da draußen sind Dutzende von Polizisten, die dann alle hier hereinströmen. Ich schneide ihm einfach die Kehle durch. Das hört keiner. Bevor die ihn gefunden haben, bin ich schon weg. Du weißt, wo du mich dann findest.«

Das Entsetzen in Marianne Kohlers Augen war echt, als sie auf ihren Stiefsohn starrte. Sie schien nicht begreifen zu können, was sie soeben aus seinem Mund hörte.

»Aber Ralf, das kannst du nicht tun. Das ist Mord. Verschwinde. Ich halte den Mann so lange fest, bis du in Sicherheit bist. Dann haben wir genug Zeit, das Missverständnis aufzuklären. Das mit dem Messerstich war klare Notwehr, das kann ich bezeugen. Du hattest Angst, mein Junge. Deshalb bist du geflüchtet. Rufe uns an. Dein Papa wird das Ganze aufklären und du kannst dann wieder zurückkommen. Los jetzt, verschwinde endlich.«

Ralf Klingel erhob sich gefährlich langsam und näherte sich Kai, der ihm furchtlos entgegensah. Er wartete auf den geeigneten Augenblick, den Jungen unschädlich machen zu können. Ihn warnte nur die Pistole in der Hand einer unberechenbaren Frau, die den Jungen glaubte, beschützen zu müssen. Wenige Zentimeter vor Kai blieb Ralf Klingel stehen und blickte seinen Gegner fast spöttisch an. Kai begegnete ihm mit gespielter Lässigkeit.

»Du wirst sie nie finden, du beschissener Anfänger. Erst recht nicht, wenn mir was passieren sollte. Nur ich weiß, wo sie sich befindet. Sie wird dort verhungern und verdursten. Habt ihr wirklich geglaubt, die Allmacht über jeden zu besitzen? Meine Macht ist der euren überlegen, da der Teufel mein Partner ist. Es werden noch viele dieser unwürdigen Frauen sterben, die glauben, sich gegen die wirkliche Herrschaft auflehnen zu können. Selbst jetzt, wo ihr mich gefunden habt, wird es euch nichts bringen. Ich werde als ein anderer weitermachen, mich verändern.«

»Was sagst du da, Ralf? Du weißt nicht, was du tust. Von welcher Frau sprichst du? Du machst mir Angst. Geh jetzt endlich.«

Es war eine fließende Bewegung des Mörders, als er das Stilett mit einem Ruck aus Kais Bein zog und zur Seite schwang. Die scharfe Klinge durchtrennte den Hals von Marianne Kohler mit einem Schnitt. Kai sank mit schmerzverzerrtem Gesicht auf den Boden und blickte plötzlich in den Lauf seiner eigenen Waffe. Kalte Augen musterten ihn, bevor der Kolben der schweren Waffe gegen seine Schläfe donnerte. Er bekam die hasserfüllten Worte des Jungen nicht mehr mit, die er an die zusammenbrechende Frau richtete.

»Verflucht sollst du sein, die glaubte, eine Mutter ersetzen zu können. Du bist eine dreckige Hure, die niemals an der Seite meines Vaters sitzen wird.«

»Komm wieder zu dir, Kai. Hörst du mich?«

Gordons Hand tätschelte das Gesicht des Freundes, während sich ein Arzt ebenfalls um ihn bemühte. Die Sauerstoffmaske ließ nur einen leisen Seufzer durchdringen, als Kai die Augen aufschlug. Es fiel ihm schwer, sich zu orientieren. Endlich erkannte er Gordon und schaffte es, zu sprechen.

Der Arzt schüttelte den Kopf und wandte sich an die beiden Männer.

»Sie brauchen jetzt Ruhe. Das ist nicht mal eben wie ein kleiner Fahrradunfall. Wir reden hier über ein schweres Schädel-Hirn-Trauma. Und das verletzte Bein wird Sie auch noch ein paar Wochen außer Gefecht setzen. Wir bringen Sie jetzt in ein Krankenhaus. Dort wird man sie neurologisch untersuchen.«

Gordon hatte zwar verstanden, blieb jedoch beharrlich, um einen brauchbaren Bericht zu erhalten.

»Wo ist der Junge hin, Kai? Was ist mit Mia geschehen? Verdammt, wir müssen beide finden, da uns die Zeit davonrennt.«

Kai zog die Maske ein wenig nach vorne und schlug die Hand des Arztes weg, die das verhindern wollte. In Kurzform berichtete er, immer wieder stockend, wie die versuchte Festnahme abgelaufen war.

»... sagte er, dass Mia sterben würde, wenn er getötet würde. Sucht diesen elenden Bastard, der keine Skrupel hatte, seine eigene Schwester zu töten. Selbst das Schuldanerkenntnis und der Suizid seiner Mutter ließen ihn unberührt. Dieser Bastard ist nicht von dieser Welt und hat den Tod verdient.«

Die letzten Worte hörte Gordon schon nicht mehr, da er ins Wohnzimmer sprintete. Lothar Klingel saß zusammengesunken im Sessel und verfolgte, wie seine neue Partnerin in einem Zinksarg nach draußen getragen wurde. Erst danach bemerkte er Gordon, der sich ihm gegenüber auf die Couch gesetzt hatte und ihn beobachtete.

»War es das, was Sie wollten? Allein Ihre unerträgliche Überheblichkeit hat das angerichtet. Zumindest wissen wir jetzt, von wem Ihr Sohn diese grenzenlose Arroganz und den

Narzissmus geerbt hat. Sie selbst haben aus ihm dieses Monster gemacht, das jetzt mordend durch die Stadt zieht. Seien Sie sich darüber im Klaren, dass wir ihn früher oder später finden werden. Besser wäre es, wenn es früher geschehen würde, denn davon hängt das Leben einer Kollegin ab. Ihr wahnsinniger Sohn hat sie in seine Gewalt gebracht und gegenüber meinem Kollegen angedroht, sie zu töten. Es ist an der Zeit, dass Sie von Ihrem viel zu hohen Ross runtersteigen und uns verraten, wo er sie versteckt halten könnte. Finden wir die beiden nicht, machen Sie sich der Beihilfe schuldig, was viele Jahre hinter Gitter für Sie bedeutet. Also, ich höre.«

37

»Sie bleiben solange im Wagen sitzen, bis ich Sie rufen lasse. Haben Sie mich verstanden, Herr Klingel? Es könnte sein, dass wir Ihre Hilfe benötigen.«

Gordon hatte sich zu dem Mann auf dem Rücksitz umgedreht, der nur noch einen Schatten des ehemals selbstherrlichen Geschäftsmannes darstellte, der bisher nur die eigene Weltanschauung gelten ließ. Nur am zögerlichen Nicken Klingels erkannte Gordon, dass er verstanden worden war. Immer noch zweifelnd an dessen Reaktion, wies er den Polizisten an, der neben Ralfs Vater saß, ihn zu bewachen. Leonie, die alles mit ausdrucksloser Miene mitangehört hatte, stieg ebenfalls aus und begleitete Gordon zum Fahrzeug des Einsatzleiters Holland. An einem kleinen Tisch wartete der bereits auf Gordon und erhob sich, als er Leonie erkannte.

»Wollen Sie wirklich dabei sein, Frau Felten? Jeder von uns würde verstehen, wenn Sie ...«

»Lassen Sie nur, Holland«, unterbrach ihn Leonie. »Nett, dass Sie sich um mich Sorgen machen, aber das ist unser Job, der von Befindlichkeiten nicht beeinflusst werden darf.«

Gordons Blick nahm sie sofort wahr.

»Was ist, Gordon? Stimmt was nicht?«

»Leonie, mach jetzt hier nicht wieder auf hart. Holland hat recht, wenn er vielleicht sogar Bedenken gegen deinen

228

Einsatz anmeldet. Schließlich geht es hier nicht nur darum, einen Mörder festzusetzen. Jeder hier ist über deine Beziehung zu Mia im Bilde. Das lässt sich nicht ewig verheimlichen. Du könntest deshalb bei der Beurteilung von Maßnahmen befangen sein. Ich würde es verstehen, wenn du dich im Hintergrund halten würdest. So, und nun zur Lage.«

Gordon wartete eine Antwort der Kollegin nicht ab und wandte sich an Holland, der wissen wollte, wo er seine Männer einsetzen sollte und wie der Plan aussah.

»Das Haus, so denke ich, ist bereits weiträumig umstellt und eine Flucht sollte unmöglich sein. Ich hörte, dass Ihre Männer das Fahrzeug des Täters bereits gesichert haben. Wenn es leer ist, müsste sich unsere Kollegin innerhalb des Hauses befinden. Wir haben es also nach meiner Einschätzung mit mindestens drei Personen zu tun.«

Leonie schaltete sich jetzt zum ersten Mal ein.

»Nimmst du diesem arroganten Klingel die Geschichte mit Ralfs Adoption wirklich ab? Wir haben noch keine Bestätigung aus dem Präsidium.«

»Deine Zweifel mögen ja berechtigt sein, Leonie. Doch nenne mir einen Grund, warum Lothar Klingel uns das hätte erzählen sollen. Außerdem haben wir das damals gar nicht ernsthaft verfolgt, nachdem die Schuldige kurzzeitig feststand. Übrigens wurde seine aktuelle Partnerin kurz vorher von seinem wahnsinnigen Sohn kaltblütig ermordet. Wer ist in diesem Augenblick in der Lage, eine solche Geschichte zu erfinden? Ich zumindest nehme ihm das ab, dass sie dieses Monster da drin adoptiert haben. Was mich schockiert, ist die Tatsache, dass der sich jetzt bei seiner leiblichen Mutter verstecken will. Durch diese Fakten erklärt sich auch so allmählich die Verflechtung der Personenkreise. Was mir noch nicht so ganz klar ist: Welche Rolle spielt Helen Hagedorn tatsächlich in diesem Entführungsspiel? Selbst jetzt, wo sich herausstellt, dass sie diese Bestie damals zur Adoption freigab, sehe ich die Verbindung zu den Morden nicht. Wir werden jetzt da reingehen, diesen Saukerl festnehmen und dann weitersehen. Es wird sich alles aufklären.«

Holland war zwar Gordons Erklärung gefolgt, konnte sich dennoch verständlicherweise keinen Reim auf das Gesagte und die geschilderten Zusammenhänge machen. Er wirkte mittlerweile etwas ungeduldig und drückte das auch aus.

»Was denn nun, Rabe? Wir sollten langsam loslegen. Meine Leute laufen diesem Phantom jetzt schon eine kleine Ewigkeit hinterher und wollen nur noch Ergebnisse. Sie wollen nach einer fast kompletten Nachtschicht auch mal ins Bett. Die Sonne steht schon am Himmel.«

»Natürlich, Holland, Sie haben ja recht. Wie wir erkennen können, gibt es zwei Hintereingänge und eine Haustür an der Vorderseite. Die Terrassentür scheint völlig normal in das Wohnzimmer zu führen und lässt sich recht gut aus der Entfernung sichern und beobachten. Eine Flucht auf diesem Weg scheint damit unmöglich. Was ist also mit der Tür, die wohl in den Keller führt? Mein Gefühl sagt mir, dass wir Ralf Klingel dort finden werden. Hier möchte ich mit ein paar Ihrer Männer eindringen. Die Treppe, die dort runterführt, ist vom Wohnzimmer nicht einsehbar.«

»Und was mache ich solange? Ich habe mein Strickzeug im Büro vergessen. Gordon, verdammt. Lass mich nicht irgendwo in der Defensive verhungern. Ich will dabei sein. Also, was tu ich?«

Nach vielen Jahren der Zusammenarbeit kannte Gordon Leonie nur zu gut und wusste, dass sie sich niemals mit einer Statistenrolle zufriedengeben würde. Seine Zufriedenheit mit ihrer Reaktion versteckte er hinter einer ernsten Maske.

»Hast du wirklich geglaubt, dass ich dich vergesse? Nein, Leonie, dir habe ich sogar eine entscheidende Rolle zugedacht. Dir wird sicherlich aufgefallen sein, dass ich vorhin im Haus von Klingel telefonierte. Ich habe einen Wagen der DHL und eine entsprechende Uniform angefordert. Du wirst zum Paketdienst abgestellt. Traust du dir zu, eine solche Botin zu spielen? So erreichen wir, dass die Haustür möglicherweise geöffnet wird, ohne dass wir mit einer Armee dort durchbrechen müssen. Kommt Helen Hagedorn an die Tür, bist du drin. Was dann getan werden muss, wirst allein du entscheiden, denn wir können nicht wissen, was du dort drin vorfindest. Einige Spezialisten aus Hollands Team werden dir sofort folgen und den Laden sichern.«

»Und du, Gordon? Welche Rolle hast du dir zugedacht?«

»Wir werden hinten warten und sofort erfahren, wenn du drin bist. Dann dringen wir von der Rückseite ein und besetzen den gesamten Kellerbereich und das Erdgeschoss. Wenn alles gut läuft, überraschen wir die beiden, ohne dass ein Tropfen Blut vergossen wird. Start exakt in vierzig Minuten. Der Postwagen müsste schon in der Nebenstraße auf dich warten, Leonie. Noch Fragen?«

Gordon wusste tatsächlich nicht, wie ernst es Leonie mit dieser Frage wirklich war, und ließ sie unbeantwortet: »Willst du dieses Biest wirklich lebend da rausholen und riskieren, dass man ihn wegen Schuldunfähigkeit in die Forensik schickt?«

Holland warf Gordon einen fragenden Blick zu, auf den er lediglich mit einem Schulterzucken reagierte. Der erfahrene Truppführer wusste sehr genau, wie die Kollegin das meinte, und erkannte das Gefahrenpotential darin. Er schloss sich den beiden an und informierte seine Männer über die geplante Vorgehensweise.

Mittlerweile hatte es die Morgensonne geschafft, ein kleines Loch zwischen den tiefhängenden Wolken zu finden. Ein Regenbogen zeigte sich am Himmel und täuschte mit seiner natürlichen Schönheit über die Gefahr hinweg, in der hier alle schwebten. Leonie prüfte ein letztes Mal den Sitz ihrer Waffe unter dem gelben Anorak, bevor sie entschlossen auf den Klingelknopf drückte, unter dem der Name Hagedorn zu lesen war. Links und rechts von ihr hatten schwarzgekleidete maskierte Männer des SEK Aufstellung genommen. Ihre Waffen waren auf den Eingang gerichtet. Trotzdem war Leonie von einem Angstgefühl erfüllt, das sie sich nicht wirklich erklären konnte. Es handelte sich eher um die Angst vor dem, was sie dort drin erwartete. Es betraf einzig und allein Mia. Nichts. In dem Haus herrschte absolute Ruhe, obwohl Helen Hagedorn zu Hause sein müsste. Der Wagen mit dem Aufkleber der Firma Schaffrath stand vor dem Garagentor. Aber auch der Lieferwagen, mit dem ihr leiblicher Sohn gefahren sein musste, stand unübersehbar auf dem Gelände.

»Hallo«, versuchte es Leonie mit Rufen, »schon jemand wach? Eine Expresssendung für eine Frau Hagedorn.«

Gerade in dem Augenblick, als sie schon die Männer mit der Ramme anfordern wollte, hörte sie ein schwaches Geräusch hinter der Tür, das einem Schlurfen ähnelte. Die Haustür öffnete sich einen schmalen Spalt. Dahinter erkannte Leonie die Gestalt einer Frau, die ihren Morgenmantel zurechtzog und sich über das wirr nach allen Seiten stehende Haar strich. Unterhalb der Sicherungskette blickte sie der Paketbotin entgegen.

»Was soll das zu so früher Stunde? Es ist gerade einmal halb neun. Ihr kommt doch sonst auch erst um die Mittagszeit.«

»Express, liebe Frau Hagedorn. Das ist als Eilsendung gekennzeichnet. Und der Wunsch des Kunden ist uns Befehl.« Leonie zwang sich zu einem Lächeln. »Sie müssten hier bitte unterschreiben, Frau Hagedorn. Der Empfang muss quittiert werden, dann bin ich gleich wieder weg.«

Mittlerweile wirkte Helen Hagedorn schon wesentlich wacher. Sie schloss die Tür und werkelte an der Sicherheitskette herum. Als sie die Tür wieder öffnete, blickte sie entsetzt in die Läufe von mindestens vier Waffen. Leonies Hand, die sich fest auf den Mund der Hauseigentümerin presste, verhindert Hagedorns Schrei, zu dem sie bereits angesetzt hatte. Innerhalb weniger Sekunden füllte sich die Diele des Hauses mit schwerbewaffneten Beamten, die sich sofort in der unteren Etage verteilten.

Leonie übergab Hagedorn an einen neben ihr stehenden Beamten, der sie sofort nach draußen führte. Die Hand über ihrem Mund verschwand erst, als sie in Hollands Einsatzfahrzeug Platz genommen hatte. Mittlerweile hatte sich auch Dino Wohlert eingefunden, um das Geschehen von außen zu koordinieren.

»Es tut uns leid, Frau Hagedorn, aber es ging nicht anders. Wir wollen nur Ihren Sohn. Wo befindet er sich? Sagen Sie uns, wo wir ihn suchen müssen, und niemandem wird etwas geschehen.«

»Was wollen Sie von mir? Von wem sprechen Sie da? Bei mir gibt es keinen ...«

Dino behielt die Ruhe, unterbrach die Frau jedoch, deren Kopf rot angelaufen war. Noch immer versuchte sie, den Halsausschnitt ihres Morgenmantels zusammenzuziehen, unter dem ein Nachthemd zu erkennen war.

»Wir wissen alles, Frau Hagedorn. Herr Klingel war so frei, uns über die Adoption aufzuklären. Es macht also keinen Sinn, wenn Sie die Tatsache leugnen, dass Sie einen Sohn haben. Wir wissen sogar, dass er sich derzeit in Ihrem Haus aufhält. Uns geht es nur um ihn. In welchem Bereich finden wir die beiden Personen also?«

»Was reden Sie da? Wieso sind das jetzt plötzlich zwei Personen? Ralf ist allein gekommen. Der Junge hat sich nichts zuschulden kommen lassen. Er hat nur Schutz gesucht bei mir vor seinem gewalttätigen Vater, ich meine seinem Ziehvater. Sie dürfen ihm nichts tun.«

Dino erschien diese Szene unwirklich und geschauspielert. Wieso er den Eindruck gewonnen hatte, konnte er sich nicht erklären. Es wirkte zumindest wie ein schlecht eingeübtes Theaterstück.

»Wo genau befindet sich Ralf in diesem Augenblick, Frau Hagedorn. Wir haben nicht unendlich Zeit. Sie sollten sich kooperativ zeigen, bevor weitere Menschen verletzt werden. Ich frage Sie deshalb ein letztes Mal.«

»In seinem Spielzimmer im Keller. Dort hält er sich immer auf, wenn er vor diesem Dreckskerl fliehen muss. Man darf ihn dort nicht stören. Niemand darf dort rein – selbst ich nicht.«

38

Kaum hörbar kam die Nachricht, dass sich Leonie Zutritt verschafft hatte und Frau Hagedorn in Sicherheit gebracht worden war. Als die Tür sich nicht öffnen ließ, zückte einer der Männer einen Elektropicker, der das einfache Schloss innerhalb von Sekunden öffnete. Sechs vermummte Gestalten huschten hinein in den dunklen Gang. Der Regen draußen hatte ihnen zugesetzt, sodass sie fast froh waren, endlich im Trockenen arbeiten zu dürfen. Das Licht des anbrechenden Tages im Rücken schoben sie sich geräuschlos durch den Gang und stellten sich zu zweit neben den drei Türen auf, die in einen Kellerraum führen mussten. Auf ein Zeichen hin stürmten sie in die Räume, hatten sogar Glück, dass sie allesamt unverschlossen waren. Sie fanden das übliche Gerümpel, aber auch einen Vorratsraum, in dem Konserven und Einmachgläser neben Mehl- und Zucker-packungen standen. Vorräte, die einen sich anbahnenden Krieg hätten für Monate überbrücken können, stapelten sich förmlich. Von überall her erklang verhalten ein *SICHER!*

Gordon winkte die Männer heran und wies auf ein Regal, das mit erstaunlich wenig Proviant bestückt worden war. Schnell erkannte jeder die schmalen Rollen, die am Fuß befestigt waren. Als hätten sie diesen Einsatz in gleicher

Form tausendfach geübt, stellten sie sich seitlich des Regals auf und bewegten es so lange, bis sie wussten, in welche Richtung sie ziehen mussten. Nur das Atmen der Männer erfüllte den Raum. Die Spannung wuchs mit jeder Sekunde des Abwartens, da keiner von ihnen wusste, ob dieser Dreckskerl, den man dahinter vermutete, die erbeutete Waffe benutzen würde. Gordon konnte seine Anspannung kaum unter Kontrolle halten, da er eine seiner Kolleginnen in der Hand eines Triebtäters wusste. Für Sekunden tauchte er tief in seine Gedanken ein und suchte nach einer sicheren Vorgehensweise.

Was in Gottes Namen wird dieses Schwein tun, wenn wir eindringen? Lebt Mia noch oder hat sie dieses verfluchte Monster bereits ...

»Worauf wartest du, Gordon?«

Leonies Stimme holte ihn aus seinen Gedanken und ließ ihn zusammenfahren. Sie stand zu allem entschlossen direkt neben ihm und hatte die Waffe direkt auf das Regal gerichtet, von dem sie hoffte, dass es endlich den Blick auf das freigeben würde, vor dem sie sich fürchtete. Das Gesicht glich einer Maske, die jegliche Empathie vermissen ließ. Gordon griff an Leonies Arm und zog sie einen Schritt zurück. Nur widerwillig folgte sie ihm und ließ zwei Kollegen des SEK vortreten. Zentimeter für Zentimeter bewegten die Männer das Regal, das eine Öffnung freilegte, die absolut nichts offenbarte als Dunkelheit. Ein undefinierbarer Geruch entwich dem Durchgang und ließ Leonie erblassen. Niemand konnte schnell genug reagieren, als sie urplötzlich losstürmte und in dem Loch verschwand. Irritiert von dieser Handlung stürmten die ersten SEK-Leute hinterher und verteilten sich in dem Raum, in dem sich außer den Polizisten noch zwei weitere Personen befanden.

Die Szene hätte in einem Hollywoodfilm nicht beeindruckender dargestellt werden können, der sich nun alle stellen mussten. Eine Frau hing nur an den Füßen mit Seilen befestigt nackt an Haken, die in der Decke versenkt worden waren. Schnell erkannten Leonie und Gordon darin ihre Kollegin Mia. Ihre Augen irrten in den Höhlen umher, versuchten, das Geschehen um sich herum zu realisieren. Ralf Klingel hatte sein Gesicht mit Blut beschmiert, was ihm ein diabolisches Aussehen verlieh. Die von Kai erbeutete Waffe war auf den Kopf von Mia gerichtet, während ein ekelerregendes Grinsen Zähne freilegte, die er sich teilweise geschwärzt hatte. Ihm war nach Eindruck der umstehenden Polizisten daran gelegen, dem Satan zu ähneln. Absolut ruhig lag die schwere Waffe in seiner Hand. Leonie trat zum Entsetzen aller einen Schritt in Richtung des Wahnsinnigen.

»Du machst mir damit keine Angst, Ralf. Das mag dir vielleicht bei all denen gelungen sein, die du bisher umgebracht hast. Auch bei dieser Frau dort gelingt dir das nicht. Wir beide sind stärker als du. Wir sind deshalb so stark, weil wir gelernt haben, uns in der Welt der Männer einen Platz zu erkämpfen. Und soll ich dir was sagen, du kleiner Pisser – diese Männer hier mögen das sogar. Sie glauben an uns.«

Leonie wartete einen Moment ab, um herauszufinden, wie der Mörder reagieren könnte. Er starrte sie nur mit hasserfüllten Augen an und lauschte. Er musste auch die folgenden Worte der Frau hinnehmen, die sich ihm scheinbar furchtlos widersetzte. Alle Männer im Raum folgten absolut beeindruckt der Anklage der Kollegin. Gordon flüsterte ihr zu, während seine Waffe auf Ralfs Kopf gerichtet war: »Hör auf damit, Leonie. Er wird abdrücken.«

Seine Bitte verhallte und beeindruckte Leonie nicht.

»Was glaubst du junger erbärmlicher Schnösel denn eigentlich, was du mit deiner Mission erreichen kannst? Du kannst uns nicht alle töten. Dagegen sprechen zwei Gründe, die ich dir auch nennen werde. Erstens sind wir zu viele. Hörst du mir überhaupt zu?«

Sie trat einen Schritt näher an das Monster heran.

»Wir sind Millionen Frauen, die wie eine unüberwindbare Mauer vor dir stehen, dich und dein verkorkstes Frauenbild notfalls zerreißen. Und jetzt werde ich dir den zweiten und wichtigsten Grund nennen: Drückst du ab und verletzt meine Partnerin, werde ich dir zuerst in die Schulter schießen, damit du deine Waffe verlierst. Dann warte ich einen Moment, bis dein Schreien in ein Wimmern übergegangen ist. Dann werden diese Männer hier längst den Raum verlassen haben. Ich habe dich dann für mich ganz alleine. Nun wird dich ein Schuss in das Knie treffen, was dir das gesamte Kniegelenk zerfetzen wird. Nie wieder wirst du das benutzen können. Doch keine Angst, mein Freund, ich werde dich nicht töten. Das wäre viel zu einfach. Du besitzt noch einige Gelenke am Körper, die ich allesamt zertrümmern werde. Zuletzt schneide ich dir deinen mickrigen Schwanz ab und stecke ihn dir in den Hals. Erst dann werde ich die Rettungssanitäter rufen und dich notdürftig zusammenflicken lassen. Allerdings bekommst du kein Morphium, weil sie alle wissen, was du getan hast. Du wirst wie ein verletztes Schwein schreien, das in einen Häcksler geraten ist.«

Einige der umstehenden Männer schluckten und umfassten für einen Moment die Waffen fester. Die Blicke verrieten Bewunderung für den mutigen Einsatz dieser Frau. Ralfs Waffe, die immer noch auf Mias Kopf zielte, begann zu zittern und verlor das eigentliche Ziel aus dem Fokus. Gordon erkannte das in Bruchteilen von Sekunden und drückte ab. Das Geschoss zertrümmerte augenblicklich das Handgelenk des Killers. Die Waffe konnte von einem Polizisten aufgefangen werden, bevor sie auf dem Boden aufschlug. Leonie stürzte nach vorne und umklammerte Mia, die das Geschehen mit aufgerissenen Augen verfolgt hatte. Mit aller Kraft hob sie deren Körper an. Das Messer eines SEK-Kollegen durchschnitt die Seile, die noch immer Mias Beine an der Decke festhielten. Weinend drückte Leonie ihre Partnerin an ihre Brust, nachdem sie ihr ihre DHL-Jacke notdürftig um den Körper gelegt hatte.

»Wir brauchen Sie nicht mehr, Herr Klingel. Ihre Aussage zu dem Vorfall bei Ihnen zuhause haben wir schon. Ralf wird ins Krankenhaus gefahren und dort versorgt. Wissen Sie, Herr Klingel«, fügte Gordon hinzu, bevor er sich entfernte, »ich kann nicht verstehen, dass Ihnen nie etwas im Verhalten Ihres Sohnes aufgefallen ist. Das muss ein Vater doch merken, wenn sich sein Sohn zum Frauenhasser entwickelt.«

»Anfangs habe ich es als eine Phase im Leben eines pubertierenden Jugendlichen gesehen. Später, als sich sein Hass gegen Iris und gegen seine Schwester Valerie richtete, habe ich ihn ab und zu zur Ordnung rufen müssen.«

»Wie sah das aus? Haben Sie ihn misshandelt?«

»Was hätten Sie denn getan, Herr Rabe? Ich konnte seine anfangs nur verbalen Angriffe gegen die beiden nicht tolerieren. Später hat er sich sogar an ihnen vergriffen. Da hat es schon mal was hinter die Ohren gegeben.«

»Und dann ging er zu seiner richtigen Mutter?«

»Bei Helen fühlte er sich besser. Sie hat ihn zwar damals abgegeben, doch sie war ihm in jeder Hinsicht hörig. Sie erzählte auch frei heraus von den Eskapaden bei der Familie Schaffrath. Er sprach irgendwann von nichts anderem mehr als von dieser verfluchten Sippe. Helen erzählte mir, dass er sich sogar einmal mit der Chefin traf. Fragen Sie mich nicht, was das sollte, aber es muss wohl mit der Ermordung von Edina Schwaiger in Zusammenhang gestanden haben. Irgendwann zeigte er mir sogar mal seine Einfahrtkarte für das Parkhaus. Die wird er wohl von ihr bekommen haben. Der Grund dafür dürfte klar sein.«

»Nein, ehrlich gesagt«, antwortete Gordon, »ist mir das nicht so klar wie Ihnen.«

»Wussten Sie nicht, dass Helen Hagedorn unsterblich in ihren Chef verliebt war? Nachdem sie damals von ihrem Mann, also dem leiblichen Vater Ralfs, verlassen wurde, verabschiedete sie sich aus dem normalen Leben und widmete ihr Tun von da an nur noch ihrer Arbeit in der Firma. Sie war es auch, die Frau Schaffrath von den Liebschaften ihres Mannes erzählte, da sie erkannt hatte, dass sie ihn niemals für sich bekommen konnte. Es war die Rache einer verschmähten, einsamen Frau. Aber auch Ralf erfuhr irgendwann davon und entwickelte seinen perfiden Plan, so einen Rachefeldzug gegen Frauen im Allgemeinen starten zu können.«

Gordon ließ die Fakten wirken und verabschiedete sich von Klingel, ließ aber seine Eindrücke zurück.

»Ich gebe zu, dass ich anfangs den Verdacht hatte, Sie würden wieder einmal Ihre schützende Hand über den Teufel halten. Ich gestehe auch, dass ich Sie noch immer nicht ausstehen kann. Doch es durfte nicht so weit kommen, dass Ralf Ihre Partnerin umbringt. Er hat sich in etwas reingesteigert, wozu ich eigentlich keine logische Erklärung finde. Möglicherweise hat er seiner richtigen Mutter niemals verzeihen können, dass sie ihn so einfach abgegeben hat. Irgendwann hätte er sie wohl auch getötet – da bin ich mir ziemlich sicher. Ich lasse Sie nach Hause fahren. Es gibt noch viel für uns zu tun. Übrigens werden Sie Ralf wohl niemals wieder in der Wohnung begrüßen können. Sein Leben ist beendet, bevor es richtig begonnen hat. Er wird vermutlich lebenslang in der Psychiatrie verbleiben.«

39

Leonie gesellte sich zu Gordon, der sich schon eine längere Zeit im Hintergrund aufgehalten hatte, wobei sie den Eindruck hatte, dass er mit stolzgeschwellter Brust jede Bewegung von Jonas verfolgte, der immer wieder angesprochen wurde. Die Vernissage war ungewöhnlich gut besucht, wohl weil die Presse die Ausstellung eines autistischen Kindes als ganz besonderen Anlass herausgestellt hatte. Auch Denise beobachtete ihren Jungen und warf Gordon hin und wieder eine Kusshand zu.

»Es ist so schön, Gordon. Ich liebe diesen Jungen, als wäre es mein eigener.«

»Lass das bloß niemanden hören, Leonie«, wisperte ihr Gordon zu und erhielt dafür einen Hieb in die Seite.

»Du denkst doch wohl nicht, dass ich Mia mit einem bärtigen, testosteronstrotzenden Kerl betrügen würde. Obwohl – ich mag dich doch irgendwie. Solltest du also irgendwann einmal ...«

»Wird nicht passieren, junge Frau. Ich liebe und bleibe bei Denise. Wir werden noch viele schöne Jahre verleben, zumal ich ja bald einen Job habe, in dem ich feste Arbeitszeiten habe. Das sind nur noch wenige Tage bis zum Geburtstag. Sieh mal da drüben. Ist das nicht Kai, der neben Dino und

Kläver in unsere Richtung humpelt? Den haben die nicht im Bett halten können. Ein verdammter Tausendsassa. Übrigens, wenn du mal die Frau von Dr. Lieken kennenlernen möchtest, kannst du das heute und hier erleben. Sie hat schon vier Bilder von Jonas erworben und die Spendenaktion mit einer hohen Summe unterstützt. Darüber wird sich Jonas riesig freuen. Siehst du, auch Frauen zeigen hin und wieder ihre positiven Seiten.«

Mit einem Schritt zur Seite konnte Gordon dem erneuten Hieb Leonies entgehen. Mittlerweile waren die Kollegen herangekommen, sodass sie die Kabbelei zwischen Chef und Mitarbeiterin mitbekamen. Kai äußerte sich prompt dazu.

»Solltest du einen Zeugen suchen für den Angriff auf einen Vorgesetzten, darfst du gerne auf uns drei zurückgreifen. Wir haben alles gesehen und werden dazu aussagen können. Das wird unter meiner Führung nicht toleriert, damit das schon jetzt klar ist. Was feiert ihr zwei eigentlich hier so abseits des Geschehens?«

Denise lächelte, als sie aus der Ferne die Gruppe von Polizisten sah, wobei sich Leonie sogar bei Gordon eingehakt hatte. Sie erwiderte ihr fröhliches Winken. Kläver zerstörte die lockere Atmosphäre mit einer Frage.

»Ungern packe ich das Thema wieder aus, zumal wir uns heute ja mehr privat treffen. Aber was ist eigentlich aus dem Verhör dieses ... wie hieß der Dreckskerl nochmal?«

»Affan«, half ihm Leonie auf die Sprünge, »Er heißt Affan. Und bevor hier weiter Unkenntnis im Kreis meiner Freunde herrscht, werde ich da Klarheit schaffen.«

Leonie holte tief Luft und erfreute sich der ungeteilten Aufmerksamkeit aller Kollegen.

»Als der Typ dem Haftrichter vorgeführt wurde, verfiel er in eine Amnesie. Obwohl die Staatsanwaltschaft ihm mildernde Umstände bei einer Kooperation in Aussicht stellte, beharrte er darauf, dass er die Tat ganz allein geplant und durchgeführt habe. Selbst an den Namen des Mannes, der ihn zu Leon Olsson begleitet hatte, konnte er sich partout nicht erinnern. Zu den Geschehnissen um Aysuns Tötung konnte er keine Angaben machen. Allerdings geben mir Bemerkungen zu denken, die er in Richtung der Eltern losließ. Er drückte sich total schwammig aus, als er meinte, dass wir uns besser darum bemühen sollten, wo sich Cemil und Hanife Korkmaz zur Tatzeit aufgehalten haben. Für mich kann das letztendlich nur bedeuten, dass die eigenen Eltern ... nein, das kann einfach nicht sein. Doch mir stellt sich die Frage, ob wir das jemals herausfinden werden, jetzt, wo sich auch der Vater in die Türkei abgesetzt hat. Die Kinder, also Ahmed und Nuray, schweigen beharrlich. Ein Fall, der mich zumindest unbefriedigt zurücklässt. Aber lasst uns jetzt feiern. Ich will morgen früh mit einem Riesenkater bei Mia im Krankenhaus auftauchen. Doch zuerst muss ich meinen Freund Jonas ganz fest in die Arme nehmen.«

»Moment«, hielt Kai sie zurück, indem er ihr seine Gehhilfe vor den Körper hielt. »Du verschwindest nicht eher, bis du uns verraten hast, wie es Mia geht. Ich hatte gehofft, sie heute auch hier anzutreffen.«

Im selben Moment, in dem er es aussprach, bereute es Kai wieder. Leonies Miene ersetzte eigentlich schon eine Antwort. Dennoch mühte sie sich zu einer Antwort.

»Die Ärzte meinen, dass sie eine lange Zeit benötigen wird, um dieses Trauma zu überwinden. Ihr Verstand muss erst akzeptieren, dass ihr Leben weitergehen wird. Sie hatte sich mit ihrem Ableben bereits abgefunden. Ich wurde vorgewarnt, dass es eine sehr schwere Zeit für uns beide geben wird. Sie sprachen von häufigen Flashbacks. Scheiß drauf – wir schaffen das. Wenn ich von Jonas zurückkomme, hätte ich gerne ein Glas Sekt, Freunde.«

Thrillerreihen und Einzeltitel des Autors

ISBN-13 978-3751901352
Teil 1 der Gordon Rabe-Reihe
Als Taschenbuch und E-Book in Online-Shops und
im Buchhandel

Inhalt
Sie gibt sich einem anderen hin!

Die Nachricht am Telefon pflanzt den Stachel der
Eifersucht in die Gedanken der Männer, die an die
ewige Liebe und Treue glauben. Eine perfide
Vorgehensweise eines brutalen Killers setzt eine Gewaltspirale in Gang,
die vielen Frauen im Ruhrgebiet den grausamen Tod bringt.
Lange bleibt das Motiv des Mörders im Nebel, während das Team um
Hauptkommissar Gordon Rabe versucht, eine erste Spur zu finden. Noch
nie begegnete er einem derart brutal und raffiniert agierenden Mörder.
Dessen Spur verliert sich immer wieder, ohne dass die Ermittler weitere
Morde verhindern können.
Erst eine schreckliche Entdeckung lockt den Serientäter aus seinem
Versteck. Die Stunde der Abrechnung scheint gekommen.

ISBN-13 978-3751950923
Teil 2 der Gordon Rabe-Reihe
Als Taschenbuch und E-Book in Online-Shops und
im Buchhandel

Inhalt
Erwacht das Böse in uns, stirbt zuerst die Seele

Die Erkenntnis darüber, dass sie sich im aktuellen
Fall mutmaßlich mit einem mordenden Pärchen
auseinandersetzen müssen, schockiert das Team um
Gordon Rabe.
Grausame Wunden, die alle Opfer aufweisen, zeigen, dass jemand lustvoll
tötet und von Hass besessen sein muss.
Wer bisher glaubte, dass nur Männer zu solchen Taten fähig sind, wird
sein Weltbild korrigieren müssen.
Ein Fall, der die Essener Soko vor Rätsel stellt, da die Täter perfekt
verstehen, ihre Spuren zu verwischen.
Als wäre das nicht ausreichend, muss sich Gordon um einen alten Fall
kümmern, der ihn in tödliche Gefahr bringt.

ISBN-13 978-3751980777
Teil 3 der Gordon Rabe-Reihe
Als Taschenbuch und E-Book in Online-Shops und im Buchhandel

Inhalt:
Zeigt sich der Schatten des Todes, verändert er die Prioritäten im Leben.

Als die blutleeren Körper junger Frauen gefunden werden, ahnt keiner aus dem Team um Gordon Rabe, welch schreckliches Geheimnis sich dahinter verbirgt.
Doch das allein bildet nicht die tödliche Gefahr, die auf alle lauert. Ein Rachefeldzug gilt einem alten Fall, der längst vergessen schien.
Wieder einmal ist der Tod in seiner gesamten Grausamkeit allgegenwärtig und nicht greifbar.
Eine Story, die brutal beweist, wie wichtig menschlicher Zusammenhalt für unser Leben sein kann.

ISBN-13 978-3752608762
Teil 4 der Gordon Rabe-Reihe
Als Taschenbuch und E-Book in Online-Shops und im Buchhandel

Inhalt:
»Die Würde des Menschen ist unantastbar«

Dieser wichtigste Artikel des Grundgesetzes wird in abstoßender Art und Weise von Menschenhändlern missachtet, als sie junge Frauen in Containern ins Land schmuggeln. Das Team um Gordon Rabe muss nicht nur um das Leben von unschuldigen Frauen bangen, die von brutalen Händlern zur Prostitution gezwungen werden. Ein scheinbarer Suizid wirft viele Fragen auf, deren Antworten ungeahnte Familiengeheimnisse preisgeben. Die Lösung scheint so einfach, bis eine unerwartete Wendung alle schockt.

ISBN-13 978-3752668946
Teil 5 der Gordon Rabe-Reihe

Als Taschenbuch und E-Book in Online-Shops und im Buchhandel

Inhalt:
„Gib und es wird dir gegeben"

Dem Bibel-Spruch folgend erhält Lisbeth Schöning ein lebensrettendes Organ. Gerne hätte sie der Spenderin dafür gedankt. Zu spät erfährt sie, dass brutale Händler im Bereich des weltweiten Organhandels die Finger im Spiel haben. Ein todbringender Fall, der dem Team um Gordon Rabe alles an Recherche abverlangt.

Damit nicht genug. Drohbriefe der Russenmafia gegen seine Familie führen den Hauptkommissar an die Grenze des Ertragbaren. Er muss seine Liebsten schützen und gleichzeitig den Verräter in den eigenen Reihen entlarven. Ein Katz- und Maus-Spiel beginnt.

ISBN 978-3749410620
Band 1 aus der Reihe Liebig/Momsen

Als Taschenbuch und E-Book in allen Buchhandlungen und Online-Shops.

Inhalt:
»Du bist stärker als deine Angst! Sie spürt es und wird nachgeben.«

Die geflüsterten Worte sollen Sarah beruhigen, ihre Höhenangst endgültig besiegen. Ein Psychopath nutzt die Urängste der Menschen, um sie in den Tod zu treiben.
Sein perfider Plan geht bei den Schutzbedürftigen einer Selbsthilfegruppe auf, die ihre Phobien bekämpfen möchten.
Wird Peter Liebig, Hauptkommissar im Essener Morddezernat, die Pläne des Wahnsinnigen durchkreuzen können?
Der Täter hinterlässt keine Spuren. Erst als der erfahrene Beamte in die Hölle des Killers hinabsteigt, entdeckt er dessen Geheimnis.
Ein Psychoduell beginnt, das zwei völlig verschiedene Welten aufeinanderprallen lässt.

ISBN 978-3738622706
Band 2 aus der Reihe Liebig/Momsen
Als Taschenbuch und E-Book in allen Buchhandlungen und Online-Shops.

Inhalt:
»Die Qualen der Zelle liegen hinter ihr –
Doch die Hölle der Freiheit erwartet sie bereits«

Sieben Jahre teilte Daniela die Zelle mit Psychopathinnen. Totschlag war ihr Verbrechen, für das sie lange sühnte.
Nun steht sie vor dem Tor der JVA und einer Freiheit gegenüber, die keine ist. Unerbittlich begegnet ihr die Familie mit Ablehnung. Als sie in einen Strudel aus Gewalt gezogen wird, sehnt sie sich zurück in den Regelbetrieb des Strafvollzugs.
Ein perverser Serienmörder und ein brutaler Zuhälter reißen sie in den Vorhof zur Hölle.
Ausgerechnet ein Ermittler steht ihr zur Seite, den die Vergangenheit mit den Taten des perfiden Mörders verbindet.

ISBN 978-3749452163
Band 3 aus der Reihe Liebig/Momsen

Als Taschenbuch und E-Book in allen Buchhandlungen und Online-Shops.

Inhalt:
Das Feuer reinigt und lässt nur Asche zurück -
Doch das abgrundtief Böse hat es auch für sich
entdeckt.

Während die tapferen Einsatzkräfte der Feuerwache ihr Leben aufs Spiel
setzen, um Menschen vor dem Tod zu bewahren, lebt ein Psychopath
seine kranken Leidenschaften aus, folgt dem Trieb, unvorstellbar
grausam töten zu müssen.
Immer mehr verdichtet sich der Verdacht, dass dieser Wahnsinnige nicht
nur medizinische Grundkenntnisse besitzen muss. Nein - es könnte ein
Feuerteufel sein, der sogar aus dem engeren Umfeld der Feuerwehr
kommt. Jeder ist plötzlich verdächtig. Ein Psychokampf beginnt und
gefährdet Freundschaften. Das Ermittlerduo Liebig und Momsen steht
vor dem bisher rätselhaftesten Fall, der sie selbst in tödliche Gefahr
bringt.

ISBN 978-3749497850
Band 4 aus der Reihe Liebig/Momsen

Als Taschenbuch und E-Book in allen
Buchhandlungen und Online-Shops.

Inhalt:
Das Ziel ist Rache - das Ergebnis ist
Selbstzerstörung

Niemand kann zu diesem Zeitpunkt erahnen,
welche Opfer ein Rachefeldzug noch fordert, als man die erste schrecklich
zugerichtete Leiche findet. Die Frau wurde hingerichtet von einem Täter,
der damit eine blutige Spur durch die Strafverfolgungsbehörden
ankündigt. Dass er keine Spuren hinterlässt und sein Motiv Rätsel aufgibt,
macht es dem bekannten Ermittlerteam um Peter Liebig und Rita Momsen
nicht einfacher. Seine Todesliste arbeitet der Killer unerbittlich ab. Das
Grauen findet seine Fortsetzung, obwohl sich Puzzlestücke
zusammenfügen. Der Tod jedoch hat die sympathischen Kripobeamten
längst eingeplant.

ISBN 978-3734726316
Band 5 aus der Reihe Liebig/Momsen

Als Taschenbuch und E-Book in allen Buchhandlungen und Online-Shops.

Inhalt:
Nichts ist vergessen. Die Zeit der Vergeltung ist gekommen.

Die Frauen besitzen alle das gleiche Äußere. Doch das ist nicht das einzig Gemeinsame. Sie sterben alle einen grausamen Tod. Der Serienmörder foltert seine Opfer bestialisch, ohne auch nur die geringste Spur zu hinterlassen. Er macht den ersten Fehler, als einem Opfer die Flucht aus dem schrecklichen Kerker gelingt. Doch die Ermittler Rita Momsen und Peter Liebig erleben eine tiefe Enttäuschung, als sie auf die Hilfe des Opfers und erste Spuren setzen. Der geheimnisvolle Mörder bleibt nicht nur weiter ein Phantom, sondern wird selbst für sie zur tödlichen Bedrohung.

IBN 978-3746067858
Band 1 aus der Serie Spelzer/Hollmann
Als Taschenbuch und E-Book in allen Buchhandlungen und Online-Shops.

Inhalt:
Der Wald rund um die Ruine der Essener Isenburg - eine Oase der Ruhe und des Friedens. Das ändert sich mit dem Fund einer ersten, grausam zugerichteten Leiche.
Kommissar Sven Spelzer, als erfahrener Leiter der Mordkommission, begegnet einem Serienkiller, der präzise seine unvorstellbaren Taten plant. Der Täter preist seine Morde als Kunstwerke.
Wenn bisher ein System sein Wirken steuerte, so ist es die Gier Außenstehender, die eine unfassbare Lawine der Gewalt auslöst.
Gemeinsam mit der Rechtsmedizinerin Karin Hollmann begibt sich Spelzer auf die Suche nach dem Wahnsinnigen. Sie ahnen nicht, welche Hölle die Bestie schon für sie vorbereitet hat.
Kalendermord - der erste Fall für dieses Ermittlerteam, der sie sofort an ihre Grenzen zwingt.

ISBN 978-3746055879
Band 2 aus der Serie Spelzer/Hollmann
Als Taschenbuch und E-Book in allen Buchhandlungen und Online-Shops.

Inhalt:
»Der ist definitiv ertrunken. Die haben ihn noch lebend ins Wasser geworfen, dabei nicht mal seine Hände gefesselt.«
Die Aussage der Rechtsmedizinerin Karin Hollmann ist klar und deutlich. Sven Spelzer, mit dem sie schon den Serienmörder Pehling zur Strecke brachte, weiß von Anfang an, wen er für diesen Zeugenmord zur Verantwortung ziehen muss.
Die Soko wurde gebildet, um den ›SERBEN‹, wie sie den Gewaltverbrecher nennen, nach Jahren der Erfolglosigkeit, endlich zur Strecke bringen zu können. Brutalster Drogen- und Menschenhandel wird ihm zur Last gelegt. Mögliche Belastungszeugen verschwinden meist spurlos. Doch wer ist der unsichtbare Helfer im Hintergrund?
Gibt es einen Maulwurf in den Reihen der Polizei?
Wieder werden die beiden Ermittler in einen Einsatz hineingezogen, der sie, wie schon im ersten Band dieser Reihe, an die Grenzen treibt. Als sie bereits an den sicheren Zugriff glauben, hat der Teufel längst die Falle gebaut.

ISBN 978-3752834215
Band 3 aus der Serie Spelzer/Hollmann

Als Taschenbuch und E-Book in allen Buchhandlungen und Online-Shops.

Inhalt:
»Da unten ist die Hölle«

Die Taucher der Essener Wasserschutzpolizei müssen weit über ihre psychischen Grenzen hinausgehen, als sie das Depot eines Killers in der Tiefe räumen.
Welcher Wahnsinnige versteckt die Toten im Essener Baldeneysee?
Wieder einmal stehen Rechtsmedizinerin Karin Hollmann und ihr Freund, Oberkommissar Sven Spelzer vor Mädchenleichen, die ihnen viele Rätsel aufgeben.
Wie weit geht ein skrupelloser Gangsterboss, um den gewaltsamen Tod seines Bruders zu rächen? Zwei scheinbar unabhängige Fälle bringen die Ermittler selbst in Lebensgefahr. Ein friedliches Naherholungsgebiet entpuppt sich als Spielwiese für einen irren Mörder.

ISBN 978-3752877953
Band 4 aus der Serie Spelzer/Hollmann

Als Taschenbuch und E-Book in allen Buchhandlungen und Online-Shops.

Inhalt:
»In mir hat der Satan ein Zuhause gefunden. Tust du nicht das, was ich von dir verlange, wirst du genau ihn von seiner fantasievollsten Seite kennenlernen.«

Die Drohungen treiben dem korrupten Polizisten kalte Schauer über den Rücken. Während Doktor Karin Hollmann und Oberkommissar Spelzer einen Satanisten verfolgen, der im Ruhrgebiet seine Opfer sucht und findet, versucht der Serienmörder Pehling, an seinem Zufluchtsort neue Gegner abzuwehren.
Aber nur, wenn sich die so unterschiedlichen Weggefährten zusammenschließen, haben sie eine verschwindend geringe Chance. Sie müssen verhindern, dass ein Satansjünger seine Visionen vom Reich des Antichristen verwirklichen kann.
Der Weg dahin fordert einen blutigen Tribut, denn der Gegner scheint nicht von dieser Welt.

ISBN 978-3752892178
Band 5 aus der Reihe Spelzer/Hollmann

Als Taschenbuch und E-Book in allen Buchhandlungen und Online-Shops.

Inhalt:
**Der Frieden ist nur Schein - hinter ihm lauert
der Tod**

Eine ganze Region zittert vor ihr, obwohl sie Schutz
versprach. Eine schöne Frau regiert nach dem Tod des Don unnachgiebig
eine italienische Region. Nur einer durchschaut ihr Intrigenspiel, kennt
ihr Geheimnis, das sie angreifbar macht. Geduldig wartet er auf den Tag
der Abrechnung.
Ein grausamer Mafiakrieg, in den die Gerichtsmedizinerin Karin
Hollmann, Hauptkommissar Spelzer und ein Serienkiller unaufhaltsam
hineingezogen werden. Sie versuchen, Unschuldige zu schützen.

Obwohl die Handlungsabläufe in sich abgeschlossen sind, empfiehlt es
sich, die Bücher in der Reihenfolge zu lesen.

ISBN 978-3744869997
Als Taschenbuch und E-Book in allen Buchhandlungen und Online-Shops.

Inhalt:

Seit Jahren verschwinden Prostituierte im Ruhrgebiet. Keine Leichen. Keine Spuren. Nichts kann den Killer aufhalten. Die erst 10-jährige Andrea Lesbe und ihr gleichaltriger Freund leiden schon in der Schule unter Mobbing. Die Mitschüler machen ihnen das Leben zur Hölle. Was die Kinder zu diesem Zeitpunkt nicht wissen können: Ein Hurenmörder beginnt gleichzeitig sein perfides Werk. Unaufhaltsam verbindet sich ihr Schicksal mit dem des irren Killers.

Als Andrea als Erwachsene wieder in ihre Heimatstadt Essen zieht, trifft sie nicht nur auf den einstigen treuen Freund. Sie begegnet auch einem geheimnisvollen Fremden, der sie magisch anzieht. Hauptkommissar Schlicht ermittelt mit seiner Soko seit 16 Jahren erfolglos im Fall eines vermissten Kindes und der beängstigenden Mordserie. Erst als der Killer die Abstände seiner grausamen Taten verkürzt, finden sich erste Spuren.

Damit das Geheimnis um den Serienkiller gelüftet werden kann, müssen die Beteiligten in den Vorhof zur Hölle hinabsteigen. Erst dort begegnen sie der grausamen Wahrheit.

»Ein Thriller, der die schmale Kluft zwischen Normalität und dem menschlichen Wahnsinn spannend beschreibt.«

ISBN 978-3752856873
Als Taschenbuch und E-Book in allen Buchhandlungen und Online-Shops.

Inhalt

Als sich die Zellentür für Dirk Rasper nach vielen Jahren vorzeitig öffnet, ahnt Hauptkommissar Klare nicht, welche Welle der Gewalt er damit auslöst. Nach seinen Recherchen saß der Mann über sieben Jahre unschuldig hinter Gittern.

Ein geheimnisvolles Versprechen aus der Vergangenheit band Rasper daran, die ihn möglicherweise entlastende Wahrheit zu verschweigen.

Als der Gefangene aus der Hölle des Strafvollzugs entlassen wird, treibt ihn die Liebe zu seiner kleinen Tochter und der Wunsch nach Rache an. Es mehren sich Zweifel daran, ob die Entscheidung, den Mann zu entlassen, nicht ein weiterer Fehler war.

Das Grauen findet einen neuen Anfang und endet im überraschenden Showdown.

ISBN 978-3741275203
Als Taschenbuch und E-Book in allen Buchhandlungen und Online-Shops.

Inhalt

Täglich gibt es in Deutschland etwa vierzig Fälle von Kindesmissbrauch. Die Dunkelziffer ist jedoch höher, denn viele Opfer und ihre Angehörigen schweigen, aus Scham, aus Angst. Heilt die Zeit diese Wunden? Kann der Mensch erlittenes Leid vergessen? Tina muss sehr bitter erfahren, was es bedeutet, wenn Gespenster der Vergangenheit lebendig werden. Wohlbehütet aufgewachsen, begegnen ihr plötzlich Grausamkeiten, die sie sich nie hätte vorstellen können. Die Gräueltaten eines Sexualtäters verknüpfen sich unaufhaltsam mit dem Schicksal ihrer Familie.

Ein Thriller, der nicht loslässt. Er nimmt den Leser mit in eine Welt, die direkt neben uns existiert. Eine Welt, mit der viele Menschen selbst Erfahrungen sammeln mussten und es aus unterschiedlichsten Gründen totschweigen.

Der Autor möchte mit seiner Geschichte nachdenklich machen und zu Diskussionen anregen. Gibt es hier nur Schwarz und Weiß, nur Gut und Böse?

Eine Geschichte, frei erfunden, doch grausam nah an der Realität.

ISBN 978-3741299056
Als Taschenbuch und E-Book in allen Buchhandlungen und Online-Shops.

Inhalt:

Alfred Reimann, dreiunddreißig, Single, gut aussehend, Jungfrau.

Bis heute lief das Leben des liebenswerten Finanzbeamten und seiner Teddydame Bienchen in geordneten Bahnen. Noch weiß er nicht, dass sich dieser Zustand mit dem Einzug der süßen Nachbarin Verena ändern wird. Ein glücklicher Umstand führt sie zusammen.

Seine Mutter ist davon alles andere als begeistert, denn in ihren Augen wollen junge Frauen wie Verena nur das Eine. Und dieses Chaos wird sie zu verhindern wissen!

Mithilfe von Verena und dem kauzigen Pfarrer Hollerberg stolpert Alfred in das eine oder andere Abenteuer. Ob er auf den Reisen sein Glück findet, bleibt abzuwarten ... Ein rasanter Liebesroman mit dem gewissen Schmunzelfaktor.

ISBN 978-3741226458
Als Taschenbuch und E-Book in Online-Shops und im Buchhandel

Inhalt:
Als Nicole Manfred Kirchner begegnet, glaubt sie, den Richtigen für ein bleibendes Glück gefunden zu haben. Als das Monster die Maske fallen lässt, ist es schon zu spät. Nicole muss einen sehr hohen Preis bezahlen: Sexueller Missbrauch, grausame Misshandlung und kriminelle Machenschaften treiben Nicole fast in den Freitod.

Ihr Weg kreuzt den eines älteren Mannes. Nun erfährt sie, dass es auch Menschen gibt, die Hilfsbereitschaft und Freundschaft über ihre eigene Sehnsucht nach Liebe stellen. Doch Manfred Kirchner ist nicht der Mann, der sein Opfer so schnell aus den Klauen lässt. Das Schicksal treibt ein makabres Spiel und zwingt zwei Menschen an die Grenze des Zumutbaren.

Wird Nicole sich befreien können? Erkennt sie das wahre Glück und greift danach? Kennt das Glück wirklich kein Erbarmen?

Der Autor lässt den Leser wie schon in seinen beiden vorangegangenen Romanen tief in die dunklen Seiten des menschlichen Zusammenlebens eintauchen und bietet viel Stoff für Diskussionen.

ISBN 978-3746018317
Als Taschenbuch und E-Book in Online-Shops und im Buchhandel

Inhalt:
»Die Flossen hoch! Das ist ein Überfall!«

Die Aufforderung steht drohend im Raum des City Fitness, in dem auch die an MS erkrankte Rita Richter trainiert. Die in der Schalke-Arena gestählte Frau beweist den Brutalos, dass selbst Waffengewalt nichts ausrichtet gegen Lebensmut und derbe Schlagfertigkeit. Als die drei Kleinganoven Freddy, Richard und Massimo ihren Plan entwickeln, wissen sie noch nicht, welcher übermächtige Gegner sich ihnen in den Weg stellt. Eigentlich hatten sie eine Entführung geplant. Eigentlich! Da das Opfer unverschämterweise Urlaub macht, muss spontan umdisponiert werden. Alles ohne Plan B. Schneller, als es sich das Trio vorstellen kann, erscheint die Polizei auf der Bildfläche und eine ungewollte Geiselnahme nimmt ihre kuriose Fahrt auf. Schnell bekommen die Ganoven zu spüren, dass die Polizei nicht ihr ärgstes Problem darstellt.

Auch der leitende Hauptkommissar Holger Knoll wird diese ungewöhnliche Geiselnahme nie wieder vergessen können. Nichts ist vorhersehbar, alles läuft komplett aus dem Ruder. Die tatkräftige Hilfe kommt von einer Seite, die das Eingreifen des Polizeiteams fast überflüssig macht.

ISBN 978-3741261534
Als Taschenbuch und E-Book in Online-Shops und im Buchhandel

Inhalt:
Vera und Peter Sobier genießen mit ihrem zwölfjährigen Sohn Patrick ein sorgenfreies Familienglück. Das endet abrupt, als der erfolgreiche Rechtsanwalt einen folgenschweren Verkehrsunfall verursacht. Patrick erleidet ein Schädel-/Hirn-Trauma und fällt in ein Koma. Peter Sobier kommt mit leichten Verletzungen davon und sucht verzweifelt einen Weg, mit seiner schweren Schuld leben zu können. Die Liebe zu Vera wird auf eine harte Probe gestellt.

Die härteste Zerreißprobe ihres Lebens fordert den Eltern alles ab, denn das Schicksal kann grausam sein. Verzweiflung, Glaubenskonflikte und Hoffnungslosigkeit zerfressen den Geist des Vaters. Außergewöhnliche Signale, die der Sohn aus seiner finsteren Welt aussendet, verändern die Sicht aller Beteiligten.

Wird die Liebe der Eltern den vielen Prüfungen standhalten?

Hat Patrick eine Chance, jemals wieder zurück ins Leben zu finden?

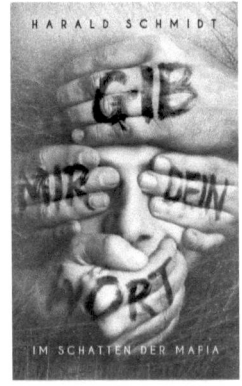

ISBN 978-3741225383
Als Taschenbuch und E-Book in Online-Shops und im Buchhandel

Inhalt:
Als der vierzehnjährige Claudio ungewollt durch einen Freund in die Drogengeschäfte der ›Organisation‹ hineingezogen wird, beginnt sein Leidensweg.

Verrat und Misstrauen bringen ihn in allergrößte Gefahr. Zu seiner eigenen Sicherheit muss er Kalabrien, Familie und Freunde verlassen. Auf sich selbst gestellt, begibt er sich auf den steinigen Weg nach Deutschland. Hier hofft er, sich aus dem Netz der Mafia, der Ndrangheta, befreien zu können. Doch das Leben zeigt ihm mit aller Härte, was es bedeutet, der Vergangenheit entfliehen zu wollen.

Kann Claudio untertauchen in einer für ihn völlig fremden Welt? Wird er eine Zukunft mit eigener Familie aufbauen können?

Findet er ›LA DOLCE VITA‹ auch in Deutschland?

Inspiriert von einer wahren Geschichte, schildert der Roman in ungeschönten Bildern, wie das Verbrechen Leben zerstören kann.

Ein Sumpf von Gewalt, Drogen und Korruption, aber auch tiefe Freundschaften begleiten den Jungen auf der Suche nach einer neuen Heimat.